Ein Mann und eine Frau

Stanley Waterloo

Writat

Diese Ausgabe erschien im Jahr 2023

ISBN: 9789359256580

Herausgegeben von
Writat
E-Mail: info@writat.com

Inhalt

KAPITEL I. ....- 1 -

KAPITEL II. ....- 4 -

KAPITEL III. ....- 9 -

KAPITEL IV. ....- 14 -

KAPITEL V. ....- 18 -

KAPITEL VI. ....- 20 -

Kapitel VII. ....- 25 -

KAPITEL VIII. ....- 32 -

KAPITEL IX. ....- 36 -

KAPITEL X. ....- 43 -

KAPITEL XI. ....- 49 -

KAPITEL XII. ....- 54 -

KAPITEL XIII. ....- 59 -

KAPITEL XIV. ....- 64 -

Kapitel XV. ....- 68 -

Kapitel XVI. ....- 74 -

Kapitel XVII. ....- 79 -

Kapitel XVIII. ....- 87 -

KAPITEL XIX. ....- 91 -

KAPITEL XX. ....- 96 -

KAPITEL XXI. ....- 101 -

KAPITEL XXII. ....- 107 -

KAPITEL XXIII. ....- 110 -

KAPITEL XXIV. ....- 114 -

KAPITEL XXV. ....- 120 -

KAPITEL XXVI. ....- 127 -

KAPITEL XXVII. ....- 132 -

KAPITEL XXVIII. ....- 137 -

KAPITEL XXIX. ....- 141 -

KAPITEL XXX. ....- 146 -

KAPITEL XXXI. ....- 150 -

KAPITEL XXXII. ....- 155 -

KAPITEL XXXIII. ....- 159 -

KAPITEL I.

PROLOG.

Aber wenn es sich um ein aktuelles Ereignis handelt, sollte ich auf keinen Fall die Geschichte eines Freundes erzählen, oder besser gesagt, die Geschichte zweier meiner Freunde. Um welches Ereignis es sich handelte, möchte ich hier nicht näher darauf eingehen – es ist unnötig; aber es blieb nicht ohne Auswirkungen auf mein Leben und meine Pläne. Wenn diejenigen, die diese Seiten lesen, fragen, unter welchen Umständen es mir möglich wurde, mit bestimmten Szenen und Vorfällen im Leben eines Mannes und einer Frau so vertraut zu werden – Szenen und Vorfälle, die ihrer Natur nach so waren so dass keine dritte Person darin eine Rolle spielen konnte – ich muss nur erklären, dass Grant Harlson und ich seit der Kindheit, praktisch seit der Kindheit, Freunde waren und dass es in unserem gesamten gemeinsamen Leben nie zu einer Veränderung in unserer Beziehung gekommen ist. Er hat mir viele Dinge erzählt, die ein Mann dem anderen sehr selten vermittelt, und nur dann, wenn jeder der beiden das Gefühl hat, dass sie in dem, was zwei Männer manchmal zu einem macht, sehr nahe beieinander sind. Er war stolz und froh, als er mir diese Dinge erzählte – es waren nur Episoden und oft triviale – und ich war zutiefst interessiert. Sie fügten die Details einer Geschichte hinzu, von der ich vieles kannte und von der ich einen Teil erraten hatte.

Er war kein ganz gewöhnlicher Mann, dieser Grant Harlson , ein enger Freund von mir. Er hatte eine Individualität und sein Name ist vielen Menschen auf der Welt bekannt. Die Taktvollen haben ihn nur als einen Typus einer neuen Nationalität angesehen – einen Typus mit noch nicht klar definierten Merkmalen, einen Typus, der weder groß noch, Gott sei Dank, ungewöhnlich ist – einer der Besten dieses Typus; Für mich das Beste. Ein enger Freund ist vielleicht blind. NEIN; Das ist er nicht: Er sieht nur so klar, dass die Welt mit einer schlechteren Sichtweise möglicherweise nicht immer mit ihm übereinstimmt.

Ich weiß kaum, wie ich denselben Grant Harlson beschreiben soll . In diesem Stadium meiner Geschichte ist es kaum erforderlich, dass ich das tue, aber der Bericht ist lose und vagabundiert und weist keine Chronologie auf. Körperlich war er größer als die meisten Männer, 1,80 Meter groß, tief in der Brust, breitschultrig, kräftige Beine und kräftige Gesichtszüge, und soweit alles geht, war er stets bei guter Gesundheit, abgesehen von der vorübergehenden Steuer auf die Rücksichtslosigkeit der Natur Oft erhebt sie Steuern, und die andere unregelmäßige Steuer erhebt sie mit einem Schlag auf die Bazillen, von denen die Ärzte so viel reden und so wenig wissen. Ich meine nur, dass er sich möglicherweise ein Fieber mit zusätzlicher Kälte einfängt, wenn er auf einem Jagdausflug achtlos in einem miasmatischen Sumpf liegt, oder dass er in Zeiten der Cholera möglicherweise wie andere Menschen mit dem Feind kämpfen muss. Aber er ließ die meisten Dinge leichtfertig hinter sich und verfügte über jene Vitalität, die der Vererbung zu verdanken ist, die nicht in einer einzigen Generation aufgebaut wurde, obwohl sie manchmal in einer einzigen Generation verloren ging. Im Wald und auf dem Bauernhof gezüchtet, in der Schule gezüchtet, in der Stadt gefördert und erweitert und gehärtet. Ein Mann von Welt, mit Erfahrungen und in seiner Eigenschaft zweifellos das logische, unvermeidliche Ergebnis solcher Erfahrungen – einer mit einem flexiblen und suchenden Gewissen, das aber hart wie Stein ist, wenn es einmal zufrieden ist. Einer, der niemals absichtlich einen Menschen verletzt hat, außer aus Gründen der Gerechtigkeit. Einer, der natürlich auf der Suche nach dem, was für ihn richtig war, umherwanderte, der aber, nachdem er sich einmal entschieden hatte, stets standhaft blieb. Ein Mann, der gesehen und gewusst und genährt und gefühlt und Risiken eingegangen war, der mir aber immer so vorkam, als ob seine Religion lautete: „Was soll ich tun? Die Natur sagt so und so, und die Macht darüber hinaus regiert die Natur." Organisationsgesetze für politische Zwecke, die vor Romulus und Remus eingeführt und von den um das Tal gruppierten Angles oder dem Thing der Nordmänner variiert wurden, schienen ihn nicht sonderlich zu beeindrucken . Er erkannte ihren Nutzen, wollte sie verbessern, machte dies zu seiner Arbeit und beobachtete schließlich die meisten von ihnen. Das schien mir seine ehrliche Gestalt zu sein – ein Berseker , ein nackter Nachkomme der Wikinger, im Frack. Er hatte Leidenschaften und befriedigte sie manchmal. Er hatte Ambitionen und arbeitete für sie. Er hatte ein Gewissen und ließ sich von diesem leiten.

Für mich war es immer interessant, ihn in seiner Jugend zu betrachten, und noch mehr, Jahre später, im Verein, auf Kongressen oder anderswo, und zu versuchen, ihn mir als kleinen Landsmann vorzustellen. Er war scharfsinnig, hart und wachsam, wie man es von einer großen Stadt kennt, und es war schwierig, ihn sich in seiner frühen Jugend vorzustellen, so gut ich es kannte; Es fällt mir schwer, mir vorzustellen, dass seine nächtlichen Träume nicht von den unterschiedlichen Ergebnissen eines späten Plans handelten, nicht von weißen Schultern in der Oper, nicht von der Stimmung im Neunten Bezirk, noch vom Geschäftsverlauf, sondern vom Vorgarten eines Bauernhauses im Hochsommer mit einem Jungen, der mit einer langen Schrotflinte auf einen Rotflügelwilderer in einem Kirschbaum zielte, oder dass er im Schlaf die abgenutzten Pfosten neben dem altmodischen Kamin sah, wo er an Wintermorgen auf seinen trat gefrorene Stiefel und das Wohnzimmer, in dem er später am Morgen so viel Buchweizenkuchen aß. Er war eine Gestalt, manche sagten, er sei böse, viele sagten, er sei ein Intrigant, ein Fels der Zuflucht für seine Freunde, sagten noch mehr. Dies war der Mann, kein ungewöhnlicher Typ in den großen Städten der großen Republik.

Was die Frau betrifft, schreibe ich mit größerem Zögern. Ich kann an diesem Ort von ihr erzählen, aber in vagen Umrissen. Sie war schlank, nicht groß, braunhaarig und hatte Augen wie die des Hirsches oder der Jersey-Färse, außer dass sie den begleitenden Ausdruck von Gedanken, Stimmungen oder Fantasien aufwiesen, den bewegliche menschliche Züge mit sich bringen. Sie war eine Frau der Stadt, mit all dem sanften Handwerk, das das Erbe einer Frau ist. Sie war gut. Für einen Mann war sie anders als alle anderen auf der Welt – nein, für zwei.

Ich habe nur versucht zu erzählen, wie mir diese beiden Menschen vorkamen. Ich kann sie so sehen, wie sie waren, kann es aber nicht so sagen, wie ich es sollte. Mir ist es nicht gelungen, mich in Worten auszudrücken. Selbst wenn ich schlauer wäre, würde ich scheitern. Wir können uns Charaktere nur ungefähr vorstellen.

KAPITEL II.

NAHE ZUR NATUR.

Der große Waldgürtel aus Eichen, Eschen, Buchen und Ahornen erstreckt sich südwestlich von Neuengland durch New York und tendiert nach Westen und sogar wieder nach Norden, bis man die gleiche Landschaft in der Wildnis Wisconsins nahezu wiederhergestellt sieht. Unweit der Stelle, an der seine Kontinuität durch den südlichen Ausläufer des Huronsees unterbrochen wird, befand sich eine Lichtung im Wald. Das Land wogte, und durch die Lichtung floss ein kräftiger Bach, der bereits von Erlen gesäumt war – denn die Erle folgt dem Häcksler schnell – und voller unzähliger Elritzen glitzerte. Im Frühling kamen auch große Seeschwalben aus kilometerweit entfernten tiefen Gewässern herauf, um zu laichen und manchmal auch aufgespießt zu werden. Auf beiden Seiten des Baches stieg das Gelände etwas an, und an einem Ufer stand ein kleines Haus. Es handelte sich um ein für die damalige Zeit anspruchsvolles Haus, da es nicht aus Baumstämmen bestand, sondern mit Rahmen und Brettern verkleidet war, aber es enthielt nur drei Räume: einen, das allgemeine Wohnzimmer mit dem gemauerten Kamin auf einer Seite, und die anderen, kleineren, für Schlafwohnungen. Das Haus lag so nah am Waldrand, dass der Wind, der durch die Baumwipfel wehte, ständig Musik erzeugte und das seltsame, kreischende Bellen des schwarzen Eichhörnchens, das Geplapper des roten Eichhörnchens und das Trommeln des Halshuhns zu hören war , das Pfeifen der Wachtel und das morgendliche Fressen des wilden Truthahns waren vertraute Geräusche. In den Tiefen des grünen Ozeans gab es Hirsche und Bären und gelegentlich einen Vielfraß. Manchmal kreiste nachts ein Rotfuchs um die Lichtung und bellte mürrisch, wobei sein Schrei einen merkwürdigen Kontrast zu den Tönen von Whippoorwills und den Rufen von Seetauchern bildete. Die Bäume bestanden größtenteils aus Eichen, Buchen, Eschen und Birken, und im Frühling gab es dort, wo die Junibeerbäume zu blühen begonnen hatten, große weiße Flecken. Im Sommer war überall dichtes Grün und im Herbst ein großer Glanz scharlachroter und gelber Blätter.

Vor dem Haus gab es einen umrissenen Blumengarten, der aus jungfräulicher Erde angelegt war und in dem die kurz behauenen Baumstümpfe noch aus der Oberfläche hervorlugten. Neben der Tür befanden sich sogenannte „hüpfende Betties" und „alte Hühner und Hühner", und auf beiden Seiten eines kurzen Weges, der zu etwas führte, das bisher kaum mehr als ein Pfad durch den Wald war, standen Büschel Rittersporn und Phlox und altmodische Nelken und Astern, und ein paar hohe Stockrosen und Sonnenblumen standen als Wächter da. Die wilden Blumen ringsum waren diesen so nahe, dass sich ihr gesamter Duft vermischte, und die Phlox- und

Nelkenblumen konnten ihre eigenen Verwandten nur wenige Meter entfernt sehen. Der kurze Weg verlief durch ein Büschel, aber nur wenige Meter vom Bach entfernt. In diesen Büschen bauten Singsperlinge und Singvögel ihre Nester.

In der Tür des kleinen Hauses am Waldrand stand eines Nachmittags im Sommer ein junger Mann. Man könnte ihn als überaus jungen Mann bezeichnen, da sein sechster Geburtstag erst vor kurzem erreicht war und seine Statur und sein allgemeines Erscheinungsbild nicht im Widerspruch zu seinem Alter standen. Seine Kleidung entsprach streng genommen nicht dem Ruhm der allgemeinen Szene. Sein Hut war ursprünglich von der Qualität gewesen, die als „Chip" bekannt ist, aber der Rand war verschwunden, und was übrig blieb, hatte einen Hauch von Verlassenheit an sich. Seine Kleidung bestand aus zwei Kleidungsstücken, einem gestreiften Hickory-Hemd und einer Hose aus blauem Drillich. Die Hosen wurden von selbstgefertigten Hosenträgern aus dem gleichen Material gehalten. Manchmal trug er nur einen. Es hat Ärger erspart. Er war barfuß. Er stand mit einer Hand in jeder Tasche, die kurzen Beine ziemlich weit auseinander, und blickte auf die Landschaft hinaus. Sein Auftreten war das eines Großgrundbesitzers, zum Beispiel eines, dem die Erde gehörte.

Der hier in Rede stehende junge Mann war kaum in der Gesellschaft gewesen und hatte von der einen Welt nur sehr wenig gesehen. Über einen anderen wusste er für sein Alter sehr viel. Mit den Menschen, die in den Städten leben, war er nicht vertraut, mit den Menschen in der Natur hingegen war er näher dran. Er hatte einen großartigen Freund und Kumpel in einer Person, die Lehrer gewesen war und aus einem breiteren Umfeld in dieses Grenzleben gekommen war. Diese Person war seine Mutter. Zu seinem Vater pflegte er ebenfalls eine vertraute Beziehung, aber der Vater war zwangsläufig die meiste Zeit mit seiner Axt unterwegs, und so kam es, dass der junge Mann und seine Mutter im wahrsten Sinne des Wortes zusammen mit dem Land aufwuchsen. Zu ihr ging er mit solchen Problemen, die sein großer Verstand nicht lösen konnte, und er hatte tatsächlich eine sehr gute Meinung von ihr. Nicht, dass sie in vielen Dingen so weise war wie er; sicherlich nicht. Sie wusste nicht, wie sich das neue Waldmurmeltierloch entwickelte, wo die Spuren des Waschbärs am Bach am dichtesten waren und wo der Specht nistete; Dennoch war sie überaus gebildet und man konnte sich im Notfall auf sie verlassen. Er stimmte ihr entschieden zu. Außerdem erinnerte er sich an ihren Kurs bei einer Gelegenheit, als er in einer großen Notlage war. Er war damals erst drei Jahre alt, aber er erinnerte sich noch an alles. Tatsächlich war es dieses Ereignis, das ihm sein Hobby bescherte.

Der junge Mann hatte eine Spezialität. Er hatte mehrere Spezialitäten, aber einer gab alle anderen nach. Er hatte ein Auge auf Streifenhörnchen und hatte äußerst unwirksame Fallen für sie gebaut und hoffte, eines Tages eines zu fangen, aber sie waren nichts Besonderes. Was die Elritzen im Bach betrifft, hatte er nicht einmal eine mit der Wasseramsel gefangen und wäre er nicht mit einem Stein fast auf einen großen Seefisch gestoßen? Er wusste, wo das Leberblümchen und die Anemonen im Frühling am dichtesten wuchsen, und hatte täglich duftende Büschel davon gesammelt, und er wusste auch von einer Mulde, wo früher eine schneebedeckte Schicht wintergrüner Blüten gewesen war und wo es bald sein würde eine Fülle roter Beeren sein, wie seine Mutter sie mochte. Beim Bucheckernsammeln in der Saison ließ er keinen Vorgesetzten zu. Was die Gewohnheiten der gelben Vögel angeht, besonders in der Jahreszeit , in der sie sich von Distelsamen ernährten und eine goldene Wolke inmitten der weißen bildeten, während sie mit den Daunen dahintrieben, nun, er war der Einzige, der wirklich etwas darüber wusste Es! Wer außer ihm könnte die seltsam geformte Schote der wilden Lilie, der gemeinen Flagge, nehmen, sie in das lange, schmale Blatt der Flagge aufwickeln, ein Ende festhalten und die Schote schlingenweise werfen ein Geräusch in der Luft, ähnlich dem Sturzflug des Nachtfalken? Und wer könnte besser als er Lobelien und Stechmücken pflücken, wilde Rüben ausgraben und alles seiner Mutter zum Trocknen bringen, damit es sie eventuell verwenden kann, wenn er oder sein Vater oder sie sich erkälten oder auf irgendeine Weise krank werden? Auch er hatte Hoffnungen für die Zukunft. Manchmal war ein Reh in großen Sprüngen über die Lichtung gekommen, und einmal war ein Bär in den Schweinestall eingedrungen. Der junge Mann hatte die Vorstellung, dass es zu großem Blutvergießen kommen würde, sobald er etwas größer würde und das schwere Geschütz, ein altes „United States Yager " mit großem Kaliber, abnehmen könnte. Er hatte seinen Vater überredet, ihn ein- oder zweimal mit der Waffe zielen zu lassen, und war zuversichtlich, dass dieses Tier sterben würde, wenn er einen fairen Schuss auf ein Tier bekommen würde. Wäre es ein Reh, hätte er, so war er zu dem Schluss gekommen, von einem großen Baumstumpf ein paar Meter vom Haus entfernt zielen müssen. Wenn ein Bär kam, schloss er die Tür und öffnete das Fenster, nicht zu weit, und feuerte von dort weg. Aber nichts von all diesen Dingen, weder gegenwärtige Heldentaten noch Vorstellungen für die Zukunft, war sein größtes Interesse. Seine Spezialität waren Schlangen.

Dieses junge Individuum, dessen Spezialgebiet Schlangen waren, war von Natur aus nicht für einen Naturforscher gedacht. Er war von den meisten Naturprodukten sehr angetan, von der Familie der *Ophidia jedoch überhaupt nicht* . Schlangen waren seine Spezialität, einfach weil er sie nicht mochte. Alles ging auf die Affäre von drei Jahren zurück. Schlangen gab es im Wald reichlich, aber es gab nicht viele Arten. Es gab Strumpfbandnattern, die sich vor den kleinen Fröschen fürchteten, aber vor den meisten Dingen scheuten; da war eine kleine Schlange von wunderbarer Schnelligkeit und so grün wie das Gras, in das sie schoss; Da waren die Wasserlotsen, die sich in Windungen auf dem Treibholz im Wasser sonnten, von dunkler Farbe, dicker

Form und anstößigem Aussehen; Da waren die Milchschlangen, gelbgrau, mit wunderschönen gebänderten Seiten und mit schwarzen Schachbrettmustern auf ihren gelben Bäuchen. Manchmal fand man einen Topf mit der Milch einer einsamen Kuh, die im ausgegrabenen Keller unter dem Haus für den Rahm stand, mit verschmutzter gelber Oberfläche und einer weißen Pfütze auf dem Boden, und dann wurde die restliche Milch weggeworfen und die Pfanne würde gewaschen und verbrüht werden, denn der Dieb war bekannt. Im Tiefland gab es die Massasaugas; kurze, träge Klapperschlangen, giftig, aber feige, und schließlich waren da noch die schwarzen Schlangen, die überall umherstreiften, denn kein Rücksicht auf die Örtlichkeit ist *bascanion constrictor,* wenn er auf der Jagd nach Beute ist. Die Schwarzschlange war die größte aller Schlangen der Region, die einzige Würgeschlange unter ihnen, zu Hause im Tiefland, auf den Berghängen oder in den Baumwipfeln und der Schrecken aller kleinen Lebewesen des Waldes. Es gab eine Geschichte darüber, wie einer von ihnen einen Jäger überfallen, sich um seinen Hals gewickelt und ihn erwürgt hatte.

Dieser junge Mann von sechs Jahren erinnerte sich daran, wie er eines Tages vor drei Jahren, bevor er sich Hosen angezogen oder sich mit allen Angelegenheiten der Welt vertraut gemacht hatte, allein im Haus war, während seine Mutter in den kleinen Garten gegangen war. Er erinnerte sich, wie er, als er nach oben blickte, über der Türschwelle einen Kopf mit glitzernden Knopfaugen erblickte, und wie, nachdem er einen Moment lang darüber nachgedacht hatte, der Kopf höher gehoben wurde und ein schwarzes Monster über den Boden auf ihn zugeglitten kam pfeilschnelle Zunge und langer, gebogener Körper und offensichtlich wilde Absicht. Er erinnerte sich, wie er zu einem hohen Hocker sprang, der ihm am Tisch diente, wie er auf die Spitze kletterte und dort lautstark um Hilfe schrie – denn er hatte große Lungen. Selbst jetzt konnte er, wenn er die Augen schloss, seine Mutter sehen, wie sie aus dem Garten rannte, ihren entsetzten Blick sehen, als sie das kreisende Ding auf dem Boden erblickte, und dann den verzweifelten Blick, als der Mutterinstinkt zunahm Oberin, und sie stürzte in den Raum, ergriff die große Eisenschaufel, die vor dem Kamin stand, und begann, der zischenden Schlange rücksichtslose Schläge zu versetzen. Eine große schwarze Schlange ist kein angenehmer Kunde, aber – für eine schwarze Schlange – auch keine rasende Mutter mit einer eisernen Feuerschaufel in der Hand, und diese spezielle Schlange hat übrigens einen großen Teil davon in den Schwanz gedreht. denn es reichte bis zu seinem Kopf und verschwand in einem schwarzen Katarakt über der Türschwelle und wieder im Wald.

Von dieser Stunde an war das auf einem Stuhl so bedrängte Individuum kein Freund von Schlangen mehr. Sprechen Sie über Vendetten! Keine sizilianische Fehde wurde jemals erbitterter und unerbittlicher geführt, je größer und selbstbewusster der Junge wurde. Dutzende Strumpfbandnattern waren ihm zum Opfer gefallen; Einmal hatte sogar eine Milchschlange den Geist aufgegeben, und einmal – an einem großartigen Tag – hatte er eine schwarze Schlange im Freien gesehen und sie tapfer mit aus der Ferne geschleuderten Steinen angegriffen. Als es auf ihn zukam , zog er sich zurück, gab aber das Bombardement nicht auf und trieb es schließlich in ein tiefes Gebüsch. Er hatte es aus zwei Gründen noch nie geschafft, mit einer schwarzen Schlange auf Tuchfühlung zu gehen: Erstens, weil Steine fast so gut waren wie eine Keule, und zweitens, weil sein Vater ihm aus Angst um ihn mit Strafe gedroht hatte, wenn er es schaffen würde Sie versuchten einen solchen Kampf, und die feste alte Regel „Spart die Rute und verwöhnt das Kind" wurde vom Vater buchstäblich befolgt und von der Mutter zögernd unterstützt. Und in der Nähe des Hauses wuchsen schlanke Sprossen aus Birke und Weide, von denen sich jeder nach vorne beugte, als wollte er sagen: „Ich bin genau das Richtige, um einen Jungen damit zu lecken", und so ein Spross wie einer von diesen, besonders der Willow, unter geeigneten Bedingungen, umarmt man also seine Schultern und rollt sich um seine Beine und macht sich vertraut. Aber die Fehde dauerte an, und zwar von Dauer, doch an diesem besonderen Nachmittag dachte der junge Mann, als er in der Tür stand, nicht an Schlangen. Etwas anderes in diesem Sommer erregte viel Aufmerksamkeit. Er hatte eine Familie in seinen Händen.

KAPITEL III.

JUNGE, VOGEL UND SCHLANGE.

Die Familie des jungen Mannes war nicht groß, aber ein Teil davon war jung und er fühlte die Verantwortung. Der Singsperling ist das Licht und die Fröhlichkeit der Wälder und Felder. Es gibt seltenere Sänger und Vögel mit prächtigerem Gefieder, aber er ist die konstante Zahl. Seine Töne mögen nicht mit den sanften, kurzen Tönen der Blauvögel im Vorfrühling mithalten, die so süß in ihrem urigen Tonfall sind, alle Hoffnung wecken und so beeindruckend sind, weil man sie hört, solange noch Schnee auf dem Boden liegt; Vielleicht hat er nicht die wilde Hingabe des Bobolink mit diesem Klirren, Gurgeln und Nervenkitzel; Er ist kein anmaßender Sänger wie viele andere Vögel, aber er ist ein großer Teil der Seele des Frühsommers, denn er erzählt morgens, mittags und abends, wie gut die Welt ist, wie gut er den Sonnenschein genießt, und wie alles in Ordnung ist! Und so gefiel dem jungen Mann viel vom Singsperling und er interessierte sich für die Bewegungen seiner Artgenossen.

Eines Tages im Mai hatte der Junge in der Büsche zwischen Haus und Bach etwas bemerkt, das einem kleinen Vogelnest sehr ähnelte, und hatte es sofort untersucht. Er fand es, das Nest des Singsperlings, und als der kleine graue Wächter davongeflattert war, bemerkte er die vier winzigen Eier und ihre gesprenkelte Schönheit. Er rührte sie nicht an, denn er war gut darin geschult worden, wie die Beziehungen zwischen Menschen und allen singenden Vögeln aussehen sollten, aber sein Interesse am Fortschritt dieses Aufsatzes über die Sommerhauswirtschaft wurde sofort fesselnd. Er verkündete im Haus, dass er vorhabe, den ganzen Sommer über das Nest zu bewachen und die Falken fernzuhalten, und dass er vielleicht versuchen würde, einen zu zähmen, wenn die kleinen Eier geschlüpft und die kleinen Vögel herangewachsen wären. Er war von der Idee ermutigt. Es ist gut, einem Jungen beizubringen, beschützerisch zu sein. Und als die Vögel geschlüpft waren, wuchs sein Interesse.

Als er an diesem besonderen Tag in der Tür stand, war er fast geneigt, das dichte Gebüsch zu besichtigen und sich die Lage der Dinge in dieser Umgebung anzusehen, aber so lebhaft er auch war, es gab etwas in der Aussicht, das ihn zurückhielt. Der Nachmittag hatte so einen gelben Glanz und es passierte so viel.

Über dem Phlox balancierte ein Kolibri mit grünem Rücken und glitzerndem Körper, der einen Moment lang schnupperte und dann zu den Ritterspornen flog. Ein Rotkopfspecht schwang sich mit dem Flügel nach unten auf die weißbraune Seite einer toten Ulme, hinterließ einen kurzen Schlag auf der

Oberfläche und stürzte sich dann auf ein vorbeifliegendes Insekt. Irgendwo sang ein Phoebe-Vogel. Ein rotes Eichhörnchen saß direkt auf dem herabhängenden Ast eines Hickorybaums und kaute in eine gepflückte Nuss, die so grün war, dass sich der Kern nicht bildete, ließ sie dann auf den Boden fallen und verkündete mit einem Geplapper, dass er eine wichtige Person sei . Große gelbe Schmetterlinge mit schwarzen Markierungen auf den Flügeln schwebten träge hier und da und ließen sich schließlich in einer prächtigen Gruppe an einer feuchten Stelle an einem schlammigen Ort nieder, wo ihnen etwas gefiel, und wo sie zitternd fraßen und flatterten. Es gab unzählige Wildbienen, und ein angenehmes Summen erfüllte die Luft, während von überall her das allgemeine leise Geräusch des Waldes zu hören war, das aus vielen Geräuschen bestand.

Der Junge war mit der Aussicht zufrieden. Plötzlich fing er an. Es gab einen Ruf, der nicht der Ruhe diente. Er kannte den Schrei. Er hatte es gehört, als ein Raubvogel einen kleineren Vogel erbeutet hatte. Es war jetzt der Ruf des Spatzen, und er kam aus seinem Büschel. Seine Familie war in Gefahr. Ein Falke vielleicht, aber er hätte einen solchen Feind in seinem Abstieg gesehen. Es könnte ein Katzenvogel oder ein Wiesel sein?

Im Handumdrehen lief der Junge durch den Garten, und während er rannte , schnappte er sich etwas, das für eine Person von so wenigen Zentimetern ideal war: ein Stück Hickoryholz, vielleicht zwei Fuß lang, nicht mehr als einen Zoll dick, aber robust und schwer genug für einen fahrenden Ritter seines Alters. Er durchbrach das leichte Gras an der Stelle, an der die Büsche am dichtesten wuchsen, und gelangte auf einen freien Platz, von dem aus er einen schönen Blick auf den besonderen Strauch hatte, in dem sich das Vogelnest und seine Vögel befanden. Er blieb stehen und schaute, lief dann ein wenig zurück, schaute dann noch einmal, und alsbald erhob sich aus seiner Kehle ein Schrei, der zwar lauter war, aber in seinem Charakter fast dem anderen wilden Schrei der beiden Spatzen ähnelte, die mitleiderregend flatterten und verzweifelt um ihr Nest herum und versuchen jeden Moment ihren eigenen Tod herauszufordern, um ihre halbflüggen Jungen zu verteidigen. Er stand da, seine jugendlichen Glieder waren halb gelähmt, und schrie, denn er sah das Schrecklichste, und was er anscheinend weder aufhalten noch verhindern konnte, obwohl sich vor seinen Augen eine grausame Tragödie abspielte!

Leicht zusammengerollt um den Hauptstamm des Busches, in dessen Nähe auf einem gegabelten Ast das Spatzennest ruhte, dessen dunkle Windungen nach unten reichten und dessen freier Hals und Kopf regelmäßig hin und her wedelten, war eine monströse schwarze Schlange und hinein Mit seinen Kiefern flatterte schwach einer der jugendlichen Spatzen. Offensichtlich hatte der Anfall gerade erst stattgefunden, als der Junge den Tatort betrat. Die Augen der Schlange glitzerten böse und sie zeigte keine Neigung, ihre

Beute wegen des Eindringlings fallen zu lassen. Es hob nur den Kopf und schwang langsam von einer Seite zur anderen. Fast in voller Länge lag auf einem verzweigten Ast desselben Busches und auf einer Höhe mit dem Nest eine zweite Schlange, den Kopf leicht erhoben, aber bewegungslos, und schien auf die Gelegenheit zu warten, einen weiteren Angehörigen der zarten Brut zu ergreifen. Die Elternvögel flogen in immer engeren Kreisen in ihrer Meerenge umher, brüllten mitleiderregend und kamen den Rachen ihrer abstoßenden Feinde gefährlich nahe. Der Junge stand aber auf und schrie. Es waren die größten schwarzen Schlangen, die er je gesehen hatte. Dann wurde er auf einmal ein anderes Geschöpf. Seine kindliche Stimme änderte die Tonart, und mit der Keule in der Hand rannte er, noch lauter schreiend, direkt auf den Busch zu. Im selben Moment rannte seine verängstigte Mutter den Weg entlang und schrie ebenfalls.

Als der Junge nach unten sprang, ließen sich beide Schlangen mit erstaunlicher Schnelligkeit zu Boden fallen und schossen über die offene Fläche von wenigen Metern auf den Bach zu. Seite an Seite, mit aufgerichtetem Kamm, glitten sie dahin, und einer von ihnen hielt noch immer den unglücklichen jungen Spatz zwischen seinen Kiefern. Der Junge zögerte keinen Moment. Er machte immer noch einen lauten, aber für ein Geschöpf seines Alters heiseren Lärm, rannte los, um sie abzuwehren, und kam kaum an ihnen vorbei, als sie das Wasser berührten. Er sprang vor ihnen her und sie waren im Nu bei ihm. Das Wasser stand ihm bis zur Hüfte. Er stürzte rücksichtslos tiefer. Mit einem Wutschrei schlug er auf die Schlange mit dem Vogel ein und schlug und schlug erneut, blindlings, wobei er immer noch dieses seltsame Geräusch von sich gab, und mit der Wut eines jungen Dämons. Die Frau hatte das Ufer erreicht und stand da, ohne zu wissen, was sie tun sollte, und kreischte vor mütterlicher Angst, während ein Mann über die Lichtung rannte. Und dann landete ein wilder, zufälliger Schlag mit der ganzen Kraft des wahnsinnigen Jungen direkt unter dem Kopf der Schlange, die den Vogel wegtrug, und in einer Sekunde war er erledigt, schwebte und wand sich mit gebrochenem Herzen den Bach hinunter Hals, und seine winzige Beute löste sich und trieb neben ihm davon.

Die Mutter schnappte erleichtert nach Luft, aber nur für einen Moment. Der Junge warf einen Blick auf das schwebende Reptil und den Vogel, aber nur einen, und wandte sich dann der anderen Schlange zu. Es hatte fast das Ufer erreicht, und zwischen diesem und dem Versteck, das es erreichen konnte, befand sich ein Stück strauchloses Gelände. Seine schwarze Länge zeichnete sich bereits auf dem kurzen Gras ab, als der Junge mit erhobener Keule aus dem Wasser stürzte, gerade als sein Vater von der anderen Seite in vollem Blickfeld auf die Szenerie kam. Mit Schreien wie die eines jungen wilden Tieres rannte das Kind auf die Schlange los, schlug mit der starken Keule und war voller Zorn. Die in ihrem Lauf gebremste schwarze Schlange drehte sich mit dem Instinkt des Würgeschlangens um und sprang auf den Jungen zu, peitschte ihre starken Windungen um eines der Beine ihres Angreifers und hob ihren Kopf auf eine Höhe mit seinem Gesicht. Der Junge schlug zu, schnappte nach Luft und stolperte über ein Hindernis, und irgendwie wurde die Schlange weggerissen, und dann gab es einen weiteren Ansturm auf sie, einen weiteren Hagel von Schlägen, und sie wurde wie ihr Gefährte getroffen und lag da, wo sie sich drehte ein gebrochener Rücken. Der Mann rannte durch den Bach und kam mit einem großen Stock in der Hand zum Tatort, doch sein Einsatz war nicht erforderlich. Die einzige Aufgabe, die ihm oblag, bestand darin, den Jungen aus seiner Beute herauszureißen, der von einem Geist der Wut und Rache besessen war, der alle Vorstellungen übersteigt. Auf das wogende, sich hin- und herbewegende Ding sprang er, so dass er ziemlich in seinen Windungen gewesen wäre, wenn es noch mehr Macht gehabt hätte, und schlug heftig zu und schrie alle schrecklichen Ausdrücke, die er kannte – was der wildeste aller Verzicht auf Obszönitäten gewesen wäre Hätte er nur die Worte für eine solche Leistung gefunden? Sein Vater packte ihn am Arm und er kämpfte mit ihm. Es war einfach ein junger Verrückter. Als er über den Bach getragen und für kurze Zeit in Fesseln gehalten wurde, brach er plötzlich in Schluchzen aus und ging dann, um das zerstörte Nest zu inspizieren, in dem die beiden alten Vögel trauernd herumlungerten und in dem die verbleibenden Nestlinge zunächst tot zu sein schienen, sich aber später erholten , so grausam hatte die Faszination ihres natürlichen Feindes auf sie gewirkt!

Was ist denn passiert? Was passiert, wenn ein Vater und eine Mutter Gelegenheit haben, über die Angelegenheit eines Sohnes, eines Kindes, Bein von Bein und Fleisch von Fleisch, nachzudenken, das eine Regel übertreten hat, die sie ihm weise und nachdenklich auferlegt haben, ohne jedoch Vorkehrungen zu treffen? emotionale oder außergewöhnliche Eventualitäten, weil es nutzlos wäre, da er Ausnahmen nicht verstehen konnte. Sie brachten ihn zum Haus. Der Vater sah ihn seltsam an, aber mit einem Gesichtsausdruck, der weit entfernt von Wut war, und seine Mutter nahm den jungen Mann beiseite, wusch ihn, zog ein anderes Hickory-Hemd an und sagte ihm, dass seine Spatzen einen hübschen Vogel züchten würden Immerhin eine gute Familie, und dass es für die alten Vögel nicht so schwer sein würde, drei als vier zu ernähren.

Früh am selben Abend schlenderte ein eins achtzig großer Vater zum etwa eine Meile entfernten Wohnort des nächsten Siedlers, und die beiden Männer gingen zurück und redeten miteinander, wie es Nachbarn in einem neuen Land tun, obwohl sie sich in Städten nicht so gut auskennen , und als sie den Bach erreichten, schnitt einer von ihnen, der Vater, einen gegabelten Zweig ab und hob die schwarze Schlange auf ihre volle Länge. Sein Kopf war auf gleicher Höhe wie sein Kopf, so dass sein Schwanz kaum den Boden berührte. Offensichtlich waren die Männer interessiert, und offensichtlich war einer von ihnen ziemlich stolz auf etwas. Aber er sagte seinem Sohn nichts davon. Das hätte in seiner Gesamtheit dazu geführt, dass man jemanden wegen Befehlsverweigerung beschimpfen würde. Für die trauernden Singsperlinge war es jedoch eine gute Sache. Ältere Köpfe als der Junge achteten nun auf ihr Wohlergehen. Glückliche Spatzen waren sie!

Was den Jugendlichen betrifft, so hatte er in dieser Nacht seltsame Träume, an die er sich sein ganzes Leben lang erinnerte. Er kämpfte wieder mit den Schlangen, und das Schicksal des Krieges änderte sich, und bis zum Tagesanbruch gab es viel Ärger. Dann, als die Sonne gleißend über der Lichtung brach, als der Boden und die Bäume erleuchtete Tautropfen hervorblitzten, mit dem Klang tausender melodiöser Vogelstimmen – sogar der trauernde Vater, der Spatz, sang – war er sein Eigen Er erlangte wieder ein großes Selbst und zog siegreich aus, um zu siegen. Er fand den ermordeten Nestling im Bach gestrandet und begrub ihn feierlich. Er fand beide toten Eindringlinge und schlug mit einem langen Stock auf ihre verdorbenen Körper ein. Und er wünschte, ein Bär würde kommen und versuchen, ein Schwein zu fangen!

Das war der Junge. Dies war das Feld, in dem er aufwuchs, die Natur seines Aufstiegs zu einem aktiven Wesen, und dies mag etwas seine unbewusste Neigung verdeutlichen, die von der frühen Umgebung beeinflusst wurde, und gleichzeitig einige der festen Merkmale der Vererbung zeigen, denn er stammte aus einer kämpfenden Rasse.

KAPITEL IV.

Mit dem Land aufwachsen.

Haben Sie schon einmal ein blühendes Buchweizenfeld gesehen? Haben Sie schon einmal an seinem Rand gestanden und über die Hektar weicher Eiderdaunen geblickt? Haben Sie schon den Duft des Ganzen in Ihre Nase eingeatmet, die schwere Süße, die durch den Hauch von Kiefernholz aus dem angrenzenden Wald deutlich abgemildert wurde? Haben Sie bemerkt, dass wilde Bienen in unzähligen Myriaden auf der Oberfläche arbeiten und aus dem Herzen jeder winzigen Blüte das sammeln, was den klarsten, reinsten und weinartigsten aller Honige ergibt? Haben Sie am Waldrand gestanden, hoch oben auf einem Zaun, vielleicht zwischen Bäumen, die bei der ersten Rodung des Feldes in einen riesigen Schwad gefällt wurden, oder auch zwischen Balken aus Eiche oder Esche, sowohl schwarz als auch weiß – die schwarze Asche hält länger? denn Würmer dringen in das Weiß ein – und blickte auf ein Feld mit wachsendem Mais, dessen Grün sich tief und wogend ausbreitete, und bemerkte die Spuren, die die Steuereintreiber des Waldes an seinen Rändern hinterlassen hatten: die zarte Arbeit des Eichhörnchens und die abgebrochenen und abgestreiften Halme Ohren auf dem Boden, Überreste des alten Waschbären, des kleinen Bären des Waldes, der genug Wissen hatte, um ein Freund des Menschen zu werden, wenn er gefangen und gezähmt wurde, und in seiner Art fast menschlich, so neugierig wie ein Skandalmacher und egoistisch wie ein Geld -Darlehensgeber?

Bist du im frühen Frühling, in der Zeit frostiger Nächte und sonniger Tage, in den harten Ahornwald, den Zuckerbusch, gegangen und hast die Hohlkehle und den Spieß nach Hause getrieben und den fließenden Saft gesammelt und ihn in solchen Töpfen und Kesseln gekocht, wie es die späteren Pioniere getan haben? Haben Sie solch ein nach Wildholz duftendes Produkt besessen und erworben, das kein Konditor der Stadt jemals erreichen kann? Haben Sie nachts, im milden Mittsommer, an einem Teich gelegen, einer Verbreiterung des Baches oberhalb eines alten Biberdamms, und den Bisamratten beim Kampf und beim Fressen zugeschaut? Haben Sie den gewöhnlichen Wildkatzen-Dämon mit kleinem Körper gejagt, dessen Spuren auf dem Schnee jeden Wintermorgen zu erkennen sind, der aber so schlau ist, so begabt mit einer großen Kunst der List, dass Sie mit ihm überall um Sie herum zum Mann heranwachsen können? Doch sehen Sie ihn nie in seinem sehnigen Fleisch, es sei denn, Sie suchen mit Hund und Waffe, Nahrung und Entschlossenheit seine Spur und folgen ihr unvernünftig, bis Sie die beharrliche Suche mit der Entdeckung des Steinbruchs beenden, der dicht neben dem Körper eines durchgebrannten, verkümmerten Menschen liegt Baum, und mit einer lebhaften Episode in unmittelbarer Aussicht?

Haben Sie jemals einen Vielfraß gejagt, den letzten seiner Art in einer von Lichtungen überschwemmten Region, eine seltsame Kombination in Charakter und Form von Bär und Luchs, gefräßig und gefräßig und stark und furchtlos, ein Tier, das seit der Zeit der frühesten Höhle fast unverändert herabgestiegen ist? -Männer, den Schrecken des tapfersten Hundes, und seine allzu unzivilisierte Karriere mit einem Gewehrschuss aus nachdenklicher Entfernung beenden?

Haben Sie gesehen, wie die wilden Tauben, bevor Topfjäger in ihre südlichen Quartiere und Brutstätten eindrangen und sie millionenfach abschlachteten und einen der wunderbarsten amerikanischen Wildvögel ausrotteten, in so dichten Wolken überschwemmten, dass die Sonne verdeckt wurde? zuweilen so nah an der Erde, dass ein langer, von einem Baum oder Hügel hochgestoßener Stab solche Massen betäuben würde, die einen galanten Topfkuchen ergeben würden? Bist du dem Reh im dichten Wald gefolgt, hast du im Neuschnee seit der Dämmerung des frühen Morgens beharrlich an seiner Spur festgehalten, ihn immer wieder aus dem Versteck aufgeschreckt und geschossen, wann immer du auch nur einen Blick auf seinen grauen Körper erhascht hast? Entfernte Zwischenräume zwischen Bäumen und Gestrüpp, bis ihn am späten Nachmittag die menschliche Ausdauer, die immer die des wilden Tieres übertrifft, überwältigte und er mit jedem neuen Alarm weniger stark sprang und vor Einbruch der Dämmerung immer rücksichtsloser wurde und in seine Reichweite gelangte und am nächsten Morgen seine Feinde ernähren? Haben Sie am Brackwasser der Lecke nach ihm Ausschau gehalten, wo Sie, von Mücken gebissen und unruhig, auf einem unhöflichen, hohen Gerüst neben einem Baum sitzend, gewartet und gelitten haben und absolute Stille und Unbeweglichkeit bewahrt haben, bis geisterhaftes Umherhuschen kam? Gestalten vom Wald bis zum Rand der Untiefe, als das große Geschütz, das die abergläubische Anzahl an Schrotpatronen, nur dreizehn, trug, aufbrüllte, tausend Echos der Nacht weckte und, als es hinunterkletterte, in seinem Todeskampf ein großes, geweihbewehrtes Ding fand?

Sind Sie durch neue, eine Saison lang vernachlässigte Lichtungen gewandert und knöcheltief durch Erdbeerblüten gewatet und haben sich dort später von so scharlachroten Früchten ernährt, die so duftend und so eigenartig sind, dass der wissenschaftliche Gärtner heute seine Schwäche eingesteht? ? Haben Sie an einem hellen Frühlingsmorgen auf die Ebenen geschaut und festgestellt, dass sie sich durch die erste Überschwemmung des Baches in einen flachen See verwandelt haben, und haben Sie eine große Fläche aus leuchtendem Gold gesehen, als die Sonne das dünne Eis schlug, das in der Nacht entstanden war, aber lange vor Mitternacht verschwand? -Tag und ließ eine Oberfläche voller Wellen und wechselnder Lichter und Schatten zurück, auf die gelegentlich ein Platschen und große, sich ausdehnende Kreise fielen, während ein riesiger Paarungspflücker vor Freude hüpfte? Sind Sie schon einmal dagestanden, voller Freude darüber, und haben mit Ihren geblähten Lungen die Luft eingeatmet, die durch Hunderte von Kilometern lange Fahrt über ein Binnenmeer, das nächste Ufer keine zwanzig Kilometer entfernt, geklärt und durch aromatische Wälder für Ihre Sinne gefiltert wurde? unsichtbares Elixier, berauschend, ohne Kopfschmerzen als Preis? Haben Sie die Tigerlilien und purpurroten Tabakblüten im Tiefland aufblitzen sehen? Haben Sie den Nerz gefangen und beim Besuch seines Aufenthaltsorts den alten blauen Kranich bemerkt, der immer vor Ihnen durch düstere Korridore huschte, unheimlich, aber ein Freund? Ja, aber es gibt tausend Dinge!

Wenn Sie all diese schönen Dinge nicht gesehen, gekannt oder gefühlt haben – so durcheinandergewürfelt in der Anspielung hier, ohne natürliche Abfolge, Gedanken, Vernunft oder irgendeine Kunst –, wenn Sie sie nicht alle und so viele andere besessen haben, die hier vielleicht nicht zu finden sind erwähnt, dann haben Sie etwas von den Geschenken und Herrlichkeiten des Wachstums in einem neuen Land verpasst . Solche Erfahrungen machen nur eine Generation. Aber mit der Eroberung wächst eine Generation heran, und das ist eine großartige Sache. Es ist menschengemacht.

Und aus dem Osten kamen mehr Holzhauer, keine Wasserschöpfer, und die Axt schwang herum, und neue Lichtungen wurden angelegt und frühere verbreitert, und wo zuerst Weidenröschen folgte, gab es beim Verbrennen der Baumstämme allerdings Lieschgras und Klee Das Mähen war noch grob, und der Staat war „beruhigt". Auf den Straßen durch den Wald waren die Spurrillen der Wagen deutlich erkennbar; Die Häuser waren nicht weit voneinander entfernt und um sie herum lagen junge Obstgärten. Die Wildnis wurde unterworfen. Die Zahmheit wuchs. Der Junge wuchs mit.

Es gab nichts besonders Neues in der Art und Weise der Entwicklung dieses Jugendlichen, abgesehen davon, dass er mit zunehmendem Alter fast ein junger Indianer in allen Holzarbeiten wurde und dass die billige, lange, einläufige Schrotflinte sein erstes großes persönliches Gewehr war Besitz wurde in seinen geschickten Händen zu einer tödlichen Sache. Er trug wilde Truthähne und Raufußhühner und manchmal auch größeres Wild zur Speisekammer der Familie bei, und er hatte halb im Sinn, als er älter wurde, den entlegeneren Westen aufzusuchen und ein mächtiger Jäger und Fallensteller sowie ein Schlächter der Sioux zu werden. Auf die Chippewas seiner Gegend konnte kaum geschossen werden. Die Übriggebliebenen hatten bereits das anspruchslose Leben begonnen, das die meisten von ihnen heute führen, hatten ein gutes Verhältnis zu allen, waren bewundernswert gebräunt und er mochte sie. Bei den Sioux war das ganz anders. Er hatte davon in der Wochenzeitung gelesen, die jetzt Teil des Fortschritts war, und er hatte in der Bezirksschule etwas darüber gelernt – denn die Bezirksschule war natürlich gekommen. Es entsteht in den Vereinigten Staaten, nachdem

Wälder abgeholzt wurden, genau wie Weizen oder Mais. Und die Bezirksschule war für die Jugend eine Neuheit und eine große Attraktion. Es führte ihn in die Gesellschaft.

Über Waldwege und aus weiten Entfernungen in alle Richtungen kamen die Schüler zu dieser ersten Schule der Region, und es waren insgesamt etwa zwanzig, Jungen und Mädchen, und die Lehrerin war eine schöne junge Frau aus der fernen Stadt. Das Schulhaus bestand aus einem einzigen Raum, der aus Holz gebaut war, und Eichhörnchen warfen Nüsse von überhängenden Ästen auf das Dach und spähten durch die Fenster, und manchmal jagte ein Falke einen fliehenden Vogel dorthin, wo er es tat Finden Sie ein sicheres Asyl, aber stiften Sie Verwirrung. Einmal marschierte ein Schwarm Wachteln sittsam durch die offene Tür herein, während Lehrer und Schüler angesichts des schönen Anblicks schwiegen. Und einmal wurde der Ort von einer Invasion wütender Hornissen geräumt. Das war ein toller Tag für die Jungs.

Der Unterricht war nicht so vielfältig wie heute in den Kreuzungsschulen. Es gab die Fibel und ein paar der alten Webster-Rechtschreibbücher, aber während die Geschichten vom Jungen im Apfelbaum und der anmaßenden Milchmagd bekannt waren, war das beliebte Buchstabierbuch Towns, und die Leser waren First , Second, Third und Fourth, und ihre „Stücke" umfassten Klassiker wie „Webster's Reply to Hayne" und „Thanatopsis" sowie zahlreiche clevere Heldentaten von SP Willis in leeren Versen. Davies Arithmetik war vorherrschend, und wenn es um Grammatik ging, war Browns Favorit, wann immer sie gelehrt wurde. Schon damals gab es im ländlichen Lehrplan einen Umriss des Systems der Gemeinschaftsschulen, das sie zu einer unübertroffenen Institution in dieser Region gemacht hat, die anderswo auf der Welt nicht zu übertreffen ist. Es gab starke Männer, Männer, die die Zukunft erkennen konnten und die die Gesetzgebung einiger der neuen Staaten kontrollierten.

Die erwähnten Studien und die Geographie waren jetzt die Aufgaben, und unter denen der kleinen Gruppe herrschte Gleichgültigkeit, Hoffnung oder Rivalität, wie es jetzt in jeder Schule der Fall ist, von irgendeinem neuen Ort in Oklahoma bis zum alten Oxford, jenseits der Meere . In allen wissenschaftlichen Studien lag der Zufall, dass derselbe Junge, Grant Harlson , mit Abstand an der Spitze lag. Seine Mutter, eine ehemalige Lehrerin in einem anderen und älteren Staat, liebevoll, rücksichtsvoll und taktvoll, hatte ihm das Lesen und Verstehen beigebracht, und er hatte so etwas wie einen Geschmack und ein bleibendes Gedächtnis. Innerhalb des rauen Schulzimmers genoss er also ein gewisses Ansehen. Draußen nutzte er seine Chancen.

KAPITEL V.

Düsterer Krieg.

Es wurde gesagt, dass in der Schule etwa zwanzig Kinder waren. Sie hatten unterschiedliche Abschlüsse und Vermögen. Es gab die Söhne und Töchter der Landbesitzer, die Pioniere, und es gab die Söhne und Töchter der Männer, die für sie arbeiteten, meist der umherziehenden Klasse, die Blockhäuser auf unbeanspruchtem Land bewohnten und dafür Mehl, Mehl oder Kartoffeln bekamen ihre Dienste mit dem stabileren oder meisterhafteren. In der Schule gab es diesbezüglich jedoch keine Unterschiede. Es gab nur zwei Maßstäbe für das Ansehen von Mädchen und Jungen zusammen: ihre relative Bedeutung in ihren Klassen, der Lehrer, der ihr Kraft gab, und nur bei den Jungen die Gleichung, die sich aus der Frage aller persönlichen Begegnungen ergab. Jungen werden Jungen sein, und unser kämpfendes angelsächsisches Blut wird es zeigen.

Unter den älteren Jungen waren Harrison Woodell und George Appleton sowie Frank Hoadly und Mortimer Butler; und unter dem zweiten Nachwuchs befanden sich, wenn auch in ihrem Alter etwas unterschiedlich, Alf Maitland und Maurice Shannon und Grant Harlson sowie drei oder vier andere, die ihnen zur Seite standen. Die Mädchen unterschieden sich stärker im Alter, denn es gab einige, die Lehrerinnen werden wollten, die als Jungen im Sommer zu Hause bei der Arbeit gewesen wären, und einige, die schon in jungen Jahren kommen konnten, da ihre älteren Schwestern mitkamen alle erforderliche Sorgfalt walten zu lassen. Und unter den kleineren, wenn auch nicht so jung wie manche, war Katie Welwood , ein schwarzhaariges, schwarzäugiges, böses kleines Ding, das unter den Jungen der letzte Schrei war. Sie hatte Grant Harlson und dem jungen Maitland zugelächelt , so früh in ihren Jahren ist das Weibchen eine Kokette, und sie sahen einander schief an, obwohl sie die besten Freunde waren. Hätten sie nicht gemeinsam dem großen George Appleton die Stirn geboten und ihn im laufenden Kampf besiegt, und wären sie nicht geschworene Verbündete gewesen, wäre Wohl und Wehe gekommen! Aber selbst im Alter von zehn Jahren war die Frau immer die Ursache für Ärger zwischen Männern, und die beiden führten ihrerseits eine tödliche Fehde. Es kam alles plötzlich. Es gab gewisse Eifersüchteleien und Kummer, die durch die rabenschwarze junge Füchsin mit den siegreichen Augen hervorgerufen wurden, aber zwischen diesen Vasallen in ihrem Gefolge gab es keine ausgesprochenen Worte des Zorns, bis eine andere Entschuldigung kam, denn Ihr Landsmann ist bescheiden. und gibt nie zu, dass sein Leiden etwas mit der großen Leidenschaft zu tun hat. Aber es gab eine heftige Debatte über den richtigen Besitz eines großen grauen Eichhörnchens, auf das sie gemeinsam mit starken Hickory-Bögen

Pfeile geschossen hatten, und da dieser Vorwand als Treibstoff für das Feuer bereits schwelte, entstand bald eine große Flamme. Keiner von beiden wollte einem nachgeben, von dem er wusste, dass er tief in seinem Herzen darauf aus war, auf schurkische Weise die Zuneigung der jungen Frau zu gewinnen, und so kämpften sie. Unglücklicherweise für Grant hatte Napoleon zumindest einigermaßen Recht, als er bemerkte, dass die Vorsehung immer die schwersten Bataillone bevorzugte, und ebenso unglücklich für ihn, dass Alf, so entschlossen wie er, zu diesem Zeitpunkt nur ein wenig schwerer und ebenso robust war ihrer jungen Karrieren und war im Allgemeinen das, was ein Schirmherr des Preisrings als den besseren Mann bezeichnen würde. Grant ging nach Hause, so gründlich abgeleckt, wie es ein nicht überkritischer Landjunge nur verlangen konnte, und hätte das Gefühl haben sollen, dass bis auf die Ehre alles verloren war. Aber so empfand er es nicht. Er dachte nicht ausführlicher über Ehre nach, als es normalerweise ein zehnjähriger Junge auf dem Weg zum elfjährigen Alter tut, aber er wollte Rache. Seine Sirene und einen Teil seines Blutes – „es war aus der Nase", wie Byron sagt – zusammen zu verlieren, war zu viel für seine Philosophie. Er muss Rache nehmen! Er war kein Lämmchen, und er wusste Dinge. Er hatte die Schweizer Familie Robinson gelesen. Er beschloss, am nächsten Morgen seinen verhassten Rivalen und erfolgreichen Gegner aufzuspießen!

KAPITEL VI.

Das Aufspießen von Alfred.

„Die Speere, die sie trugen, waren zwar ganz aus Holz, aber gefährliche Waffen", beschreibt der alte Schriftsteller die Bewaffnung eines Stammes der Südseeinselbewohner. „Ihre Spitzen werden durch das Feuer verhärtet, und in den Händen dieser wilden Männer sind sie genauso tödlich wie die Assegai der Afrikaner."

Diese Passage, auf die er irgendwo gestoßen war, war für den jungen Harlson von größtem Interesse . Er hatte das Gefühl, dass seine Bewaffnung noch nicht das war, was sie sein sollte. Er hatte zwar die Würde einer Waffe erkannt, aber das war etwas ganz anderes. Was er brauchte, war etwas, das speziell für persönliche Begegnungen und für jeden fahrenden Ritter geeignet war, der sich ihm bot. Er hatte sich vorgestellt, was passieren könnte, wenn er mit Katie Welwood zusammen wäre und sie von irgendetwas oder irgendjemandem angegriffen würden. Er hatte genaue Vorstellungen davon, was die Pflicht eines Liebhabers war, und hatte nach dem, was er gelesen hatte, den Eindruck, dass ein richtiger Ritter stets auf den Kampf vorbereitet sein sollte. Also hatte er ihm einen Speer angefertigt, eine beeindruckende Waffe, die mit großer Genauigkeit nach dem Rezept der Südseeinsel hergestellt worden war. Er war in den Wald gegangen und hatte sich eine Blaubuche ausgesucht, so gerade wie nur möglich und fast einen Zoll dick. Daraus hatte er eine Länge von vielleicht zehn Fuß abgeschnitten, die er mit unendlicher Arbeit und dem Risiko eines Klappmessers glatt und weiß zugeschnitten hatte. An einem Ende ließ er einen so großen Kopf zurück, wie der Schössling zuließ, und nachdem er ihn wie eine Speerklinge geschoren hatte, warf er ihn ins Feuer, bis er zu verkohlen begann. Er hatte die Verkohlung mit einem Stück Glasscherben abgekratzt und als Ergebnis seiner Bemühungen besaß er tatsächlich einen Speer mit einer Spitze von zweifelloser Schärfe und großer Härte. Er war sehr stolz auf seine neue Waffe und trug sie tagelang zur Schule und auf seinen verschiedenen Waldausflügen bei sich, aber es hatte sich nirgendwo eine Chance ergeben, ein notleidendes Mädchen zu retten, und die anderen Jungen hatten nur Neid und Bewunderung hervorgerufen in der Nachahmung und im Erscheinen ähnlicher kriegerischer Ausrüstung unter ihnen.

Er hatte es satt, das Ding herumzutragen, und hatte es eine Zeit lang friedlich zu Hause gelassen, neben dem Schweinestall gelehnt. Jetzt war alles anders. Es war soweit! Er würde sich rächen, und zwar auf blutige Weise. So wie die Bewohner der Südseeinseln ihre Feinde behandelten, sollten auch seine behandelt werden. Er würde den Kriegspfad einschlagen, und was Alf betraf

– nun ja, er tat ihm im Großen und Ganzen leid, aber im Besonderen war in seiner Brust alle Gnade tot. Er erinnerte sich an etwas im Reader:

„‚Stirb! Abkömmling unserer Verwandtschaft! Stirb! Verräter an Lara!'
Als er sprach , war Blut am Speer von Mudara !"

Da musste Blut sein, und er schmiedete seine Pläne mit dem, was er für den Gipfel wilder Handwerkskunst und Einfallsreichtum hielt.

Der Vater von Alf war ein kräftiger und guter Mann, aber er hatte eine Schwäche. Er war der Hauptunterstützer in der Nachbarschaft des Wanderpredigers, der in diesem Teil des Landes ermahnte, und er hatte vielleicht zu viel Lust gehabt, sich selbst bei Erweckungsversammlungen reden zu hören und sich selbst in langen Gebeten zu Hause zu hören . Seine Petitionen deckten ein breites Themenspektrum ab und er präsentierte sie regelmäßig. Die Familiengebete jeden Morgen vor dem Frühstück waren aus einer Sicht eine ernste Angelegenheit für die Jungen und aus einer anderen Sicht nicht so ernst, wie sie hätten sein sollen. Bei diesen Gelegenheiten waren sie immer anwesend und knieten auf Stühlen im Raum, denn die Ordnung war zwingend erforderlich, und der Arm des Vaters war stark, und über der Tür hing ein Riemen von nicht geringem Gewicht, der wie einst diesen Teil ausmachte eines Pferdegeschirrs, das technisch als Bauchband bezeichnet wird. Die Jungen waren also immer da, jeder an seinem besonderen Stuhl, und Grant Harlson , der schon oft bei diesen Gebeten dabei gewesen war, wusste genau, wo sich Alfs Stuhl befand und welche Haltung er einnehmen musste. Es stand dicht neben einem offenen Fenster, und sein Rücken war immer der Öffnung zugewandt. Diese besondere Haltung hatte ihm der Vater in der vergeblichen Hoffnung diktiert, seine lebhaften Sprösslinge aufmerksamer zu machen, wenn ihr Blick von den Dingen draußen abgelenkt würde. Und all diese Umstände berücksichtigte der schreckliche Wilde von den Südseeinseln mit Bedacht. Sie pflegen auf dem Land sehr regelmäßige Gewohnheiten, und er wusste genau, wann die Morgenandachten beginnen würden – etwa fünfzehn Minuten vor der Frühstücksstunde. Er wusste, wie lange es dauern würde, die Entfernung zwischen seinem eigenen Haus und dem Schauplatz der bevorstehenden Tragödie zurückzulegen, und am Morgen, nachdem er seinen Entschluss gefasst hatte, stürzte er sich hastig sein eigenes Frühstück, ergriff seinen Speer und huschte durch den Wald Die Straße entlang, bis er sich dem Rand der Maitland-Lichtung näherte. Dann begann eine Reihe außergewöhnlicher Bewegungen.

Mr. Maitlands Haus stand dicht am Wald auf einer Seite der Lichtung, und Grant hätte leicht unbemerkt bis auf wenige Meter an den Ort herangehen können, wenn er sich nur von den Bäumen versteckt gehalten hätte; aber das war nicht sein Weg. Direkt gegenüber der Lichtung und in der Nähe des

Hauses war vor ein oder zwei Jahren ein großer Graben von einem Meter Tiefe ausgehoben worden, mit der Absicht, ein kürzlich unterworfenes Stück Tiefland trockenzulegen. Dieser Graben war mit Unkraut überwuchert, bis er fast unsichtbar war, und jetzt, im Sommer, war sein Boden nur noch eine sandige Oberfläche. Mit Hilfe dieses natürlichen Schutzes wollte der schlaue Eindringling seinen Feind überfallen. Er lauerte bereits in der Nähe des Eingangs.

Warum er zu diesem Zeitpunkt „lauern" musste, hätte Grant wahrscheinlich nicht sagen können. Es bestand nicht die geringste Notwendigkeit zu lauern. Auf der ihm zugewandten Seite des Hauses gab es keine Fenster, und überall war niemand zu sehen, aber er wusste, was er gelesen hatte, und er wusste, dass die Wilden der Südseeinseln immer darauf aus waren, kurz vor dem Angriff zu lauern auf ihre ahnungslosen Opfer los, und er musste lauern und es gründlich tun. Seine Art zu lauern bestand darin, dass er, bevor er den Lichtungszaun erreichte, ganz tief in der Hocke hockte und auf äußerst eingeschränkte und unbequeme Weise entlangkriechte, sich gelegentlich langsam und völlig geräuschlos zu Boden fallen ließ und mit der gleichen Vorsicht wieder aufstand. Die ganze Zeit über war auf dem Gesicht des jungen Mannes etwas zu erkennen, das er als Ausdruck äußerst blutrünstiger Absichten ansah, die er geschickt verbarg. Als er den Zaun erreichte, schoss er mit dem Kopf über ihn hinweg und zog ihn mit blitzartiger Geschwindigkeit zurück, wobei er in seinem Nest ein Rotkehlchen, dessen Zuhause zwischen den Schienen in unmittelbarer Nähe lag, fast bis zu Krämpfen erschreckte. Natürlich hätte er leichter durch den Zaun schauen können, aber das hätte keine so dramatische Wirkung gehabt. Als der Junge plötzlich die Landschaft sah, kletterte er über den Zaun, rannte zum trockenen Graben, teilte das überhängende Unkraut und sprang hinunter. Sobald er sich in der ausgetrockneten Wasserstraße befand, war er völlig unsichtbar, selbst wenn jemand in der Nähe gewesen wäre; aber das änderte an seinen Vorsichtsmaßnahmen nichts. Er wusste, dass Wilde, nachdem sie lauerten, immer dahinglitten, und dass das, was die Autoren als „eine schlangenartige Bewegung" beschreiben, etwas absolut Wesentliches war.

Mit dem Speer in der Hand und auf Händen und Knien kriechend rückte der Zerstörer am Abfluss entlang vor, flach liegend und mit viel Geduld zappelnd, wo immer sich ein besonders klarer Sandstreifen zeigte. Auf halbem Weg über das Feld hob er seinen Kopf mit einer Bewegung, die so langsam war, dass die Aufführung eine ganze Minute in Anspruch nahm, teilte sanft das Unkraut und spähte hinaus, um sich zu orientieren und festzustellen, ob Feinde in Sicht waren. Es gab keine Feinde, und sein Fortschritt war zufriedenstellend gewesen. Der Rest des verzweifelten Vorstoßes wurde mit nicht weniger Geschicklichkeit und Erfolg durchgeführt. Endlich drang der Klang einer menschlichen Stimme an das

Ohr des Rächers . Er war in der Nähe des Hauses und die Morgenübungen hatten begonnen!

Hier war der Moment gekommen, alle Boote der Südseeinsel zur Schau zu stellen, und der Moment war auch nahe, die Wildheit eines Südseeinsulaners in vollem Umfang zur Schau zu stellen! Der Inselbewohner glitt aus dem Graben, kroch zum Haus und streckte langsam seinen Kopf heraus, bis er um die Ecke sehen konnte. Dort, nur einen Meter von ihm entfernt, mit dem Rücken zum Fenster, kniete Alf neben seinem Stuhl und schenkte den salbungsvollen und klangvollen Sätzen seines Vaters offenbar große Aufmerksamkeit, obwohl er in Wirklichkeit, wie Grant sehen konnte, damit beschäftigt war, seinem Bruder Maiskörner zuzuwerfen in einer anderen Ecke. Seine Jeanshose war aufgrund seiner gegenwärtigen Haltung eng über den Teil seines Körpers gezogen, der dem Fenster am nächsten war, und noch nie wurde ihm ein schönerer Speer angeboten! Der Rächer zögerte keinen Moment. Er richtete seine Waffe, zielte tödlich und stürzte los!

Noch nie war die Stille eines Sommermorgens plötzlicher und überraschender. Ein so lauter, so wilder, so markerschütternder Schrei erklang aus dem Inneren des Bauernhauses, dass sogar die Natur für einen Moment zu erzittern schien. Dann kam das Rauschen der Schritte und das Geschrei vieler Stimmen. Im Freien lief der ganze Haushalt herum, auch der Vater, so entsetzlich war Alfs scheinbar tödlicher Schrei gewesen, als er erfuhr, woher all die Probleme kamen. Es war nichts zu sehen. Kein Lebewesen war zu sehen. Allmählich dämmerte es den Ältesten, dass nichts sehr Schlimmes passiert war, und der Vater und die Frauen des Haushalts gingen zum Frühstück hinein, da die Übungen des Morgens jetzt nicht wieder aufgenommen wurden, während Alf und sein Bruder den Wald abschrubbten. Auf einem Bein von Alfs Jeanshose erschien ein kunstvoller roter Tupfer. Er war verwundet worden, und tagelang waren sein Sitzen und sein Aufstehen nur noch fürsorgliche Handlungen.

Und wo war der Südsee-Insulaner? Fast im selben Moment war er rückwärts um die Ecke des Hauses gesprungen und zum überdachten Graben gerannt. Sobald er in diesem Versteck war, „lauerte" er nicht mehr so sehr. Er kroch so schnell davon, wie seine Hände und Knie ihn tragen konnten, und überlegte, dass die Jungen, wenn sie niemanden in der Nähe des Hauses fanden, natürlich in den Wald rennen würden, um den Feind zu suchen. Sie dachten nie an den alten Graben, doch später am Tag fiel ihnen die Sache ein, und eine Untersuchung des sandigen Bodens verriet die Geschichte. Der Rand des Feldes war erreicht, der Inselbewohner lag sehr tief, bis er sicher über den Zaun klettern konnte. Dann untersuchte er seine tödliche Speerspitze. Es schien inkarniert zu sein. Da war ganz sicher Blut am Speer von Mudara !

Eine Woche später fing Alf Grant ein und leckte ihn trotz eines weiteren tapferen Kampfes gnadenlos ab. Ein Jahr später hatte sich das Kriegsglück in die andere Richtung gewendet. Während sie heranwuchsen, überholten diese Jungen einander, wie gut aufeinander abgestimmte Rennpferde, körperlich immer wieder, mal drängte einer an die Spitze und dann ein anderer, ohne dass es zu irgendeiner Zeit einen großen Unterschied zwischen ihnen gab.

Kapitel VII.

WIE Fiktion Fakten entstehen ließ.

Was bei dem Mann zu einem Anflug echter moderner Ritterlichkeit werden kann, ist bei dem Jungen nur eine fantastische Einbildung. Jemand hat gesagt, dass es ohne die Lektüre von „Ivanhoe" im Süden keinen Aufstandskrieg gegeben hätte, dass das Gefühl der Ritterlichkeit und der Wunsch, Meinungen in materiellen Begegnungen aufrechtzuerhalten, durch die Anwesenheit des Buches so gefördert wurden Tausende von Haushalten, deren Mehrheit, als es zur Sache kam, für den Krieg war, die andernfalls bei einer praktischeren Lehre geneigt gewesen wären. Dies kann der Fall gewesen sein oder auch nicht. Es wäre nichts Seltsames daran, wenn die Theorie richtig wäre; der Einfluss großer Romane wird immer unterschätzt; Aber es ist sicher, dass die Lektüre der Zeit einen großen Einfluss auf die Jugend hat und dass viele Geisteshaltungen durch die Bücher beeinflusst werden, die im Haus herumliegen, wenn sich ein starker junger Intellekt bildet. Also mit diesem Jungen. Die gleiche Kraft, die ihn zu einem großen wilden Plünderer der Südseeinseln machte, wirkte, wenn auch durch eine schärfere Wahrnehmung und eine umfassendere Intelligenz modifiziert, mit zunehmendem Alter auf ihn ein. Es standen ihm einige Bücher zur Verfügung; und was für ein Leser er war, und was für ein Zuhörer! Manchmal las sein Vater nachts aus aktuellen Wochenzeitungen vor, und dann lag der Junge ausgestreckt auf dem Boden, die Füße zum großen Kamin gerichtet, den Kopf auf einem zusammengerollten Schaffell, und saugte jedes Wort in sich auf. „East Lynne" lief damals als Serie, und er hätte all seine weltlichen Besitztümer gegeben, wenn Sir Francis Levison allein im Wald gewesen wäre, mit seinem Speer und in seinem Rücken etwa ein halbes Dutzend der Jungen, die er konnte Name. Etwa zu dieser Zeit erschien auch in einer Veröffentlichung die Geschichte von den Abenteuern von Kapitän Gardiner und Kapitän Daggett in den antarktischen Wüsten auf der Suche nach den Häuten der Seelöwen, und die Geschichte von Tapferkeit und schrecklichen Prüfungen regte seine Fantasie tief an. Jahre später, als er selbst einmal wegen einer schweren Verletzung vor der Pforte des Todes stand und ihm Eis auf den Kopf gebunden wurde, um das Fieber von seinem Gehirn fernzuhalten, stellte er sich in seinem Delirium vor, er sei Kapitän Gardiner, und rief laut: Befehle an die Besatzung, die er als Junge gelesen hatte und die so lange in der Schatzkammer seiner Erinnerung zwischen dem unbeachteten Bauholz gelegen hatten.

Die Lektüre des Jungen umfasste alles, was es in seinem Haus gab, und die kleine Sammlung war nicht schlecht. „Chambers' Miscellany" befand sich auf dem Zufallsgrundstück, und das war gut für ihn. „Chambers' Miscellany" ist eine bessere Lektüre als alles, was der Welt heute geschenkt wird, und der Junge tobte in den abenteuerlichen Geschichten und Skizzen. Scotts poetische Werke waren dort und Shakespeare, aber letzterer wurde nur wegen der Geschichte des Stücks gelesen, und „Titus Andronicus" übertraf sogar „Hamlet" unter den Tragödien. Was Scott betrifft, so hatten die mitreißenden Reime eine deutliche Wirkung, und dieser hatte eine merkwürdige Reihenfolge. Geschichten über die Lanze und das Kippen haben schon immer Jungen fasziniert, und Grant bildete da keine Ausnahme. Alf las nicht so viel, war von Natur aus weniger einfallsreich, und sein jüngerer Bruder Valentine las überhaupt nicht, aber unter ihnen spielte sich eine große Ritterszene ab, die fast in einer Tragödie endete. Grant, der mit seinen Gedanken in das Turnier und seine Lorbeeren vertieft war, erklärte Alf die Sache und veranlasste ihn, die Geschichten verschiedener Begegnungen zu lesen. Alf war von der Literatur mehr oder weniger beeindruckt und bereit, seinen Teil dazu beizutragen, jeden von ihnen zu einem richtigen Krieger zu machen, der jedem Kampf gewachsen ist. Sie betrachteten die Situation mit großer Ernsthaftigkeit und kamen zu dem Schluss, dass der einzige Weg zum Turnier ein Turnier sei und dass Valentine bei diesem Anlass als Marschall fungieren sollte, denn ein Marschall bei einem Turnier sei, wie sie herausfanden, eine absolute Notwendigkeit. Was Rennpferde, Barben, Streitrösser oder welchen Namen auch immer ihre edlen Rosse tragen mochten, sie hatten keine Wahl. Es standen ihnen nur ein paar schwerfällige Bauernstuten zur Verfügung, und diese sicherten sich die Ritter, ihre einzige Ausrüstung waren vom Geschirr in der Scheune abgenommene Kopfstücke, während der festgelegte Parcours eine Wiese war, die von den Häusern und den Augen weit entfernt war der Ältesten. Valentine wurde in seine Pflichten eingewiesen, insbesondere in die Art und Weise, wie er das Befehlswort gab. *Laissez aller*, wie es in „Ivanhoe" zu finden ist, verstand Grant nicht, sondern eine Passage aus „The Lady of the Lake":

„Jetzt, Galanten! Um eurer Damen willen,
greift sie mit der Lanze an!"

schien allen Zwecken gerecht zu werden, und Valentin wurde angewiesen, es sich einzuprägen, wie das Ereignis bewies, allerdings mit mäßigem Erfolg. Er begriff vage, dass die Krieger um die Ehre ihrer wahren Lieben kämpfen sollten, aber im kritischen Moment entgingen ihm die Zeilen und er musste improvisieren. Die Lanzen waren mit Rechenstielen versehen, und da dies kein Kampf *im Alleingang werden* sollte, wurde am Ende jeder gewaltigen Waffe ein leerer Mehlsack zusammengeknüllt und zugebunden.

Die unwilligen, schwerfälligen Stuten wurden auf den Boden gebracht, und Valentine hielt die Zügel am Kopfstück, während eine vorbereitende Zeremonie durchgeführt wurde, denn Ihr perfekter Ritter lässt kein höfliches Detail aus. Handschuhe waren auf der Farm unbekannt, aber Grant zog einen Fäustling aus Wildleder aus der Tasche und schlug damit Alf plötzlich ins Gesicht. Es war zu bedauern, dass der Angreifer die Idee eines mittelalterlichen Handschuhs etwas übertrieben hatte und Alf zuvor nicht erklärt hatte, dass es eine angemessene Form der tödlichen Beleidigung sei, einem Feind seinen Handschuh ins Gesicht zu werfen, denn wenn man Lanzen, Rosse usw. ignorierte, war es eine Art tödliche Beleidigung Überall um sie herum „schnappte" sich die angegriffene Persönlichkeit sofort, und die Jungen wälzten sich in einem Kampf um, sicherlich ernsthaft, aber völlig banal. Mit größter Mühe gelang es Grant, bei seiner Verteidigung zu erklären, dass es sich bei seiner Tat um eine Tat handelte, die durch die Gesetze des Rittertums notwendig geworden war und Teil der Vorbereitungen für den Anlass war, und nicht um einen kaltblütigen Angriff auf einen unvorbereiteten Gegner . Alf nahm die Entschuldigung finster an und zeigte große Sorge, seine Lanze zu sichern und aufzusteigen. Es war klar, dass die Begegnung tödlich sein würde.

Einige hundert Meter voneinander entfernt saßen die Krieger in ihren Sätteln, die ratlosen, erstaunten alten Stuten einander gegenüberstehend, oder vielmehr an der Stelle, wo ihre Sättel gewesen wären, wenn sie sie besessen hätten. Jeder umklammerte die Zügel des Pferdestalls fest mit der linken Hand und richtete mit der rechten seine kopflastige Lanze etwas wackelig auf seinen Gegner. Bald muss die ganze Welt des Rittertums wissen, wer der grimmigere Champion war! In mittlerer Entfernung und ein gutes Stück abseits stand Großmarschall Valentine und zerbrach sich den Kopf nach den Linien, die das Signal für den Schock geben sollten, aber vergebens. Die Verzweiflung inspirierte ihn. „Lasst sie eure Mädels holen!" er brüllte.

Niemals, nicht einmal beim sanften und freudigen Waffenwechsel in Ashby oder auf dem Feld des Goldtuchs, wurde ein aufregenderes Schauspiel geboten, als als diese beiden Paladine zum Angriffspunkt stürmten und sich mitten in ihrer Karriere trafen. Jeder stieß einen Schrei aus, grub seine Fersen in sein Streitross, schlug sie mit dem Ende seiner Lanze und zwang sie zu einem schwerfälligen Galopp für das Treffen. Es spielt jetzt keine Rolle, was die genaue Absicht eines der beiden Kämpfer war, welcher von ihnen auf den Halskragen , den Kopfschmuck oder auf den Schild zielte, denn — entweder weil die Mehlsäcke die Handhabung der Lanzen erschwerten oder weil der Boden uneben war — jeder von ihnen hat seinen Feind in der Begegnung verfehlt! Nicht so die beiden alten Stuten! Sie kamen mit einem gewaltigen Krachen zusammen und rollten in einer großen Wolke aus Staub und Gras und Mähne und Schweif und Junge und Speer und Mehlsack um!

Es gibt eine Vorsehung, die sich besonders um rücksichtslose Jugendliche kümmert, sonst hätte es Knochenbrüche oder Schlimmeres gegeben; Doch aus dem Durcheinander kamen zwei Krieger auf die Beine, etwas benommen und schmutzig, aber unverletzt, und zwei alte Stuten verfielen wenig später in ihre normale Haltung, offensichtlich sehr angewidert von der ganzen Vorgehensweise. Und Valentine, Großmarschall, der am Tag zuvor zufällig ein wenig Schwierigkeiten mit seinem älteren Bruder gehabt hatte, überreichte Grant umgehend die Ehre des Turniers mit der Begründung, dass die alte Molly, das Pferd von Alfred, etwas aufgewühlter zu sein schien als die anderen.

Natürlich gab es auch andere Bücher als jene über ritterliche Taten, die diesen jungen Leser ansprachen, der so süchtig danach war, die Theorie unter allen Umständen in die Praxis umzusetzen. „Robinson Crusoe" und Byron und D'Aubignes „Geschichte der Reformation" und „Midshipman Easy" und „Snarleyow " und die „Frau in Weiß", „John Brent" und Josephus und bestimmte alte Leser , wie etwa das American First Class Book, bildeten die eine oder andere Landbibliothek, und es gab kein Buch in der Menge, das nicht rechtzeitig verschlungen wurde. Es gab ein weiteres Buch, einen Liebesroman mit dem Titel „Don Sebastian", zu dem schließlich eine örtliche Tragödie gehörte. Die Szene spielte sich in Spanien oder Portugal ab, und der Held der Geschichte war ein sehr tapferer Charakter, auf den man sich in der Tat verlassen konnte, wenn es um die Durchführung eines großen Gemetzels im Notfall ging, der aber in seiner Liebesaffäre, im Ausgang, außerordentlich viel Pech hatte wovon sich Grant zu sehr interessierte, zu sehr, wie das Ereignis bewies. Auf den Landjungen von elf oder zwölf Jahren fallen in einem neuen Land immer bestimmte Verantwortlichkeiten, die nicht ohne Zusammenhang mit der großen Brennstofffrage stehen – dem Füllen der Holzkiste – und diesen Pflichten bei der Beschäftigung mit dem Roman, der Jugend schändlich vernachlässigt. Ein oder zwei beiläufige Anspielungen, gefolgt von einer direkten Ankündigung dessen, was kommen würde, waren ihm völlig entgangen, und eines Tages, als er tief in den Seiten des Buches am unerfüllten Feuer lag, wurde der Band sanft angehoben Es fiel ihm aus den Händen und fiel zu seinem Entsetzen auf die glühenden Kohlen am Hinterholz. Im späteren Leben passierten ihm viele Dinge, die Männer vermeiden würden, aber nie erlebte er einen größeren seelischen Schock als bei diesem düsteren Ereignis. Fassungslos und benommen ging er nach draußen, warf sich ins Gras und versuchte herauszufinden, was getan werden könnte. Sollte er nie das Schicksal Don Sebastians erfahren? Es war unerträglich! Das Buch war zweifellos eine billige Literatur, aber er war in diesem Alter nicht kritisch, und in späteren Jahren suchte er oft nach dem Band aus Neugier, um zu erfahren, was ihn in seiner Kindheit fasziniert hatte, aber er fand es nie. Es war ein kleiner, dicker Band, der in der Form einer Taschenbibel sehr ähnelte, billig in grünen Stoff gebunden und in England gedruckt worden war, wahrscheinlich irgendwo in den 30er Jahren, aber er war verschwunden. Der trauernde Jugendliche befand sich im Rückblick auf „Don Sebastian" in einer ebenso schwierigen Lage, wie Herr Andrew Lang heute mit seiner „White Serpent"-Geschichte erklärt.

Byron – insbesondere „Don Juan" – hatte eine Wirkung auf die Jugend, und „Der Gefangene von Chillon " bescherte ihm Träume. „ Snarleyow " war jedoch das Buch, das ihm als etwas Großes in der Literatur erschien. Der Dämonenhund erregte seine Fantasie auf erstaunliche Weise. Er war etwas älter, als er „Jane Eyre" und „John Brent" las, und konnte ein wenig von ihrer Qualität erkennen, aber „ Snarleyow " kam ihm in einem Alter in den Sinn, als es nichts Vergleichbares auf der Welt gab.

Unterdessen veränderte sich das ganze Gesicht der Natur, und der Junge musste unbedingt mit der Prozession neuer Dinge Schritt halten. Auf weiten Wiesen hatte selbst er, noch ein kleiner Junge, dichte Wälder gesehen; Es gab Autobahnen, und von der Tür des Bauernhauses bis zum Waldrand war es weit. Die Fauna war zurückgegangen. Der Bär und der Vielfraß waren für immer verschwunden. Der Fuchs bellte nachts selten; Es gab viel weniger Hirsche und wilde Truthähne, doch das Halshuhn trommelte immer noch in den Wäldern und die Wachteln pfiffen von den Zäunen. Die Jäger unterschieden sich sogar in ihren Methoden. Der Junge, dessen einläufige Schrotflinte kein Gesetz kannte, trug nun ein besseres Gewehr und verschmähte es, einen sitzenden Vogel zu töten. Sowohl er als auch Alf wurden großartige Flügelschützen, und kluge Herrensportler aus der Stadt, die manchmal mit ihnen auf die Jagd kamen, konnten nicht hoffen, am Ende des Tages eine so gute Tasche zu besitzen. Auch sie waren klug im Umgang mit Hunden und Pferden und begeisterte Reiter bei Landrennen. Und kräftige Muskeln versteiften jetzt ihre Lenden, und ihre Brust wurde tiefer, und bei den „Erhebungen", wenn die Männer und Jungen der Region nach getaner Arbeit kämpften, waren die beiden nicht ungezählt. Für sie hatte die Landschule ihre Mission erfüllt. Die Geographie der Welt gehörte ihnen. Grammatik hatten sie auswendig gelernt, aber kaum verstanden. Was die Mathematik angeht, standen sie am Rande der Algebra. Dann kam die Kraft der Gesetze der Politik und des Handels, eine Veränderung der Dinge, und Grant verließ die Natur, um das Künstliche zu lernen. Seine Familie wurde in die Stadt gebracht.

Das westliche bzw. nordwestliche Stadtleben, wenn die Stadt weniger als zehntausend Einwohner hat, variiert kaum je nach Ort. Überall herrscht die gleiche Kraft, weil die Bedingungen so ähnlich sind. Merkwürdig ist auch die große Ähnlichkeit der Städte in der gesamten Region der großen Seen. Kleine Bäche münden in größere Bäche, die wiederum in die Binnenmeere oder Meerengen, sogenannte Flüsse, münden, die sie verbinden. Wo die kleinen Flüsse in die größeren münden oder wo die größeren in Meerengen oder Seen münden, errichteten Menschen Städte. Dies waren die Wasserkreuzungen, die Kreuzungen der Naturstraßen, und so kommt es, dass so viele dieser Städte die große blaue Wasserfront haben, die in der Mitte von einem Fluss durchschnitten wird. An der Hauptstraße der Stadt gibt es eine Brücke und der Geruch von Wasser liegt ständig in der Luft. Jungen lernen wie Otter zu schwimmen und wie Holländer Schlittschuh zu laufen, und ihre Schwestern eifern ihnen im Schlittschuhlaufen nach, wenn auch nicht so sehr im Schwimmen, wie sie sollten. Es gibt ein Leben voller großem Schwung. Die Berührung zwischen Stadt und Land ist außerordentlich eng, und die Landfamilie, die in die Gemeinde kommt, fügt sich schnell in die Strömung ein. So auch mit der Familie von Grant Harlson und so auch mit ihm persönlich. Ein Jahr lang trug er Halsband und Krawatte , kurzgeschnittenes Haar, mächtig in High-School-Klamotten und mit einem neuen Ehrgeiz, der ihn anspornte, von einer Qualität, die mit der eines Luzifers von grenzenlosem Ruf und zweifelhafter Biografie zu vergleichen ist. Da war etwas jenseits aller Schieß-, Reit- und Ringerruhm und dem Atem wachsender Dinge. Es gab eine andere Welt mit erreichbaren Preisen und viel, von dem man sich ernähren konnte. Er muss metaphorisch Medaillen tragen und sich rechtzeitig satt essen.

Die Highschool ist wirklich das erste Teleskop, durch das ein so geborener und aufgewachsener Junge einen guten Blick auf diesen Planeten werfen kann. Der Astronom, der ihn unterrichtet, ist oft genau der richtige Typ für diese Arbeit, ein Wesen, das auch aufsteigt, einer, der nicht für immer Rektor einer Highschool sein wird, sondern diesen Beruf lediglich als Sprungbrett auf seiner Aufstiegsreise nutzt. Wenn er gewissenhaft ist, vermittelt er neben seiner Information, dass ganz Gallien geteilt ist und dass ein Parasang kein Essbares ist, auch den Glauben, dass das gesuchte Spiel die Kerze wert ist und dass hartes Lernen keine Zeitverschwendung ist. Ein solcher Lehrer fand den jungen Harlson ; Ein solcher Lehrer war Professor – in Kleinstädten nennt man den Rektor einer High School immer „Professor" – Morgan, und er interessierte sich für die Jugend, nicht das Interesse des typischen großen Pädagogen, sondern eher das eines älteren und aufstrebenden Jockeys wie er einem Jüngeren beim ersten Aufsitzen hilft, oder von einem Eisenbahningenieur, der seinem Heizer von der Stimmung einer Lokomotive erzählt und ihm die Tricks des Managements beibringt. Vielleicht helfen sie sich eines Tages gegenseitig . Auch Morgan war für den Dienst gut gerüstet. Kein oberflächlicher Absolvent einer bloßen Diplom-Manufaktur, sondern jemand, der an die Perfektion der Mittel für einen Zweck glaubte – ein Verfechter der Gründlichkeit.

Harlson vier Jahre lang fieberhaft studierte – egoistisch könnte man fast das Wort nennen –, der Impuls, der ihn bei Morgans Lehren bewegte, und so rein objektiv alle seine Überlegungen. In seinen Ferien ging er auf die Jagd, fischte und entwickelte mehr Thews und Sehnen und entwickelte neue Vorstellungen darüber, ob ein Irish Setter oder ein Gordon der bessere Hund gegen Waldschnepfen sei, und über verschiedene andere gesundheitsbezogene Themen, aber sein Hauptzweck änderte sich nie. In

seinen Klassen gab es schöne Mädchen, und in den Oberschulen herrscht
viel unhöfliche Galanterie; aber zu diesem Zeitpunkt seines Lebens würde er
nichts davon haben. Er war nicht schüchtern, aber er war in die Sache
vertieft. Morgan sagte ihm eines Tages, dass er bereit für das College sei.

KAPITEL VIII.

NEUE KRÄFTE AM ARBEIT.

„Sie wären so freundlich, Sir, zwei Verse an die Tafel zu schreiben:

„‚Was *meinst du*
, ich rasiere dich umsonst und *gebe dir etwas zu trinken* .‘

"Und

„‚ *Was* meinst du, ich rasiere dich umsonst *und* gebe dir etwas zu trinken.‘

„Sie werden feststellen, dass der Wortlaut zwar derselbe ist, der Tonfall jedoch unterschiedlich ist. Bitte setzen Sie sie richtig und drücken Sie die Idee aus, die ich vermitteln möchte."

für die Zulassung als Studienanfänger an einem der Universitäten geeignet ist oder nicht unsere großartigen modernen Universitäten. Bis zum Beginn des Prozesses hatte er keine großen Bedenken gehabt. Es war nun das erste Problem im neuen Bereich anzutreffen. Er stürzte sich in seine Aufgabe.

Dann der Professor:

„Nun ja, Sie haben meine Idee verstanden. Wie schreiben Sie an die Tafel: „Dies ist der Urwald" und etwa ein Dutzend Zeilen folgen aus diesem Zettel. Scannen Sie das für mich, analysieren Sie es und zeigen Sie mir die Beziehungen von Wörter und Sätze und so weiter."

Eine Pause; Einige nur halb souveräne Erklärungen und eine Erweiterung des Themas durch den jungen Mann.

Nochmal der Professor:

„Huum – nun ja – jetzt können Sie schreiben – nein, das brauchen Sie nicht – erzählen Sie mir einfach den Unterschied zwischen den sogenannten Konjunktionen und Präpositionen Ihrer Meinung nach kostenlos in deinem Kommentar.

Weitere Erklärungen des jungen Mannes. Der Professor: „Dieses Thema werden wir nicht weiter verfolgen. Können Sie uns nebenbei sagen, was ein trochäischer Fuß ist? . Oh, übrigens, wer war Becky Sharp? – Die begehrteste Frau in „Vanity Fair", nicht wahr? Ich bin vielleicht halb geneigt, Ihnen zuzustimmen, aber ich habe gefragt, wer, nicht was. Guten Tag. Sie haben bestanden Ihre Prüfung in englischer Literatur. Ich gehe davon aus, dass Sie in anderen Abteilungen ebenso erfolgreich sein werden. Guten Tag, Sir."

Und das alles von einem Professor, dessen Name auf mehr als einem Kontinent bekannt war und der als einer der größten Pädagogen galt. Dies war sein Test, was an englischer Literatur von einem Studienanfänger verlangt wurde. Ein geringerer Mann als dieser große Lehrer hätte eine Stunde für diese Aufgabe gebraucht und weniger gelernt, denn deckte die Prüfung schließlich nicht das gesamte Fachgebiet ab? Die skurrile Reichweite der Untersuchung war so groß, dass der Fragesteller die Qualität der Kenntnisse des jungen Mannes auf einem Gebiet weitaus besser einschätzen konnte als durch ein schwerfälligeres und detaillierteres System. Einer dieser starken Lehrer, einer, der keinen Abschied scheut, und einer von denen, die im letzten Vierteljahrhundert tief und breit den Grundstein für neue amerikanische Universitäten gelegt und der Jugend Möglichkeiten zum Lernen gegeben haben Glaubensbekenntnisgebunden, nicht schulgebunden, sondern sowohl liberal als auch von großem Nutzen.

Für den Studienanfänger, dessen Prüfung hier beschrieben wird, war es gut, dass er seine erste Erfahrung mit einem Professor mit einem solchen Mann machte. Es gab ihm Selbstvertrauen und regte ihn zum Nachdenken an. Mit anderen Prüfern ging es ihm nicht jeweils so gut. Was für Tausende von Menschen auf der Welt gibt es heute, die sich mit so etwas wie einem Schaudern noch immer an die Inquisition von Prof. erinnern, dessen Werke über Griechisch in vielen Hochschulen Lehrbücher sind; oder die Wildheit von Prof. ——, für den die Infinitesimalrechnung größer war als Homer! Aber die Sorgen der Erstsemester sind vorübergehender Natur.

Was Grant Harlson im College gemacht hat, muss nicht ausführlich erzählt werden. Er pflückte nur die Früchte in seiner Reichweite, in manchen Fällen nicht übermäßig klug, aber doch mit einigem Fleiß. Er verfügte zumindest über die Intelligenz, zu spüren, dass es besser ist, von manchen Dingen alles zu wissen, als von allen Dingen nur wenig zu wissen, und so wurde er in den Zweigen, die ihm an Begabung und Neigung entsprachen, übertroffen, in denen, die ihm entsprachen, nur knapp übertroffen gegen den geistigen Strich.

Möglicherweise hatte der Professor für englische Literatur etwas damit zu tun. Zwischen Grant und ihm entwickelte sich eine unter allen Umständen ungewöhnliche Freundschaft. Eines Tages wurde der Professor von dem Studenten auf einer Nebenstraße des Campus überholt und stellte einige Fragen zu bestimmten geänderten Stunden bestimmter Rezitationen. Nachdem er geantwortet hatte, hielt er den Fragesteller nachlässig in einem allgemeinen Gespräch zurück. Der Älteste zeigte Interesse – vielleicht weil es für ihn eine Erleichterung war, mit einem so gesunden Tier zu sprechen – und lud ihn am Ende des Interviews zu einem Anruf ein. Es entwickelte sich schnell eine Freundschaft, die die beiden, deren Altersunterschied zwanzig Jahre betrug, verband und die nie zerbrach und die sich zweifellos in gewissem Maße auf das Verhalten des Studenten auswirkte, denn er akzeptierte zumindest Vorschläge zu Studien und Fachgebieten. Diese Beziehung führte natürlich dazu , dass einige der Fantasien und möglicherweise auch die Schwächen des Mannes in den Geist des Jugendlichen übertragen wurden . Ein Vorfall wird es veranschaulichen.

Der Student hatte sich während seiner Sommerferien hauptsächlich mit dem Abschreiben von Macaulays Aufsätzen beschäftigt, denn als Teenager war man von den rollenden Sätzen dieses großen Schriftstellers sehr beeindruckt. Nach seiner Rückkehr erzählte Harlson von seinem nicht völlig vergeudeten Sommer und äußerte die Hoffnung, dass er vielleicht ein wenig vom Stil des Schriftstellers in sich aufgenommen hätte.

Der Professor für englische Literatur lachte.

„Ich hätte lieber Carlyles ‚Französische Revolution' oder eines von einem halben Dutzend Büchern genommen, die ich nennen könnte. Lassen Sie mich eine kleine Geschichte erzählen. Vor einiger Zeit wurde einer meiner Professorenkollegen von einem schwedischen Dienstmädchen in seiner Anstellung ein Brief gezeigt hatte gerade geschrieben, mit der Bitte, es zu korrigieren. Er fand nichts zu korrigieren. Es war ein wunderbar klares Stück Briefliteratur. Er war überrascht und befragte das Mädchen. Er erfuhr, dass sie, obwohl gut gebildet, nur wenig wusste Englisch, und hatte nach dem Wörterbuch gesucht und ihren eigenen Buchstaben überarbeitet, indem sie die kürzesten Wörter ausgewählt hatte, um die Idee auszudrücken. Daher die Stärke und Klarheit des Buchstabens. Halten Sie sich eng an das Sächsische. Macaulay wird mit der Zeit nachlassen." Und das war ein besserer Unterricht, als man ihn manchmal im Unterricht bekommt.

Dies ist keine Geschichte über das Innenleben einer amerikanischen Universität. Es ist nur eine kurze Zusammenfassung der Wege des jungen Harlson dorthin. Aber eines Tages, so hoffe ich, wird ein Thomas Hughes kommen, der die Geschichte schreiben wird, die genauso gesund gemacht werden kann wie „Tom Brown", obwohl sie einen anderen Geschmack haben wird. Was für eine Chance zum Charakterstudium! Was für eine Gelegenheit für eine Ilias mit so manchem tapferen Kampf! Nur in geringerem Maße wertvoll als das, was man aus Büchern lernt, ist das, was man von Männern auf dem College, das heißt von jungen Männern, lernt, und darin liegt der größere Verdienst des größeren Ortes. An der kleinen Hochschule mangelt es, egal wie hoch das Niveau der Studien ist, an etwas, das sie erweitert, nämlich an der Vertrautheit mit der Jugend vieler Regionen. Das Zusammenleben von tausend jungen Männern aus Maine oder Kalifornien, Oregon, Florida, Kanada oder England, die den gleichen allgemeinen Grad haben und die gleichen allgemeinen Ziele verfolgen, ist für sie alle eine großartige Sache. Es beseitigt die Vorurteile der Lokalität und gibt jedem den Grundton der Region des anderen. Es schafft Bekanntheit unter denjenigen, die in den kommenden Jahren die Angelegenheiten eines Landes aus verschiedenen Blickwinkeln regeln werden, und hat hierin seinen größten praktischen Nutzen. Wenn Männer zusammenkommen, um einen Präsidenten zu nominieren , kommt diese Tatsache am deutlichsten zum Ausdruck. Der Mann aus Texas macht eine Kombination mit dem Mann aus Michigan, und zwei Delegationen schließen sich zusammen, denn kennen sich diese beiden Männer nicht gut, seit sich ihre Klassen vor zwanzig Jahren in großer Eile auf dem Campus trafen?

Harlson war kein fleißiger Einsiedler . Seine Ausbildung im Hinterland ließ das nicht zu. Bei jeder Klassenbegegnung, bei jedem Streit mit Bürgern, bei fast jeder Schikane ist zu befürchten, dass er nach seiner eigenen grausamen Erfahrung – denn sie schikanierten damals heftig – ein Faktor war, und mehr als einer hatte ihm Beefsteak auf die Wange gebunden Gelegenheit. Sein Unterricht war ausgelassen, wenn auch nicht unter dem Durchschnitt seiner Gelehrsamkeit, und die manchmal leichtsinnige Stimmung gefiel ihm einfach. „Es waren drei Männer aus Babylon, aus Babylon, aus Babylon.“

Manche behaupten, es gebe an amerikanischen Colleges eine Aristokratie. Es wird behauptet, dass dies die führenden griechischen Bruderschaften seien und dass die Existenz von Alpha Delta Phi, Psi Upsilon oder Delta Kappa Epsilon oder anderen geheimen Gruppen für die Studenten insgesamt nicht gut sei. Doch in der Existenz dieser Gesellschaften wird eine weitere Verbindung des Lebens nach draußen geknüpft, und all die guten Dinge, die man im College erreichen kann, sind nicht die in den Vorlesungen erzielten Noten. Harlson war einer von denen mit Abzeichen und tief in der College-Politik verankert. Er hatte nie Gelegenheit, es zu bereuen.

Und so verging mit dem Studium, einer rauen Begegnung und vielen Intrigen und Träumen die Zeit, bis die Welt draußen wieder aus nächster Nähe auftauchte. Die gegenwärtige Ansicht war ein neuer Kampf. Die große Geldfrage kam dazwischen. Die Dollarernte seines Vaters hatte sich verschlechtert, und als Grant Harlson die Universität verließ , war er so fast mittellos, dass die Bücher, die er besaß, verkauft wurden, um seine Eisenbahnfahrkarte zu bezahlen.

KAPITEL IX.

FRAU. POTIPHAR.

Es muss eine Person im Alter von etwa zwanzig Jahren gewesen sein, die Noah gegenüber die Meinung geäußert hat, dass es keinen großen Regenschauer geben würde. Mit zwanzig ist morgen immer ein klarer Tag, und man kann sich leicht Notizen machen, und Freunde und Frauen sind treu, und walisisches Raritätenfleisch ist bekömmlich, und Schlaf ist Ruhe, und die Luft ist immer gut zum Atmen. Grant Harlson machte sich über den Zustand seiner Finanzen keine großen Sorgen. Dass das Geld, das ihm zur Verfügung stand, bis zum Ende seiner Schulzeit reichte, war zumindest eine gute Sache, und was die Zukunft anging, war es nicht seine Aufgabe, sich jetzt schon darum zu kümmern? In der Zwischenzeit würde er ein oder zwei Wochen lang herumtrödeln.

Also streckte der junge Mann seine großen Gliedmaßen aus und lümmelte in Hängematten und beriet oder herrschte über seine Schwestern, je nach Fall, und las unentschlossen, fischte und schoß und aß mit einem Appetit, der eine Hungersnot über sie zu bringen drohte Familie. Ihre kleine Stadt am See ist im Juli ein schöner Ort. Er würde, sagte er, ein oder zwei Wochen lang faulenzen. Das Herumlungern war dazu bestimmt, Charakter zu haben, vielleicht einen Charakter zu verändern.

Harlson , wie die meisten jungen Männer, gelegentlich Pakete von zu Hause bekommen , und in einem davon hatte er etwas Hübsches gefunden, eine Herrenkrawatte aus Seide, wunderbar in Grün und Gold gearbeitet und offensichtlich das Produkt großer Handarbeit . Es gefiel ihm, und er hatte gedacht, sich bei der Schwester zu bedanken, die so viel Zeit mit ihm verschwendet hatte, hatte es aber vergessen, als er das nächste Mal schrieb, und so war der Vorfall vorübergegangen.

Eines Tages, als er dieselbe Krawatte trug , fiel ihm seine Nachlässigkeit ein, als er auf dem Rücken im Gras lag, während seine Schwester Bess unterdessen in unmittelbarer Nähe las. Er wäre dankbar, wie es ein Bruder tun sollte.

„Ich sage, Bess", rief er, „ich habe vergessen, über diese Krawatte zu schreiben und mich bei dir zu bedanken. Wer von euch hat es getan?"

Bess blickte interessiert auf.

„Ich dachte, ich hätte Ihnen geschrieben, als ich die anderen Sachen geschickt habe. Keiner von uns hat es getan. Es war Mrs. Rolfston ."

„Frau Rolfston ?"

„Sicherlich. Sie war eines Tages hier, als wir eine Menge Dinge für Sie zusammenstellten, und sagte, dass sie selbst etwas für die nächste Menge machen würde. Ein oder zwei Wochen später brachte sie mir diese Krawatte und ich habe es beigelegt . Hübsch, nicht wahr?"

"Sehr hübsch."

Der junge Mann im Gras dachte nach.

Er kannte Mrs. Rolfston ein wenig; kannte sie als die Frau eines wohlhabenden Mannes, der ihren Mann nur wenig sah.

Sie war die Tochter eines armen Mannes mit keinem allzu guten Charakter in der kleinen Stadt und wuchs klug, selbstbeherrscht und mit viel tierischer Schönheit auf. Mit zwanzig hatte sie einen Mann von fünfzig Jahren geheiratet, einen Dampfschiffbauer, ein rotgesichtiges, aufrührerisches Untier, der sie gekauft hatte, wie er ein Pferd kaufen würde, und zu dem sie leicht gegangen war, weil sie die Position haben wollte, die das Geld gibt. Innerhalb einer Woche hatte er sie so sehr angewidert, dass sie den Handel beinahe bereut hätte. Innerhalb eines Jahres hatte er sie satt und war in jedem Hafen an den Seen offen untreu, ein energischer, gesetzloser Ausschweifer. Sein Schiffsbau fand in einem entfernten Hafen statt und er besuchte seine Frau selten. Er fürchtete sich eher vor ihr, so boshaft er auch war, denn hier war die Intelligenz geschärft, und ihre Stimmungen waren manchmal so verzweifelt wie seine. Also verschaffte er ihr ein reichliches Einkommen und begnügte sich damit, es dabei bewenden zu lassen. Es gefiel ihr auch, dass es so war.

Harlson dachte an die Frau und wunderte sich etwas. Schwarzhaarig, schwarzäugig, weißhäutig, voller Oberweite und mit anmutigen und kraftvollen Bewegungen war sie körperlich gesehen eine Frau, die nicht zur gewöhnlichen Herde gehörte. Sie war eine Löwin, aber nicht ganz die große Löwin der Wüste. Es mangelte ihr etwas an Würde und Erhabenheit im Gesicht und sie besaß mehr Wachsamkeit und Geschicklichkeit. Sie ähnelte, obwohl dunkel, eher dem gelbbraunen Tier der Rocky Mountains, dem kalifornischen Löwen, wie dieser große Puma genannt wird, geschmeidig, voller Launen und Leidenschaft und weitgehend katzenartig. Sie hatte sein Auge beiläufig gefüllt. Warum hatte sie ihm die Krawatte geschickt, das seidene Ding in Grün und Gold?

Er dachte nach, zog seine langen Glieder zusammen und stand auf, bis er saß, und kam zu dem Schluss, dass es nur höflich, sondern seine Pflicht als Gentleman sei, zu ihrem Haus zu gehen und ihr für die Erinnerung an ihn zu danken. Es war nur ein Ausdruck des guten Willens gegenüber der Familie im Allgemeinen, diese kleine Tat von ihr; Das wusste er, aber es war schließlich eine persönliche Angelegenheit und er sollte ihr danken. Es war gut, aufmerksam zu sein und sich um die kleinen Annehmlichkeiten zu kümmern, und das Anziehen kostete ihn mehr als die übliche Zeit. Seine scheinbar nachlässige Sommerkleidung erforderte hier und da die Anpassung eines Experten. Er war eine Stunde damit beschäftigt. Als er auftauchte , sah er im Großen und Ganzen nicht schlecht aus. Er hatte ein klares Gesicht, kräftige Gesichtszüge und eine kräftige Statur.

Den gewöhnlichen Mann hätte er in keinem Treffen gefürchtet; Er hatte gewisse Bedenken hinsichtlich der Frau, die er treffen wollte. Er kannte ihre Qualitäten, aber – sie hatte ihm ein Unentschieden erarbeitet! Er ging den breiten Weg zwischen Blumen, Bäumen und Büschen zur Tür hinauf. Es war drei Uhr nachmittags, und er würde sie allein antreffen, dachte er, denn in den kleineren Städten ist die Chance auf Anrufe nicht so groß wie in den Städten; Es muss ein Durchschnitt eingehalten werden, und Frau Jones oder Frau Smith erhalten keine bestimmten Tage. Er war gezwungen, nur einen Moment im Salon zu warten. Sie kam herein und er sah sie zum ersten Mal seit zwei Jahren wieder.

Was für eine Gabe Frauen haben, physische Wirkungen auf das männliche Geschöpf auszuüben, unabhängig vom Status der Frau. Frau Rolfston kam mit einem halb fragenden Gesichtsausdruck und einer in ihrer Art perfekten Präsentation herein. Sie trug ein weiches und flauschiges Kleid – ein Mann kann ein Gewand nicht im Detail beschreiben – mit dieser von Spitze umsäumten dreieckigen Nacktheit auf der Brust direkt unter dem Kinn, die ebenso makellos wie aussagekräftig ist. Es gab einen Zusammenhang zwischen dem Schwung ihres Vorhangs und den Bewegungen ihres Körpers. Sie war figurreich und flexibel . Und sie freute sich, Herrn Harlson zu sehen , und sagte es auch. Es war ihm nicht wirklich peinlich. Die Zeit war vorbei, in der das sein Weg sein konnte. Aber er wusste nicht, was er sagen sollte. Er machte einige Bemerkungen zur Qualität der Saison und zum äußerlich guten Gesundheitszustand von Frau Rolfston . Dann ging er auf sein Thema ein, ohne dass eine Verbindung zu den vorhergehenden Sätzen bestand. „Ich habe heute nur erfahren", sagte er, „dass die Krawatte, die ich trage, von Ihnen hergestellt wurde. Alle Kerle haben vermutlich kleine Fantasien. Ich jedenfalls. Das hat mir gefallen, obwohl ich nicht wusste, wer sie gemacht hat." Meine Schwester hat es mir gesagt und ich bin gekommen, um dir zu danken. Warum hast du das für mich getan?"

Damit war der Fall klar und deutlich genug dargelegt, aber es war nicht geeignet, Mrs. Rolfston zu beunruhigen . Dies war eine kluge Frau, die seit zehn Jahren verheiratet war und über vielfältige Erfahrungen verfügte. Sie blickte den Besucher sogar von Kopf bis Fuß an, bevor sie antwortete, und ihre Farbe wurde dunkler und ihre Augen leuchteten, obwohl er es nicht bemerkte.

„Du hast dich verändert“, kommentierte sie. „Ohne deine Lippen und Augen hätte ich dich kaum erkannt. Du bist breiter und größer und ein großer Mann, nicht wahr? Wie lange bleibst du in der Stadt? Wirst du den Sommer hier verbringen?“

„Ich wünschte, ich könnte“, antwortete er. „Es ist angenehm hier, aber ich muss arbeiten, wissen Sie. Vielleicht werde ich eine Weile untätig bleiben. Sie haben nichts über das Unentschieden gesagt.“

„Oh, die Krawatte? Reden Sie nicht darüber. Ich hatte die Laune, etwas für jemanden zu machen – ich habe manchmal eine Stickmanie an mir – und es gab eine Chance, sie zu entsorgen, verstehen Sie?“

Das Gesicht des jungen Mannes verfinsterte sich ein wenig, als er die große, hübsche Frau ansah und ihre scheinbar nachlässigen Worte hörte. Er wollte nicht weggehen, doch welche Entschuldigung gab es für das Bleiben? Er stand auf, den Hut in der Hand.

Hier befand sich die Frau nun in einer Zwickmühle. Mit einer solchen Plötzlichkeit hatte sie nicht gerechnet.

„Geh noch nicht“, sagte sie ungestüm. „Ich möchte mit dir reden. Erzähl mir alles über das College und dich selbst und deine Pläne. Und – was die Krawatte angeht – ich hätte für niemanden anders eine gemacht . Ich erinnerte mich an dein Gesicht. Du weißt, dass ich es war.“ Ich gehe oft zu dir nach Hause, und ich habe mich gefragt, wie es dir passen würde. Du solltest dieses Interesse als Kompliment auffassen. Und ich bin hier einsam, und du bist müßig, sagst du, und warum sollten wir nicht den Sommer über gute Freunde sein? Die Männer in der Stadt gehen mir auf die Nerven, und die Mädchen hier sind nicht schlau genug für dich. Lass uns Kumpane sein, nicht wahr? Geh mit mir morgen angeln. Ich möchte, dass du mir beibringst, wie man Barsche im Fluss fängt. Ich habe es gehört jemand sagen Sie einmal, Sie wüssten besser als jeder andere, wie das geht. Ist das nicht eine gute Idee von mir? Es wird uns beiden helfen, die Zeit totzuschlagen.“

Sie saß dort auf dem Sofa, halb ausgestreckt, aber nicht nachlässig oder unanmutig, sondern in einer vermeintlichen Faulheit von echter Katzenhaftigkeit , eine Frau, die nur zehn Jahre älter war als der Mann, den sie ansprach, und doch in der ganzen Üppigkeit prächtiger Weiblichkeit, die sie ausstrahlte Alles Magnetismus.

Harlson sagte, er würde sie abholen und sie würden angeln gehen. Und sie gingen.

Das Licht ist gelbbraun auf den Seerosenschoten an schattigen Stellen am Fluss. Und Ruten, wie sie für Barsche verwendet werden, belasten das Handgelenk und erfordern in den entspannten Nachmittagsstunden, wenn

Barsche selten beißen, nur wenig Aufmerksamkeit. Und zwei Menschen, die untätig in einem Boot sitzen, kommen sich in Gedanken sehr nahe und lernen sich bald gut kennen. Und ein rücksichtsloser junger Mann von zwanzig Jahren und eine stürmische Frau von dreißig Jahren sind wie konventionelles Schlepptau und Zunder.

Rolfstons Bibliothek gab es Bücher, die sie noch nie gelesen hatte – denn sie war keine Frau der Bücher –, die Harlson interessierten , und es war einfacher, sie dort zu lesen, als sie mit nach Hause zu nehmen. Und Mrs. Rolfston bediente ihn – wie begabt ist doch eine Frau von dreißig Jahren –, und er spürte, wie Fesseln an ihm lagen, und es gefiel ihm, und er dachte nicht darüber nach.

Und eines Nachts, spät, kam eine keuchende Dienerin – Mrs. Rolfston hatte keine Männer, sondern nur zwei weibliche Hausangestellte bei sich zu Hause – um zu sagen, dass ihre Herrin gehört hatte, wie jemand offensichtlich versuchte, ein Fenster auf der Piazza zu öffnen, und dass sie alle um ihr Leben fürchteten, und das hatte sie getan Er floh aus dem Hintereingang, um Herrn Harlson den Älteren oder seinen Sohn zu bitten, sofort vorbeizukommen und sich umzusehen.

Der Vater lachte und sagte, wenn es einen Einbrecher gegeben hätte, wäre er schon geflohen, und der junge Mann sagte ebenfalls lachend, dass auf jeden Fall jemand gehen müsse, in aller Höflichkeit gegenüber wehrlosen Frauen, und das nur, wenn Mrs. Rolfston Angst hätte Für ihre Veranda legte er sich auf eine Decke im Rasen daneben, um ihre Gedanken zu beruhigen. Er habe nicht mehr allein unter den Sternen geschlafen, sagte er, seit die Familie die Farm verlassen habe. Und es wurde viel gelacht, und Harlson nahm das Dienstmädchen mit nach Hause, und sie wurde immer mutiger, als sie sich dem Haus näherten, und rannte den Weg vor ihm hinauf. Der Rasen zwischen dem besseren Haus und der Straße in der Stadt am See ist oft ein kleiner Wald, so dicht sind die Bäume und ihr Laub. Und zum Duft der Blätter im späteren Hochsommer gesellen sich die Düfte von Petunien, Nelken, Rosmarin, Bergamotte und Moschus, denn sie alle gedeihen erst spät. Und der Mond scheint in Spritzern durch die Baumwipfel, und es gibt eine Sanftheit und einen Schatten, und alles ist wie ein duftender Garten in einer alten arabischen Geschichte, und die Sinne werden berührt und vielleicht auch der Grund. Harlson ging den Weg hinauf, halb träumend und doch in jeder Hinsicht lebendig. Es war kein Einbrecher zu sehen, aber eine wundervolle Frau in flauschiger Kleidung war sich sicher, dass sie ein äußerst unheimliches Geräusch gehört hatte, und gefährdete Frauen mussten vor den Starken beschützt werden.

Und Grant Harlson kehrte in dieser Nacht nicht nach Hause zurück; Doch der Mond, der durch die Bäume schien, ließ auf einer Decke im Garten keine Form erkennen.

Und die Sommertage vergingen; Und der junge Mann, der frisch vom College kam und voller Ambitionen und Träume war, fand sich in einem Geschöpf wieder, das er nie gekannt hatte, in etwas Gewissensbissem, doch halb Verlassenem, und mit einer bleiernen Last auf seinen Füßen, die sie davon abhalten sollte, ihn fortzutragen die Versuchung.

Manchmal zwang er sich dazu, einen einsamen Tag zu verbringen, ging mit Hund und Gewehr aufs Land, wanderte kilometerweit und staunte über sich selbst. Er hatte alle möglichen Fantasien. Er dachte an seine Bosheit und seine verschwendete Zeit und verglich sich mit den großen Männern in den Büchern, die in ähnlich schlimmen Zeiten gewesen waren – mit Marc Antony, mit König Artus in Gwendolens verzaubertem Schloss und mit Geraint, dem starken, aber trägen – Dieser letzte Vergleich ist ziemlich weit hergeholt – und vor allem der Rest. Es war eine groteske Variante, aber inmitten all dessen litt er wirklich. Und er würde gute, vorerst feste Vorsätze fassen und in die Stadt zurückkehren, wenn der Tau fiel und das Mondlicht kam und die Geschichte gerade erst nacherzählt war. Und die Frau war weise, wie Frauen sind, und gewissenlos, litt aber auch ein wenig.

Sie hatte mehr als nur ein Sommerspielzeug gefunden, und sie fürchtete sich vor dem großen Jungen in seinen Launen, wollte ihn behalten und zweifelte am Maß ihrer Kunst. Auch das muss für solch großartige Piraten schwer zu ertragen sein. Möglicherweise versenken sie nicht einmal alle Schiffe, die sie erbeuten.

Und die Wurzel allen Übels ist manchmal die Wurzel allen Guten. Der Dollar zieht in alle Richtungen. Harlson muss sich seinen Lebensunterhalt verdienen. Eines Tages erzählte sein Vater zufällig von jemandem , der kilometerweit auf dem Land war und einen Zaun bauen wollte, der ein Stück Wald umschließen sollte. Es war eine isolierte Arbeit, eine Aufgabe von ein oder zwei Monaten für einen starken Mann, einen einfachen Arbeiter. Der junge Harlson wurde interessiert.

„Warum sollte ich es nicht versuchen?" er hat gefragt.

Sein Vater lachte.

„Das ist Arbeit für einen hartgesottenen Mann, mein Junge. Du bist weicher geworden, nachdem du sechs Jahre lang nur studiert hast."

Der Junge lachte ebenfalls.

„Du brauchst keine Angst zu haben", sagte er. „Auf einem Bauernhof erreicht man nicht alle Stärke, und ich möchte wieder Axt und Hammer schwingen."

Und an diesem Tag machte er sich auf den Weg zum Haus des Mannes, der einen Zaun brauchte. Er erzählte es Frau Rolfston kurz. Sie erblasste ein wenig, erhob aber keine Einwände. Er sagte, er würde der Stadt Besuche machen.

KAPITEL X.

Der Bau des Zauns.

Eine Axt, ein Maul, ein Ochsenjoch; Das sind die großartigen Voraussetzungen für denjenigen, der einen Zaun durch einen Wald bauen würde. Grant Harlson machte den Handel für die Arbeit, mietete ein Ochsengespann, wie es auf dem Land üblich ist, und sicherte sich das Recht, dreimal am Tag in der Hütte eines Arbeiters einfache Nahrung zu sich zu nehmen. Ein Bett konnte er nicht haben, aber das Recht, in einer Scheune auf dem Feld zu schlafen und dort auch seine Ochsen für die Nacht unterzubringen, wurde ihm gegeben. Er schlief auf dem Heu-Mäher. Er ging in den Wald und begann mit seiner Arbeit. Der Wald war dicht, und das, was in der gesamten Region als schwarze Eschensenke bekannt ist, ein Tiefland, das einst von der Natur zurückgewonnen wurde, bildet mit seinen reichen Ablagerungen ein wundersames Wiesenland. Er „säumte" den Verlauf des Zauns und bahnte unsanft den Weg durch den Wald, eine tagelange Arbeit, und dann machte er den Schlag.

Der Streitkolben des mittelalterlichen Ritters ist der Streitkolben von heute. Es zerbricht nicht mehr Köpfe oder Helme, aber es gibt Arbeit dafür. Und es hat sich zu einer mächtigen Waffe entwickelt. Im Seenland gibt es zwei Arten von Maul. So wie der geschlagene Adler poetisch als Lieferant der Feder für den Pfeil beschrieben wird, durch den er selbst zu Tode verletzt wurde, liefern die Bäume das Ding, um sie zu zerreißen. An der Seite des Riegelahorns, dem Aristokraten des Zuckerstrauchs, wächst manchmal eine riesige Warze. Diese Warze hat weder Sinn noch Grund. Es ist keine Körnung definiert. Es ist verdreht, gewunden, eine feste, zähe und schwere Masse und fast hart wie Eisen. Es wird mit viel Mühe vom Stamm abgesägt und gut gewürzt, und daraus wird ein großer Kopf geformt, in den ein Stiel aus Hickoryholz eingesetzt wird, und das Ding kann bei Bedarf einen Stein zertrümmern. Das ist das eigentliche Maul.

Es gibt noch einen weiteren Hammer oder Streitkolben, der aus einem Stück schwerem Eisenholz gefertigt ist, einen Fuß lang und einen halben Fuß dick, mit einem Griff aus Hickoryholz, der in der Mitte zwischen Eisenbändern sitzt und vom Landschmied aufgefedert wurde. Dies wird manchmal als Käfer bezeichnet.

Der Käfer ist ein Monsterhammer, der Hammer ein Monsterstreitkolben. Jeder erfüllt seinen Zweck gut, aber der Käfer hat nie den Schwung und die gewaltige Kraft des großen, schweren Ahornknotens. Grant Harlson kaufte einen erfahrenen Knoten eines alten Holzfällers und formte einen Hammer. Er hatte das Handwerk in seiner Jugend erlernt.

Die Eschen fielen unter der Axt, die Stämme wurden auf Schienenlänge geschnitten, und die Ochsen schleppten Baumstämme durch Dreck, Morast, Gestrüpp und Brombeergestrüpp bis zur Zaunlinie, und dort schwang der Hammer gleichmäßig in großen Schlägen auf den Eisen- und Holzkeilen , der Geruch von frisch gespaltenem Holz lag in der Luft, die schweren Schienen wurden angehoben und der Zaun begann zu wachsen.

Und es war einsam in den Tiefen des Waldes, denn die schwarze Eschenmulde wird nicht von vielen Vögeln und Eichhörnchen bewohnt wie die Bergrücken, und nur der Streifenspecht oder ein Wanderhäher flatterten ab und zu umher, oder ein Waschbär suchte die Teiche auf für Frösche. Harlson hatte Anlass zum Nachdenken. Nur die harte Arbeit reinigte sein Blut und sein Gehirn und half ihm.

Konnte das Glück dem zuteil werden, der solch eine Last auf seinem Gewissen hatte? War er nicht, wie er es gelernt hatte, ein Übertreter aller Gesetze – der Gesetze Gottes und der Menschen? Hatte er überhaupt eine Ausrede und welchen Grad hatte sie? Er konnte die Zeit nicht ertragen, in der es im Wald zu dunkel für die Arbeit wurde und er die abgestumpften Ochsen auf das Feld und in die Scheune trieb und es noch zu früh war, den Heumäher aufzusuchen, der aus Klee bestand und suchte dort Schlaf. Ein Kleeblatt ist ein wunderbarer Schlafmunter. Da sind die Weichheit und der Duft, aber manchmal war er selbst dann wach. Um sich selbst zu entgehen, ging der junge Mann schließlich am frühen Abend zu den Häusern der älteren Bauern – denn es war sein eigenes Land und er kannte sie alle – und schlug dort mit den Söhnen und Lohnarbeitern Quoten ein die Straße vor dem Haus.

Quoits ist immer noch ein Spiel der Bauernsöhne, und das Hufeisen ist dem Quoit des Handels und der Stadt überlegen. Die offene Seite bietet die Möglichkeit für aggressive und clevere Kunststücke, die gegnerische Besetzung zu verdrängen, und die Korken an den Schuhen reduzieren einige Abrutschchancen, und das Spiel hat Qualität. Und Harlson fand in den Wettbewerben eher eine Ablenkung. Ablenkung fand er vielleicht auch im Gespräch mit der schlanken Jenny Bierce, die zu seiner Zeit auf der Landschule noch ein ganz kleines Mädchen war, sich aber schon fast zu einer Frau entwickelt hatte und die vielleicht eine Spur raffinierter war als sie die meisten ihrer Mitarbeiter. Sie hatte einen Schatz, einen treuen jungen Bauern namens Harrison Woodell , einen Schulkameraden aus Harlsons früher Jugend, aber sie unterhielt sich gern mit Harlson . Er war anders als ihr eigener Liebhaber; Natürlich nicht besser, aber er hatte ein anderes Leben geführt und konnte ihr viele Dinge erzählen.

Und Woodell , der erwartete, sie zu heiraten, blickte ein wenig finster. Das war ihr egal. Grant Harlson hatte es nicht bemerkt.

Aber weder Quoits noch Jenny Bierce reichten immer zum Vergessen aus. Harlson befand sich im Griff dieses Feindes – oder Freundes –, der große Probleme und damit keine Lösung bereitstellt. Er konnte sich nicht ausruhen. Er las seine Bibel, aber das verwirrte ihn nur noch mehr, weil es ihm zwangsläufig so vorkam, als gäbe es ein Maß an Unrecht, und er konnte kein flexibles Gebot finden. Er ärgerte sich, weil es kein Maß für seine Strafe gab.

Ein Kieselstein an der Spitze des Baches wird die kleine Strömung in die eine oder andere Richtung drehen und so den Lauf des späteren Baches und Flusses verändern. Im Fall von Grant Harlson fiel der Kieselstein in die Nähe der Quelle , denn noch nie zuvor in seinem Leben hatte er sich intensiv mit dem moralischen Problem befasst. Er hatte die konventionelle Ausbildung absolviert, die heute von einem verlangt, unvernünftig den Glauben an nachgebende Vorgänger zu akzeptieren, und bis er den Gewissensbissen verspürte, hatte er sich nie darum gekümmert, das Erbe in Frage zu stellen. Jetzt wollte er Beweise. Wenn er sich nicht auf unschuldig bekennen könnte, könnte er dann nicht zumindest eine Schwäche im Gesetz finden? Dann fiel der Kieselstein.

Es war nur eine Landzeitung, und es waren nur die zufällig aus einer unbekannten Quelle herausgeschnittenen Verse, die das Blatt wendeten, das hätte wachsen können und doch für immer zwischen schmalen Ufern gelaufen sein könnten.

Denn die Verse – wer hat sie geschrieben? – gehörten zu jenem kurzen Gedicht, das mehr Zweifler hervorgerufen hat als jede einzelne Offenbarung der Hohlherzigkeit eines berühmten Gottesfürchtigen; als jede rednerische Anstrengung eines großen Agnostikers; als jedes Kapitel eines Buches, das jemals geschrieben wurde:

„Ich denke, bis mir das Denken überdrüssig wird",
sagte der hinduistische König mit traurigen Augen. „Und ich sehe nur
Schatten um mich herum, Illusion in allem ."

Woher weißt du etwas von Gott,
von seiner Gunst oder seinem Zorn? Kann der kleine Fisch sagen, was der
Löwe denkt, oder den Weg des Adlers bestimmen?

Kann das Endliche das Unendliche suchen!
Haben Blinde die Sterne entdeckt? Ist der Gedanke, den ich denke, ein
Gedanke oder das Pochen eines Gehirns in seinen Gitterstäben?

Für alles, was meine Augen erkennen können,
ist Dein Gott das, was Du für gut hältst – Du selbst blitzte aus dem Glas
zurück, wenn das Licht in Flut darauf strömt.

Du predigst mir, gerecht zu sein,
und dies ist sein Reich, sagst du; Und die Guten sterben vor Hunger, Und
die Schlechten sterben jeden Tag.

Du sagst, dass er Barmherzigkeit liebt,
und die Hungersnot ist noch nicht vorüber; Dass er den Blutvergießer
hasst und uns alle tötet .

Du sagst, dass meine Seele leben soll,
dass der Geist niemals sterben kann: Wenn Er zufrieden war, als ich es
nicht war, warum nicht, wenn ich vorbeigegangen bin?

Du sagst, ich muss eine Bedeutung haben:
Mist muss es auch sein, und seine Bedeutung ist Blumen; Was wäre, wenn
unsere Seelen nur Nahrung für ein Leben wären, das größer ist als unseres?

Wenn der Fisch aus dem Wasser schwimmt,
wenn die Vögel aus heiterem Himmel auftauchen, können die Gedanken
des Menschen das Wissen des Menschen übersteigen, und dein Gott sei
kein Reflex von dir!

Eines Nachts im Jenseits saß ich mit Grant Harlson in seinen Zimmern in
einer großen Stadt, und er erzählte mir von dieser Zeit des Zweifels und der
Trübsal und wiederholte mir das Gedicht.

„Die darin gestellten Fragen wurden meines Wissens noch nicht
beantwortet“, sagte er, „und ich glaube nicht, dass sie von den angeblichen
Experten in solchen Dingen beantwortet werden können.“

Dann ergriff ihn eine plötzliche Einbildung und er brachte einen neuartigen
Vorschlag hervor:

„Du hast morgen wenig zu tun, und ich habe auch nicht viel zu tun. Mit dir
darüber zu sprechen, hat ein altes Interesse in mir geweckt und meine
Neugier geweckt. Hilf mir morgen. Wir werden jetzt eine Liste erstellen
Zwanzig führende Geistliche. Ich kenne die meisten von ihnen persönlich,
und einige von ihnen können argumentieren. Wir nehmen jeder ein Taxi und
besuchen jeweils zehn, stellen diese Verse vor, gehen sie Strophe für Strophe
durch, erklären die Zweifel, die sie geweckt haben, und fragen für die Lösung,
die die Geistlichen haben, und für den Trost, den sie bieten kann. Das wird
ein ziemlich interessantes Experiment sein, nicht wahr?“

Ich folgte seiner Laune und am nächsten Tag machten wir die vereinbarte
Runde.

Was für eine seltsame Sache! Wie zuversichtlich Männer verschiedener
Glaubensrichtungen waren und die alten Plattitüden wiederholten, die alles

andere als logisch wären! Wie ein oder zwei ehrlich waren und sagten, sie könnten nicht antworten.

Und wie absurd, sagten wir nachts, ist es, dass uns Menschen sagen wollen, was man in einer theologischen Schule genauso wenig lernen kann wie in einer Schmiede, und an keinem Ort so gut wie im Wald oder auf dem Meer! Dennoch war kein Spott darin. Wir waren weder unreligiös.

Dieser junge Mann, der den Zaun baute, überkam eine widerspenstige Stimmung, und er war immer noch verwirrt, schlief aber wieder angenehmer auf seinem Kleemäher. Er tastete, war aber weniger verzweifelt, das war alles. Es kam ihm alles seltsam vor, denn das alte Leben auf dem Bauernhof war größtenteils zur Erinnerung geworden, und erst gestern war er auf dem College, einer von Tausenden, voller Energie und Leichtigkeit, und hier war er allein im Wald in einem Kloster, und alles andere war irgendwie wie ein Traum. Nur die Ochsen und die Baumstämme und die Axt und der Hammer und der wachsende Zaun waren bei Tag real. Aber am Abend war da noch Jenny Bierce, und sie war sehr authentisch und charmant.

Ho fragte sich, ob er ihr etwas bedeutete. Sie freute sich offenbar, als er sie fand, und sie hatten allein in der Dämmerung lange Spaziergänge gemacht. Einmal hatte er sie geküsst, und sie war nicht böse gewesen. Was war das für eine Strömung und warum war er davon so mitgerissen? Wie ganz anders war das alles noch im Vergleich zu dem Leben vor ein paar Wochen! Dann tauchte vor seinen Augen ein Bild des großen, prächtigen Tieres in der Stadt auf, und es blieb bei ihm. Es beschäftigte ihn viele Tage und Nächte lang.

Wenn der Hindu-König Recht hätte, wenn alles so undefiniert wäre, warum nicht das Gleiche tun wie die Vögel und Eichhörnchen und alle sonnigen Orte aufsuchen? Er konnte am Sonntag nicht an seinem Zaun arbeiten. Das hatte er noch nicht getan, aber er würde die Meilen am Samstagabend zu Fuß zurücklegen und seinen Sonntag in der Stadt verbringen.

Wie er dachte, tat er es auch. Am nächsten Samstag schwang er das Maul nicht zu spät, sondern nahm seine Reise auf und kam am frühen Abend nach Hause.

Er war erst drei Wochen abwesend, doch seine Familie hatte viel zu fragen, und sein Vater lachte über seine verhärteten Handflächen und gratulierte ihm. Er wechselte sein Gewand und machte sich auf den Weg zu Mrs. Rolfstons Haus . Sie hatte nicht früher nach ihm gesucht, obwohl sie Männer gut kannte, denn sie hatte seine wachsenden Schwierigkeiten gesehen und kannte seinen Willen. Ihre Augen leuchteten wie die Augen eines hungrigen Wesens, dem Essen gebracht wird. Es war spät, als er sein Zuhause wieder erreichte, und am nächsten Tag müsse er ein Buch lesen, sagte er, das er bei Frau Rolfston gefunden hatte . Nachts stapfte er wieder quer durchs Land, zu seinem Lager auf dem trockenen Klee; und er dachte nicht einmal an den Hindukönig. Mrs. Rolfstons theologische Schule war nicht von der Art, die einen mit rätselhaften Dingen beunruhigt, und er war in einer empfänglichen Stimmung gewesen.

Am nächsten Tag arbeitete er wie ein Riese. Am frühen Abend fand er Jenny Bierce. Sie fragte ihn, aber er hatte nicht viel zu antworten.

„Gibt es jemanden in der Stadt? " fragte sie.

„Da sind mehrere Hundert Leute."

„Du weißt, was ich meine. Gibt es da jemanden Bestimmten?" – so schmollend.

Er sagte, dass er in letzter Zeit überhaupt nur ein Mädchen in einem Kattunkleid gefunden habe.

KAPITEL XI.

Mit WOODELL zufrieden sein.

So vergingen die Tage. Was für zusätzliche Muskeln die Arme des starken jungen Burschen bekamen, war das Eintreiben der Schienen und das Anheben an ihren Platz! Fast braun, während die sich verändernden Buchenblätter sein Gesicht und die Handflächen wie Zelluloid ansahen. Allerdings war er anders als die Bauern, denn ihm fehlte die Haltung der Bauern – er musste weder graben noch mähen, noch harken oder binden. Er schwang seine Axt oder seinen Hammer und befahl den roten Ochsen in ländlicher Sprache, und immer tiefer im Wald wuchs der Zaun. Und abends war er mit Jenny zusammen und sonntags war er in der Stadt. Was für Tage sie waren, mit all ihrer Kraft und Gesundheit und ihrer gesetzlosen Hingabe, wenn auch im Einklang mit der Natur. Er trank nicht, rauchte nicht und aß auch nicht zubereitete Speisen. Er war wie ein unvernünftiger Bobolink oder Falke oder Rehkitz oder Wolf. Aber das Problem mit Jenny wuchs immer mehr.

Eines Nachts, als die beiden gingen, erhaschte jeder einen flüchtigen Blick auf etwas Dunkles, das sich in einiger Entfernung von der Straße schnell durch die Büsche bewegte.

Das Mädchen erschrak.

"Was ist los?" sagte Harlson .

„Hast du ihn nicht gesehen – diesen Schatten im Gebüsch?"

„Ja. Jemand war da. Was ist damit? Einige der Jungen sind auf Waschbärjagd."

„Das war es nicht", flüsterte sie. „Ich weiß, was es war. Es war Harrison Woodell , und er schaut zu."

„Nun, es könnte sein, dass es ihm viel besser geht. Magst du ihn?"

„Ich mag ihn sehr", antwortete sie schlicht, „aber manchmal habe ich Angst."

Er lachte.

„Er wird dir nichts tun. Er wagt es nicht."

„Aber er könnte dir weh tun."

Noch ein Lachen.

„Glaubst du nicht, dass ich auf mich selbst aufpassen kann?"

„Oh ja" – hastig – „aber einer von euch könnte verletzt werden, und ich möchte nicht, dass einem von euch etwas passiert. Oh, Grant! Du musst vorsichtig sein!"

Er war beeindruckt, auch wenn er es nicht zeigte. Möglicherweise gab es einen Teil dieser magnetischen Verbindung, über die uns die Wissenschaftler so wenig erzählt haben, zwischen Geistern, die sich mit finsterer Absicht oder auf andere Weise zueinander neigen, wenn alle Bedingungen erfüllt sind. Harlson spürte in seinem Herzen, dass die Befürchtungen des Mädchens nicht ganz unbegründet waren, aber wie gesagt, er war bei vollkommener Gesundheit und stolz, und er verwarf den Gedanken und liebte sich. Und es ging ihm sündhaft gut. Es war spät, als das Mädchen ihr Haus wieder erreichte, und sie ging zitternd und schweigend hinein. Ihre Schritte waren so gekrümmt, dass weder Harrison Woodell noch ein anderes Lebewesen in ihrer Nähe und ungesehen gewesen sein konnten.

Harlson ging die von Bäumen gesäumte Straße entlang und über das Feld zur Scheune und wunderte sich ein wenig über sich selbst. Wozu hatte er sich entwickelt und wie würde alles enden? Er war begeistert, aber unruhig. Er war froh, dass der Zaun fast fertig war und dass mit dem ihm zustehenden Geld das Leben in der Großstadt beginnen würde. Er kletterte auf den Kleemäher und warf sich unruhig auf der Decke hin und her, auf die er sich, noch bekleidet, geworfen hatte. Es dauerte einige Zeit, bis er einschlief, und dann kamen seltsame Träume.

Er dachte, er hätte Jenny in die Stadt mitgenommen und Mrs. Rolfston schien immer in ihrer Nähe zu sein, sich aber dennoch zu verstecken. Sie konnten ihr nicht entkommen. Dann kam eine Zeit, in der sie sich von hinten an sie geschlichen und eine Schlinge über seinen Kopf geworfen hatte, sie immer fester zuzog und ihn erwürgte, und er konnte seine Hände irgendwie nicht heben, um sich zu befreien. Er war erstickt! Er kämpfte in seiner Qual und erwachte – als er aufwachte, stellte er fest, dass sein Traum überhaupt kein Traum war! eine Hand an seiner Kehle, ein Knie auf seiner Brust zu spüren und zu wissen, dass er erstickt wurde!

Mehr als einmal im späteren Leben fühlte sich Grant Harlson sehr nahe an der Grenze, die Menschen, die einmal überschritten haben, vielleicht nicht mehr überschreiten werden, doch später erlebte er nie das Gefühl dieses Augenblicks. Es war nur ein Gedankenblitz, denn der Aufruhr des physischen Wesens folgte augenblicklich, aber es war ein Blitz des Grauens. Dann begann ein schrecklicher Kampf.

Tief im nachgiebigen Kleeblatt niedergedrückt, hatte Harlson kaum eine Chance, seine Kräfte zu entfalten, die mit diesem Griff um seine Kehle höchstens nicht lange anhalten konnten; aber er krümmte sich mit der ganzen Kraft der Verzweiflung und riss schließlich einen Arm los, der nutzlos an seine Seite gedrückt worden war. Mit der freien Hand umklammerte er den Kragen seines Gegners und zerrte daran, während er sich mit aller Kraft nach unten stemmte. Die Couch war nicht weit von der Kante des großen Rasens entfernt, aber daran dachte er nicht, auch nicht daran, dass das Heu beim Verstauen so weit auseinandergerutscht war, dass der Rasen über den Scheunenboden hinausragte. Nun, für ihn war es so! Es gab ein plötzliches Lockern und Gleiten, als der Kampf in der Dunkelheit heftiger wurde, und dann, als er sich von der Masse löste, schoss ein Teil des Mähwerks, mindestens eine Tonne schwer, nach unten und trug die beiden Männer mit sich, die wie Es prallte auf den Boden darunter, rollte von seiner Oberfläche durch die großen offenen Türen, den steilen Abhang hinunter, den gelegentlich Wagen hinauffuhren, und sprang dort im klaren Mondlicht gleichzeitig auf.

Sie standen da und starrten einander an. Grant Harlson keuchte, aber wieder er selbst, als er die gesegnete Luft einatmete. Jeder stand auf Distanz und wachsam.

„ Woodell !“

Der Mann starrte ihn wütend an.

„Was bedeutet das? Was wolltest du tun?“

„Ich wollte dich töten.“

„Dann hätten sie dich aufgehängt.“

„Nein, das würden sie nicht; sie hätten dich nie gefunden.“

„Hatten Sie ein Messer?“

„Ich hätte keinen gebraucht – wenn das verfluchte Heu nicht weggekommen wäre.“

"Was wirst du jetzt machen?"

"Ich werde dich töten."

Der Blick des Mannes zeigte, dass er keinen Scherz machte. Harlson dachte gerade sehr schnell nach. Er erkannte den Ernst des Ganzen, doch sein plötzliches Entsetzen war nun verflogen. Hier herrschten Licht und Luft und sogar Beziehungen zum anderen. Die Wirkung des Erstickens war verschwunden. Er fühlte sich Woodell gewachsen .

Mit dem Abscheu der Gefühle überkam ihn plötzlich eine Wut gegen diesen Möchtegern-Mitternachtsjäger, die so groß war, dass er in seiner Wildheit ruhig blieb. Er lachte, wie es seine Art war.

„Du warst sehr dumm. Du hättest ein Messer oder einen Knüppel mitbringen sollen. Töte mich! Warum, Mann, denkst du denn, wenn du jetzt versuchen würdest zu fliehen, würde ich dich gehen lassen? Ich will dich, du Mörder, ich will dich." !" Und er streckte seine Hände nach dem anderen aus und öffnete und schloss sie festhaltend; Und dann sprang Woodell knurrend vor, und die beiden Männer kämpften wie Bulldoggen.

Harlson war es gut , dass er in all den Wochen den Hammer und die Axt geschwungen hatte und dass seine Muskeln stark und seine Ausdauer groß waren, denn Woodell galt als einer der starken Männer der Region. Was die bloße Stärke anging, waren die beiden in etwa gleichwertig, aber es gab einen Unterschied in ihren Ressourcen. Der eine hatte eine gymnasiale Ausbildung, der andere nicht.

Im Country-Wrestling gibt es den Side-Hold, den Square-Hold, den Back-Hold und den Rough-and-Tumble, zuletzt den Catch-as-Catch-Can der Bühnenkämpfe. Schon in jungen Jahren hatte Harlson diese Tricks erlernt, und im College- Gymnasium hatte er diese Weisheit durch beharrliches Training in allen Techniken der professionellen Gladiatoren ergänzt. Er galt dort als etwas Besseres als das Gewöhnliche. Und obwohl ein Leben davon abhing, war es nur ein Ringkampf. Es war nur ein Kampf, wer den anderen in seine Gewalt bringen sollte, und Schläge zählen in einem Todeskampf nur wenig.

Sie schwankten und schwangen gleichzeitig, aber so gleichmäßig und fest, dass Minuten vergingen, während sie aus einiger Entfernung nur bewegungslos erschienen wären. Jeder, der zwei gut aufeinander abgestimmte Wrestler gesehen hat, wird diese Situation erkennen.

Jeder Mann hatte ein anderes unmittelbares Ziel im Kopf. Woodell wollte Harlson auf dem Boden und unter sich haben; Er wollte seine Hand auf seinen Hals legen und ihn so heftig und so lange umklammern, dass das Gesicht des Mannes schwarz wurde und seine Zunge herausragte und seine Glieder sich endlich entspannten und die Arbeit am Heumähen vollständig erledigt war! Harlson hatte nur einen Gedanken: seinen Angreifer irgendwie zu überwältigen.

Es gab eine plötzliche Veränderung, eine gewaltige Bewegung seitens Woodells , und in einem Augenblick war der Kampf vorbei.

Herrlich sind deine Möglichkeiten, oh hübscher Griff und Schwung, oh Halb-Nelson, Geliebter der Ringer! Was für ein Hebel, was für eine Perfektion des Ergebnisses ist bei Ihnen! Was für ein Freund du bist in Zeiten der Gefahr! Woodell , der zu blutrünstig war, um zu täuschen oder zu trödeln, ließ seinen Griff los, bückte sich und schoss mit gesenkten Armen nach vorne, um das Land festzuhalten, was selten scheiterte, wenn es einmal gesichert war. Und während er das tat, vollzog sich in dieser halben Sekunde eine halbe Drehung des Körpers des anderen, ein Arm um seinen Hals, ein Ruck nach vorn zur Hüfte und, obwohl er ein großer Mann war, nichts könnte ihn retten!

Seine Füße verließen die Erde; Er wirbelte auf einem Drehpunkt hoch und klar herum und landete mit einer Kraft zu Boden, die seinem Gewicht entsprach, wobei sein Körper wie ein Peitschenhieb seine gesamte Länge zerbrach, als er zuschlug.

Er war von dem schrecklichen Schock betäubt und rührte sich nicht. Sein Gegner starrte die reglose Gestalt einen Moment lang an, war von dem plötzlichen Ergebnis benommen, stürmte dann in die Scheune, kam mit einem Halsriegel und einer Heugabel heraus, schnallte Woodells Hände zusammen, zog sie über seine Knie und dazwischen Die Knie und Handgelenke passierten den langen Gabelstiel aus Eschenholz. Der Mann, der langsam wieder zu Sinnen kam, wurde auf eine Weise „gebockt", die jedem Schuljungen bekannt ist; so fest gefesselt wie mit Handschellen und mit Fesseln; so hilflos wie ein Baby!

KAPITEL XII.

Neigung gegen das Gewissen.

Der Schock hatte Woodell sehr getroffen, so wie es bei einem Mann der Fall ist, der als „Knock-out" beim Sparring bekannt ist. Zunächst völlig bewusstlos, erholte er sich langsam, obwohl er praktisch unverletzt war, wieder zu seiner Intelligenz. Harlson stand neben der grotesk gefesselten Gestalt und beobachtete neugierig, wie sie wieder zu Bewusstsein kam. Die kühle Nachtluft unterstützte die Restaurierung.

Woodell öffnete die Augen, schien sich zu fragen, wo er war, und als es ihm klar wurde, versuchte er aufzustehen. Der Aufwand war lächerlich und er floppte wie ein geflügelter Idiot. Die Verzerrung seines Gesichts war furchterregend, als ihm bewusst wurde, in welcher Situation er sich befand. Er kämpfte noch einmal heftig, dann lag er still da und blickte mit bösartigen Augen zu Harlson auf.

Harlsons Wutanfall war vollständig verschwunden. Es hatte ihn plötzlich beunruhigt. „Warum hast du versucht, mich zu ermorden?" er hat gefragt.

„Du weißt es gut genug, – du!" kam zwischen den Zähnen des Mannes am Boden hervor.

„Das tue ich nicht. Ich kann es nicht verstehen! Habe ich dich jemals verletzt?"

„Mich verletzt? Du ausweichender, lügnerischer Dieb! Warum streitest du? Du weißt genau, wie du mich verletzt hast. Warum beendest du das nicht? Hol dir einen Knüppel und schlag mir das Gehirn raus! Sie werden dich nicht hängen, denn Sie können sagen, es geschah zur Selbstverteidigung, und meine Anwesenheit hier wird es beweisen. Tun Sie es! Machen Sie sich einen Überblick über das, was Sie diesen Sommer getan haben!"

Der Mann krümmte sich in seiner unwürdigen Stellung und Tränen strömten aus seinen Augen. Harlson streckte die Hand aus und zog den Griff der Heugabel heraus. Woodell rappelte sich unanmutig auf, denn seine Hände waren immer noch vor ihm zusammengeschnürt.

„Schau her, Woodell ", sagte Harlson , „lass uns zur Straße gehen und zu deiner Wohnung gehen. Ich werde deine Hände noch nicht losbinden. Ich denke, ich werde mich ein wenig wohler fühlen, wenn du so bist, wie du bist." Ich möchte mit dir reden. Ich möchte, dass du fair zu mir bist. War es wegen Jenny Bierce?"

„Du weißt, dass es so war."

„Aber warum habe ich nicht das gleiche Recht, mit Jenny zu schlafen wie du oder jeder andere Mann?"

Woodell drehte sich heftig um: „Noch mehr Streitereien." Dann in einem fordernden Ton:
„Sag mir das: Wirst du sie heiraten?"

Harlson zögerte. "Ich weiß nicht."

„Du weißt es! Du weißt, dass du von so etwas keine Ahnung hast. Du amüsierst dich nur, bis du deinen verfluchten Zaun gebaut hast."

„Was geht dich das an?"

„Mit mir! Sie hatte sich mit mir verlobt, und wir waren glücklich zusammen, bis du kamst; und du bist gekommen, hast zwei Leben zerstört und niemandem etwas Gutes getan, nicht einmal dir selbst, du hungriger Wolf! Sie kümmert sich mehr Für mich heute als für dich. Sie passt besser zu mir! Aber mit deinen Worten und deiner Art hast du sie zuerst gereizt, und schließlich hast du sie irgendwie bezaubert, wie man sagt, Schlangen mögen Vögel. Und Sie wird für niemanden geeignet sein, wenn du weggehst!" Der große Mann schluchzte wie ein Baby.

Harlson antwortete nicht sofort. War das, was Woodell sagte, nicht die Wahrheit? Hat er sich wirklich um Jenny gekümmert oder sie um ihn? Was war es außer Zeitvertreib gewesen? Er könnte sie aufgeben. Es wäre natürlich etwas schwierig. Das ist immer so, wenn ein Mann die engen Beziehungen zu einer Frau aufgeben muss, die so faszinierend sind und die nur zustande kommen, wenn zwischen ihnen jene Sympathie hergestellt wurde, die, wenn nicht sogar Liebe, von jedem unwillkürlich als etwas so angesehen wird. In seinem Kopf herrschte ein Kampf zwischen dem Instinkt, ehrenhaft, direkt und fair zu sein und das Richtige zu tun, und andererseits dem Drang, alles abzulehnen, was ein Angreifer verlangte. Aber der Möchtegernmörder war schließlich kein Mörder. Er war nur ein vorübergehender Wahnsinniger, den Harlson selbst in den Wahnsinn getrieben hatte. Das war die richtige Sichtweise. Was Jenny betrifft, sie würde nicht viel leiden. Es war nicht genug Zeit gewesen. Nicht an einem Tag kann ein Mann oder eine Frau eine solche Wirkung auf das Herz hervorrufen, die für immer anhält. Wenn er also aus der Affäre verschwinden würde, würde nichts sehr Ernsthaftes folgen, nichts, was sich materiell auf das gesamte Leben auswirken würde. Die Chancen standen gegen ihn, oder besser gesagt, gegen die schlechteste Seite von ihm, im Spiegelbild.

Er handelte umgehend. „Ich weiß es nicht", sagte er; „Ich bin verwirrt. Es ist mir egal. Ich weiß sowieso nicht, wo ich stehe. Ich möchte anständig sein, aber es scheint mir, dass ich ein paar Rechte habe; ich bin völlig verwirrt. Ich weiß nicht Ich glaube nicht, dass du dir vorstellen kannst, dass ich Angst habe

– das hatte ich nicht, als ich ein kleiner Junge in der Schule war, mit dir als einem größeren. Du weißt das – und ich habe es jetzt nicht. Aber das zählt nicht. Das habe ich Ich studiere viele Dinge und weiß nicht, was ich tun soll. Ich denke, dass du vielleicht Recht hast und dass ich völlig falsch lag. Ich gebe es auf. Aber ich weiß, dass ein Mensch keinen Fehler machen kann Wenn er versucht, das Richtige zu tun, und sich dabei, die Sache herauszufinden, auf die Seite stellt, die gegen ihn zu sein scheint. Er kann kämpfen, er kann alles besser machen, nachdem er das Gefühl hat, dass er das getan hat. Halten Sie durch."

Woodell blieb verwundert stehen. Harlson löste den Riemen um die Hände des Mannes und warf ihn in die Büsche am Straßenrand.

Der Bauer richtete sich auf, streckte die Arme aus, verschränkte die Handflächen und sah den anderen Mann an. Harlson sprach unverblümt.

„Ja, ich weiß, dass du es noch einmal versuchen willst. Aber ich habe jetzt das Gefühl, dass es nur auf eine Weise enden kann. Es macht mir nichts aus. Ich wollte dich nur verlieren, bevor ich sage, was ich sagen wollte, damit du Ich würde nicht glauben, dass ich die Bedingungen auf eigene Faust aushandele.

„Mach weiter", sagte Woodell schroff und streckte immer noch seine Arme aus.

„Nun, es ist nur das. Ich glaube nicht, dass ich das Richtige getan habe. Ich werde Jenny Bierce dir überlassen. Es wird ihr egal sein, und in kurzer Zeit wird alles in Ordnung sein. Das ist alles. Nein, nicht ganz! Du hast versucht, mich zu töten. Vielleicht wäre ich genauso ein Narr, einfach so ein verrückter, eifersüchtiger Mann wie du gewesen, wenn die Dinge anders gewesen wären. Ich weiß es nicht. Aber ich Seien Sie sich dessen bewusst, dass Ihr Kommen heute Abend, außer dass es mich zum Nachdenken gebracht hat, nichts mit dem zu tun hat, was ich mir vorgenommen habe. Hier sind wir auf der Straße. Ich möchte nicht unruhig schlafen die Scheune. Du hast versucht, mich zu töten. Ich habe versucht zu entscheiden, was richtig ist, und ich werde es tun. Jetzt möchte ich, dass es mit dir geklärt wird. Hier bin ich! Willst du kämpfen?"

Harlson sprach, war Woodells Gesicht etwas Sehenswertes gewesen . Er hatte die Worte seines verstorbenen Widersachers aufmerksam verfolgt. Er erfasste die zum Ausdruck gebrachte Absicht allgemein. Seine rauen Gesichtszüge strahlten.

"Meinst Du das wirklich?"

„ Natürlich tue ich das. Warum sollte ich es sagen, wenn ich es nicht getan hätte?"

„Dann wird alles gut."

„Aber willst du kämpfen?"

„Nein, das tue ich nicht. Ich werde nicht sagen, dass du mich lecken könntest. Früher war es zum Teil Glück Töte dich. Ich war verrückt. Das wärst du an meiner Stelle gewesen. Und du wirst nichts mehr mit Jenny zu tun haben? Oh, Harlson !"

Und die beiden schüttelten sich die Hände, und Harlson ging auf dem Kleemäher zurück zu seinem Bett. Er glaubte, eine große und philosophisch edle Tat vollbracht zu haben – denken Sie daran, es war nur ein Junge von knapp über zwanzig – und er schlief wie ein Lamm. Und am nächsten Abend ging er zu Woodell nach Hause und sagte, er wolle etwas zu Abend essen, und nach dem Essen lachte er Woodell aus und sagte, er würde zu einer anderen Farm gehen, um Quoits aufzustellen, bis es zu dunkel werde, und die beiden jungen Männer gingen den Hof entlang Wir gingen zusammen unterwegs und tauschten einige Vertraulichkeiten aus, und als sie sich trennten, waren sie in gutem Einvernehmen miteinander. Das war nach einem Mordversuch seltsam, aber solche Dinge passieren im wirklichen Leben. Und es kann sein, dass Woodell in diesem Gespräch den schlechtesten Deal gemacht hat.

Er war besser gerüstet, um Jenny zu gewinnen, aber der besorgte Mann, mit dem er gesprochen hatte, hatte blind in eine andere Richtung um Hilfe gebeten. Das Ergebnis war keine große Zufriedenheit. Woodell gehörte zu der Art, die, wenn überhaupt religiös, ohne große Begründung glaubte, aber Harlson hatte ihm die Argumentation des hinduistischen Skeptikers wiederholt. Woodell war zumindest intelligent genug, um dem Gedankengang zu folgen, und später, als er ein Familienvater und Diakon war, würden die Zeilen immer wieder auftauchen und ihn zutiefst verärgern.

Und Jenny verkümmerte nicht und starb, weil sie Harlson kaum noch sah . Er traf sie und erklärte kurz, dass sie etwas falsch gemacht hatten und dass er und Woodell geredet hätten. Sie wurde blass, dann rot, sagte aber wenig. Von dem Kampf in der Nacht erfuhr Jenny nie. Sie schloss daraus natürlich, dass ihr Geliebter auf direktem Weg zu Harlson gegangen war und dass auf seine Forderungen eingegangen worden war. Sie war vielleicht erfreut darüber, dass sie zu einer Person von großer Bedeutung geworden war. Aufgrund des Themas der Debatte, wie sie es verstand, dachte sie mehr an Woodell und weniger an Harlson , und als der erste Ärger und die erste Leidenschaft vorüber waren, ergab sie sich hinreichend mit der Aussicht. Sie war am Rande der Sünde gewesen, aber sie war nicht die einzige Frau auf der Welt, die ein Geheimnis in sich trug. Woodells Bitten wurden nachgegeben und die Hochzeit fand innerhalb eines Monats statt. Vielleicht war sie eine bessere Frau, weil ihr Mann die Wahrheit nicht im Detail kannte und sie die

Last einer Schuld verspürte, aber das ist zweifelhaft. Sie hatte zwar ein ansehnliches Aussehen, war aber nicht tiefsinnig genug, um überhaupt darüber nachzudenken. Natürlich sollte durch diesen Maßstab auch das tatsächliche Ausmaß aller Irrtümer abgeschwächt werden. Harlson , klüger, war von beiden viel schuldiger und verdiente eine gewisse Strafe, aber als Gleichung konnte man zu seiner Verteidigung zumindest, da er jung war, sagen, dass Mrs. Rolfston sich gegenüber Jenny genauso verhalten hatte wie er war bei ihm. Die Person, die die Dinge verändert hatte, war dasselbe schöne Tier der Stadt.

Und oberflächliche Gesetzgeber werden absurde Sozialgesetze zur Regulierung der Moral von Jungen erlassen und sich einbilden, sie hätten einen weiteren Pflasterstein auf dem Weg zum Jahrtausend gesetzt, während die Mrs. Rolfstons eine stürmische Zeit damit verbringen.

KAPITEL XIII.

Abschied vom Zaun.

Wenn im Herbst die ersten Fröste kommen, sind die schwarzen Eschenmulden trocken und es gibt mehr Leben in ihnen als im Hochsommer. In den Mulden wachsen Hickorybäume und die Eichhörnchen sind fleißig mit den reifen Nüssen beschäftigt. Das Waldhuhn mit gut entwickelten Bruten versteckt sich in den Wipfeln umgestürzter Bäume oder stolziert über verrottete Baumstämme. In den Mulden wachsen bestimmte Beeren, die reif geworden sind und von vielen Vögeln gesucht werden. Die Blätter verfärben sich langsam in sanfte Farben. Es gibt nichts von dem Glanz und der Pracht der Bergrücken, wo die harten Ahorne und Buchen stehen, aber es herrscht eine allgemeine Bräune, Trockenheit und Kraft der Szene. Es ist gut. Der Zaun war fast fertig und das Geld für den Bau war fast im Besitz. Die Schienen erstreckten sich in einer langen Linie durch die schmale, durch den Wald gehauene Gasse, über der sich die Baumwipfel trafen, und für die Eichhörnchen, die den Zaun auf ihren vielen Reisen berühmt machten, wurde eine neue Straße gebaut. Die Spechte besuchten es oft und prüften jedes Geländer auf Nahrung, aber nur nebenbei, denn jeder Specht wusste, dass jedes Geländer grün und zäh und gesund und noch ohne Bewohner war. Es gab ein allgemeines Zwitschern und Zwitschern und einen angenehmen Ruf, denn alle jungen Menschen des Jahres waren aus Nest, Loch und Höhle heraus und begannen nun ernsthaft mit dem Leben. Es war eine Saison voller lebhafter Arbeit.

Der große Hammer, immer noch fest und schwer, wies in seiner Mitte eine Vertiefung auf, wo Zehntausende Schläge gegen die Eisenkeile ihren Weg gefunden hatten, und sogar die Köpfe der Keile selbst waren nach außen und unten abgerundet und mit einem Eisenrand versehen, an dem sich Partikel befanden Ein Teil des Metalls war von seinem Platz gedrängt worden. Der riesige Haken am Ende der Holzkette war völlig verdreht, obwohl er nicht weniger fest im Griff war. Der Zaun, die Geräte und alles drumherum zeigten gewaltige Arbeit, etwas Verstand, aber mehr Muskelkraft.

Das vollkommenste aller Stärkungsmittel ist die körperliche Arbeit im Freien, insbesondere im Wald, und sie wirkt sich sowohl auf den Geist als auch auf den Körper aus. Es beseitigt alles, was möglicherweise krankhaft ist, und ist gesund für das Gewissen. Warum das Gewissen unter den meisten natürlichen Bedingungen nicht so nervös ist, müssen die Theologen entscheiden – sie werden alles entscheiden –, aber die Tatsache bleibt bestehen. Das Outdoor-Gewissen ist stark, blickt aber selten zurück.

Grant Harlson schwang sein Maul und freute sich über das, was um ihn herum vorging, und atmete die frische Oktoberluft ein, die nach den Gewürzbüschen duftete, die er schnitt, um den Weg freizumachen, und dachte immer weniger über die Rätsel des Hindu-Königs nach. Seine Stimmung war gut, und als er die Stadt besuchte , war er ein Wunder für Mrs. Rolfston , die von der Wildheit seines Werbens fasziniert und wahnsinnig unzufrieden mit der Gewissheit war, dass sie ihn verlieren musste. Sie machte wilde Vorschläge, über die er lachte. Sie würde in die Stadt ziehen; sie würde viele Dinge tun. Er sagte nur, dass das Geschenk gut sei und dass sie schön anzusehen sei. Und von ihr würde er zu seiner anderen Geliebten, dem großen Maul, gehen und ihr sechs der sieben Tage lang treu bleiben. Er arbeitete jetzt nicht mehr so spät am Nachmittag. Er genoss das Leben wieder auf die alte gesunde, jungenhafte Art.

Er hatte auch einen Freund aus der Stadt bei sich – einen Setter mit Tizianhaar und großen Augen, der auf dem Kleeblatt neben ihm schlief, und ein oder zwei Nachmittage in der Woche nahm er Hund und Gewehr und ging dorthin, wo die Halshuhnhühner waren wo eine Herde wilder Truthähne zwischen den Buchen ihr Zuhause hatte. Mit viel Selbstvertrauen und Selbstvertrauen verkündete er an der Tür eines Bauernhauses, dass er morgen zum Abendessen vorbeikommen würde und dass es ein Wildessen sein würde und dass er das Spiel auf dem Rückweg bei ihnen lassen würde noch am selben Abend. Es gab Spott und Zweifel darüber, ob man sich auf ein solches Versprechen und den Kommentar „Fang zuerst dein Kaninchen" verlassen könne, aber das waren keine ernsten Worte, denn seine Fähigkeiten als mächtiger Jäger waren wohlbekannt.

Um den wilden Truthahn zu fangen, sind Geschick und Geduld gefragt, denn er ist ein kluger Nachwuchs und wird Blei tragen, aber die Mühe lohnt sich, denn kein verwöhnter Hoffresser hat Fleisch von diesem reichen Geschmack. Bucheckern und Beeren sind Nahrung für Vögel, die Könige essen können. Und als Harlson ein paar edle junge Truthähne an die Tafel brachte, war das Bankett ein großartiges, und die Jungs stellten an diesem Abend Quoits auf, die dafür nicht besser waren. Eine gute Sache ist der wilde Truthahn, aber noch besser, wenn man seine Anzahl und Qualität berücksichtigt, ist das Halshuhn, das Rebhuhn des Nordens, der Fasan des Südens. Wie er im Herbst in der Seenregion zwischen den Dornenbüschen des Tieflandes herumtrödelt , wie er neben den Stechäpfeln noch viele andere Esswaren kennt, und wie dick er wird, und wie listig! Wie wachsam ist er, wie weiß er um Verstecktes, und mit was für einem Schwung erhebt er sich aus seinem Versteck und wirbelt zwischen den Baumstämmen davon! Wie schnell das Auge und die Hand ihn erwischen, wenn er aus dem Unterholz aufsteigt und im Wald außer Sichtweite ist, bevor der ungeübte Sportler ihn mit kaum mehr als einem Schnappschuss aufhält, so augenblicklich muss alles erledigt werden! Doch was für ein würdevolles Ding ist er und wie leicht kann er von jemandem gefunden werden, der seine Wege kennt und weiß, welchen Einfluss Gewohnheit auf seine graubraune Majestät hat. Sollte der plötzliche Schuss fehlschlagen, besteht die fatale Schwäche des Vogels darin, zu fliegen, wie die Biene, gerade wie ein Pfeil fliegt, hoch zu landen, sagen wir etwa zweihundert Meter entfernt, und sich auf den Trick zu verlassen, der alle anderen Feinde täuscht um den Mann zu täuschen. Wenn Sie der geraden Linie seines Fluges folgen und die Baumwipfel absuchen, werden Sie schließlich auf einem großen Ast und in der Nähe des Baumstamms ein aufrechtes Ding bemerken, schlank, still in der Farbe, still und bewegungslos. Es ist dem Holz so ähnlich, dass es durchaus das Tyro verfehlen könnte. Es ist nicht unsportlich, es ist fair zu schießen, und dann landet der Hahn der nördlichen Wälder mit einem lauten Knall auf dem Boden, und Sie haben eine der Beute, die der Mensch durch das Töten erhält. Aber das gibt es nur im Wald. Im Freien ist es etwas ganz anderes. Was für ein zahnfreudiger Vogel ist doch Ihr Halshuhn, wie dick und doch wild im Geschmack! Sie müssen jedoch wissen, wie man ihn kocht. Er muss gegrillt, ordentlich aufgespalten und gut mit guter Butter gespickt sein, denn nicht so saftig wie die Wachtel ist das Halshuhn, und er muss Hilfe haben. Aber gegrillt, mit Butter bestrichen und gewürzt, was ist das für ein Vogel!

Es gab auch Waldschnepfen im Tiefland, und Harison fand bei ihnen ein so lebhaftes Leben, wie wir Menschen es beim plötzlichen Tod dieser kleinen, saftigen Geschöpfe finden. Eine Waldschnepfe auf dem Flügel zu stoppen, wenn sie über die Weiden fliegt, ist keine einfache Sache, und wer es geschickt macht, ist in einer Hinsicht größer als der, der ein Königreich regiert . Und am Tisch – aber warum von der Waldschnepfe reden? Es gibt noch andere Wildvögel zum Fressen, die in verschiedenen Graden gut sind, aber die Waldschnepfe zählt nicht dazu. In ihm steckt der Geschmack, den sein langer Schnabel aus dem Herzen der Erde zieht, der Duft der Natur und aller Reichtum. Zu Caesars Zeiten aßen sie Pfauenhirne. Später fanden sie heraus, dass im Ortolan und in einigen ähnlichen kleineren Dingen, die fliegen, etwas Größeres steckte. Aber als die Jahrhunderte vergingen und der Gaumen durch Vererbung gepflegt wurde und bekannt wurde, was alle Aromen ausmacht, stieg die Waldschnepfe auf und erhielt den Rang ihres großen Erbes – der vollkommenste Vogel für den, der sich mit Essen auskennt; der Vogel, der für andere das ist, was das langgeschätzte Produkt eines Rheinhangs oder eines italienischen Weinbergs für den Jahrgang des Tages ist, was der alte Roquefort oder Stilton für Quark ist, was für den süßen, dichten, moschusartigen Duft der Hyazinthe dezenter Duft nach Rhododendron. Sogar der tizianhaarige Setter erkannte die kaiserliche Natur der Waldschnepfe und war ganz gerührt von den Weidenbüscheln.

Natürlich ist es aus gewisser Sicht absurd, auf diese Weise von einer einfachen Geschichte über das Töten, das Kochen oder den Geschmack eines Vogels abzuweichen. Aber ich erzähle von Grant Harlson und der Frau, die er später fand, und es scheint mir, dass selbst solche Dinge wie diese, der Sport, den er betrieb, und die Fakten und Fantasien, die er erlangte, Teil der Geschichte sind und etwas damit zu tun haben mit der Definition und Verdeutlichung des sich bildenden Wissens und Charakters sowie der Gewohnheiten und Neigungen des Menschen. Zwischen dem, der den alten Tokay und die Waldschnepfe kennt, und dem anderen Mann gibt es jeden Unterschied. Harlson hatte seine Waldschnepfe gelernt, aber der Tokay sollte noch kommen.

Und der Zaun näherte sich seinem Ende. Der junge Mann bereute es fast, so begierig er auch geworden war, seine Kräfte in der großen Stadt zu testen. Körperlich war es großartig für ihn. Was er gewonnen hat; welche Muskelstränge kreuzen sich zwischen und unter seinen Schultern! Was für Arme hatte er und was für volle Polster bildeten sich auf seiner Brust! Das war das Maul. Wie er aß und trank und schlief!

Die Tage wurden kürzer und der Raureif am frühen Morgen ließ den Zaun wie ein Ding aus Silber aussehen, das durch den Wald gespannt war. Wo die Ochsen an eine weiche Stelle getreten waren , befanden sich jetzt, zu Beginn des Tages, dünne Eisflocken . Sogar in der Tiefe des Kleegrases war der Temperaturwechsel deutlich zu erkennen, und Harlson schlief mit einer Decke um sich. Der Herbst war lebhaft gekommen. Und die letzte Asche wurde gefällt, die Ochsen krabbelten zum letzten Mal mit den schweren Baumstämmen durch den Wald, und zum letzten Mal leisteten Axt, Hammer und Keil kräftige Dienste. Eines Tages brachte Grant Harlson das letzte Geländer an seinen Platz; Dann kletterte er auf den Zaun, schaute kritisch entlang und wusste, dass seine Arbeit im Land gut gemacht war. Er war gerade in den materiellen Aspekt vertieft. Es war ein guter Zaun. Fünfzehn Jahre später schlenderte er eines Nachmittags mit einer Zigarre im Mund über das Weizenfeld, auf dem einst der Wald gestanden hatte, und inspizierte den Zaun, den er in jenem Sommer allein vor seiner Haustür gebaut hatte. Die Schienen waren durch die Einwirkung von Zeit und Stürmen grau geworden, und hier und da fehlte ein Reiter, aber die Struktur war im Großen und Ganzen solide und immer noch allen Bedürfnissen gewachsen. Es war ein toller Zaun, gut gebaut. Er blickte auf die vernichtenden Spuren der gewaltigen Axthiebe auf den Geländerenden und sagte, genau wie Brakespeare , als er die Burg von Huguemont besuchte und feststellte, wo sein Schwert in einem früheren Kampf den Treppenstein zersplittert hatte; „Es war ein galanter Kampf."

Da war die Bezahlung – der Verkauf eines Morgan-Jährlingsfohlens genügte dem Landbesitzer dafür – und das Ende eines Teils des Lebens eines

Menschen war erreicht. Er ging erneut in die Stadt und lebte dort ein oder zwei Wochen. Ein Leben, das nicht an Fesseln gebunden ist, sondern irgendwie unter völliger Kontrolle steht. Es war merkwürdig; er konnte es nicht verstehen; aber selbst im Wald war er größer als Mrs. Rolfston . Er war viel bei ihr. Es gab weder ein Hindernis noch ein Hindernis für ihr vereintes, rücksichtsloses Wesen, aber von Anfang an war alles anders. Er war ihr gegenüber nicht egoistisch; Er wurde höflicher und rücksichtsvoller, doch die Frau wusste, dass sie ihn nicht behalten konnte. Es gab stürmische und zärtliche Episoden, Drohungen und Tränen, Verschwörungen und Bitten, und alle hatten das gleiche erfolglose Ende. Ihre dreißigjährige Frau dieser Art ist eine Hecla, die immer wieder ausbricht, aber manchmal, wie Hecla, im Laufe der Zeit von Eis umgeben wird. Sie hat ihre Prüfungen, diese Frau, aber ihre Prüfungen bringen sie nie um. Das Zerreißen der Erde, der Erde, ist niemals tödlich. Sie erholt sich. Bei ihr hängt eine gute Verdauung immer vom Appetit ab, auch wenn der Appetit gelegentlich gestört ist.

Und eines Tages verließ Grant Harlson die Stadt, sein Gesicht wandte sich der Stadt zu. Der Landjunge – dieser spätere junge Mann des Sommers – war nicht mehr. Um seinen Platz in der Masse der Zweibeiner einzunehmen, die die Angelegenheiten der Welt so schlecht und ungeschickt leiten, war er nur einer, der der Menge der Kämpfer in einem der großen Dauerlager der Menschen hinzugefügt wurde.

KAPITEL XIV.

Ein robustes, verlorenes Schaf.

Das Tagebuch von Marie Bashkirtseff ist eine großartige Offenbarung der Hoffnungen, Vorstellungen und Leiden eines Mädchens, das gerade in den Lebensabschnitt eintritt, in dem die Welt der Frau beginnt. Viele auf zwei Kontinenten sind von der Tiefe und Traurigkeit davon betroffen, doch es ist nur eine Einführung, die bloße Aufzeichnung eines Kindergartenerlebnisses im Vergleich zu dem, was auf dem Bild deutlich das Herz eines Mannes aus der Stadt zeigen würde. Haben Sie jemals das nach seinem Tod ausgegrabene und erst kürzlich teilweise gedruckte Tagebuch von Ellsworth gelesen, dem jungen Zouave-Oberst, der in Alexandria getötet und gleich zu Beginn des großen Bürgerkriegs gerächt wurde? Das ist ein Tagebuch, das es wert ist, gelesen zu werden. Es wird nicht nur die Geschichte vergeblicher Hoffnungen und unbefriedigter Ambitionen erzählt, sondern auch die Geschichte eines leeren Magens und eines schwindligen Kopfes, die die seelischen Qualen ergänzen und ihre Rücksichtslosigkeit komplettieren. Dazu kamen der hohe Mut, der auf eine harte Probe gestellt wurde – und ein leerer Magen ist eine schreckliche Fessel – und die bullige Hartnäckigkeit, die immer etwas tut. Das war ein Tagebuch des wirklichen Lebens, mit wenig Platz für Träume und viel Blut am Stift.

Es fiel Grant Harlson zu, zu erfahren, wie hilflos der Mann in der großen Stadt ist, der in all seiner Herzlosigkeit, seinen hinterhältigen Verhaltensweisen und seinem Mangel an Rücksicht auf Fremde noch ungebildet ist, und die Geschichte von Ellsworth war fast seine.

Anfangs war es ganz gut. Er hatte etwas Geld und einen Job für einen Hungerlohn, der nur von der Anwaltskanzlei, bei der er Student war, für die Bezahlung seines Autos oder seines Taxis bestimmt war, wenn er außerhalb des Büros arbeitete. Sein Privileg, bei der Firma zu studieren, galt als Vergütung für seine Dienste, und er befand sich, soweit das ginge, unter solchen Umständen nur in der gleichen Position wie andere junge Männer seines Alters und seines Wertes, auf die er sich jedoch im Gegensatz zu anderen verlassen hatte das Gesetz des Zufalls, um ihm zu helfen.

Einhundert Dollar reichen nicht lange aus, wenn man gesund ist und einen großen Appetit hat, und wenn man zwei Dollar und fünfzig Cent pro Woche und die harte Arbeit dafür wegnimmt, ist das sehr wenig, um davon zu leben, und Harlson fand es so . Nicht für alle Annehmlichkeiten der Welt hätte er nach Hause geschrieben und um Hilfe in der Stadt gebeten. Es schien, als gäbe es für ihn nichts zu tun. Es war mitten im Winter, und der Winter war kalt. hagere Männer folgten den Kohlenwagen oder besuchten die Orte, an denen die Art von Leuten, die in solchen Organisationen zu selbstgefälligen Beamten werden, so selbstverständlich Almosen spendet, wie manche Vögel zu wurmübersäten Furchen fliegen, um ihre Nachlese zu sammeln.

Harlson sah viel davon und wusste, dass sein Schicksal nicht das Schlimmste unter so vielen war, und es half ihm in seiner Philosophie, aber er hatte einen gewaltigen Appetit. Er war ein großartiges Geschöpf mit vielen Knochen und Muskeln, und Hunger konnte er nicht ertragen. Er dachte – wie weit zurück schien es – an die Abendessen der Bauern und an den Truthahn, das Auerhuhn und die Waldschnepfe. Waldschnepfe! Seine ganzen zwei Dollar und fünfzig Cent würden ihn kein einziges Mal mit diesem herrlichen Vogel ernähren! Er schaute durch die schönen Restaurantfenster und es amüsierte ihn. Seine eigenen Mahlzeiten nahm er in Restaurants einer ärmeren Klasse ein. Mit fünfunddreißig Cent und einem Bruchteil, von dem man einen Tag lang leben kann, macht man sich nichts aus Wild.

Harlsons Kleidung entsprach dem schäbig-vornehmem Stil. Die Bindung an Mantel und Weste zeigte allmählich die kleine Wunde, die weder breit noch tief ist, sondern nicht mehr verheilt ist, und der Glanz an Knien und Ellbogen spiegelte das Licht wider, das weder an Land noch auf See war oder zumindest sollte nicht zu sein. Er fühlte sich durch all das erniedrigt, obwohl es bei ihm das Ergebnis von Torheit und nicht von Schuld war, und er kämpfte für eine Reform seiner Finanzen. Er verließ das billige Zimmer, in dem er wohnte, und schlief nachts auf dem Büroboden, wo es bei gutem Wetter mäßig warm war.

Der Mensch aus China und der Mensch aus mehr als einem anderen Land, der zu uns kommt, kann mit 35 Cent pro Tag auskommen und denken, dass seine Nahrung das Fett des Landes ist. Aber er ist kein großer Fleischesser. Die Faser von ihm ist nicht unsere eigene. Sein Gewebestil war nicht auf die nördliche Bucht und den Fjord sowie auf englische und normannische Wälder beschränkt, und seine Vorfahren vererbten ihm einen selbstlosen Magen. Er kann in der Stadt von 35 Cent pro Tag leben, die Hände vor dem Bauch verschränken und dankbar sagen: „Ich habe gegessen.“ Nicht so der Mann von Harlsons Typ und Größe. Der junge Mann fand heraus, dass die Summe von zwei Dollar und fünfzig Cent ihn eine Woche lang nicht ernähren und kleiden würde. Er war noch ein Junge, was seinen frischen Appetit anging, doch seine Mengenansprüche waren mit Sicherheit männlich. Die sechs Fuß lange, hämmerschwingende Menschheit hatte selbst im Hochsommer viel gegessen. Dieselben sechs Fuß erforderten jetzt mehr, als die Temperatur niedrig war und das System Kohlenstoff benötigte. Vielleicht hat er alles bekommen, was gut für ihn war; es ist gut, gelegentlich ein wenig zu trainieren; aber Harlson wanderte manchmal mit einem Gefühl des Mitgefühls für den Wolf des Waldes, den Falken der Luft und den

Pflücker des Wassers umher, alle hungrig und alle weigerten sich, nur vom Brot zu leben.

Mit der Zeit verschlechterte sich dieser Zustand bei dem Mann. Seine Fantasien wurden, wenn auch nicht krankhaft, ein wenig hässlich. Er arbeitete fieberhaft, ärgerte sich aber über seine eigene Unkenntnis der städtischen Gepflogenheiten, so dass er sein Einkommen nicht steigern konnte. Er suchte nach manueller Arbeit, die nachts erledigt werden konnte, scheiterte aber selbst darin, denn zu dieser Zeit fehlte ihm völlig die Art und Weise, die zur Stadt passte und den Geschäftsmann überzeugte, wenn wenig Arbeit zu erledigen war. Es war fast eine Zeit der Panik. Er wanderte nachts wie ein verlorener Geist durch die Straßen. Manchmal traf er alte College-Freunde. Er hatte Klassenkameraden in der Stadt, von denen einige wohlhabend und gut etabliert waren, und sie freuten sich, ihn kennenzulernen, den Mann, der ein wenig dazu beigetragen hatte, der Klasse einen Rekord zu verschaffen, und er wurde zu großen Abendessen eingeladen Parteien. Er tat nur vorgetäuschte Ausreden und erzählte keinem von ihnen unverblümt, wie er es hätte tun sollen, wie seine Situation war und wie eine geringfügige Hilfe seine Zukunft verändern würde. Er war sehr stolz, dieses arrogante Produkt der Verschmelzung des alten Briten und des neuen Nordwestens der neuen Welt, und ihm fehlte das Gespür, das die Erfahrung mit sich bringt, um die Zusammenhänge eines völlig neuartigen Lebens zu erkennen, und so schwieg er und war, nebenbei bemerkt, hungrig.

In dieser Phase seiner Karriere hegte Harlson die größte Sympathie für den traurigäugigen Hindukönig. Er tat nichts Außergewöhnliches; Er arbeitete hart, hatte klare Ambitionen und war dennoch hungrig. Er konnte es nicht verstehen. Zweifellos neigt ein leerer Magen dazu, viel zu logisch zu sein und Strohhalme zu spalten. Mit einem leeren Magen geht weniger Grobheit und mehr abstrakte Vernunft einher und ein Hochgefühl, das zwar völlig unpraktisch, aber rücksichtslos akut ist.

„Ich möchte Dinge tun, ich möchte anderen helfen – ich weiß nicht warum, aber ich tue es – ich habe Ambitionen, aber ich versuche, sie in die Tat umzusetzen. Ich gebe mein Bestes mit dem Verstand, den ich habe. Ich Ich stehe morgens von der Büroetage auf und gebe den ganzen Tag mein Möglichstes und versuche, es besser zu machen, wenn ich rauskomme, aber nichts hilft mir! Wo ist der Gott, der, so heißt es, im schlimmsten Fall denen hilft, die sich selbst helfen?

„‚Du sagst, dass wir eine Bedeutung haben; Mist auch, und seine Bedeutung sind Blumen.'

„Der Hindu-König muss Recht haben. Ich habe Recht, wir sind alle nur wie Pferde, Bäume oder Pilze; und es ist nur eine Art Zufall, der alles im Leben je nach Fall erfolgreich oder erfolglos, glücklich oder unglücklich macht." Sei."

Zu diesem Zeitpunkt überlegte Grant Harlson also blind, doch in seinem Herzen gab es etwas, das gegen seine eigenen Schlussfolgerungen protestierte und ihn auf dem geradlinigen Weg hielt und davon abhielt, die ganze Zukunft auf den morgigen Tag zu setzen. So vergingen die Tage, und dieser kräftige junge Kerl wurde immer hungriger, seine Knie und Ellbogen glänzten immer mehr, sein Schuhwerk wurde immer schwächer, und die Stadtwelt verwirrte ihn immer mehr, und er verabscheute sie.

Manchmal beschloss der junge Mann, am nächsten Morgen alle seine Pläne aufzugeben und das Land wieder aufzusuchen und dort, wo er sich behaupten und mehr haben konnte, fern von all dem Fieber und den Chancen einer anderen Lebensweise zu leben und zu sterben. Und er wachte auf, schnupperte in der Morgenluft und sagte sich, dass er letzte Nacht ein Köter gewesen sei und dass er bleiben und sich behaupten und am Ende irgendwie gewinnen würde. Der Bulldoggenstamm setzte sich durch und er gehörte wieder ihm. Nachts, nach einem fruchtlosen Tag, konnte es sein, dass er wieder deprimiert wurde, aber der Morgen spannte den Bogen neu. Manchmal – das waren seine schwächeren Tage – gab er alle Anstrengungen auf und suchte die kostenlose öffentliche Bibliothek auf, stürzte sich dort in Bücher und fand für eine Weile Vergessenheit. Dies waren seine einzigen Züge absoluter Nepenthe, denn nachts träumte er vom Gestern oder vom Morgen, und das beeinträchtigte seine Ruhe. Die Bibliothek bot ihm eine Zeit lang eine andere Welt, auch wenn sie harte Vorschläge enthielt. Er unterbrach seine Lektüre und fragte sich, wie sich Chatterton fühlte, wenn er hungerte, oder ob Hood eine so miserable Zeit hatte, wie behauptet wurde, oder ob Goldsmith fröhlich war, als er mittellos durch Europa kämpfte, oder ob sogar Shakespeare ohne eine Mahlzeit auskam. Aber die Bibliothek war im Großen und Ganzen ein Trost und eine Stärkung. Es beruhigte ihn, denn es ließ ihn eine Zeit lang vergessen.

Harlson nur charakteristisch, dass er inmitten all dieser Ausdauertests einer bestimmten Art das tat, was ihm jede Chance auf mehr Leichtigkeit und größere Vorteile nahm, wenn er Zeit außerhalb der von ihm aufgestellten Linie aufwendete. Einer seiner alten College-Freunde, der vielleicht seinen wirklichen Zustand erraten hatte, kam zu ihm und bot ihm ein mehr als gerechtes Einkommen an, wenn er an einer der High Schools der Stadt unterrichten würde. Der hungrige Kerl lachte nur und sagte, das stehe nicht auf seinem Programm. Er hungerte immer noch und sah immer schäbiger aus, und dann erlebte er, was sein Leben vielleicht trübte – vielleicht, was ihn erweiterte, bildete und weiser machte.

Kapitel XV.

DIE SELTSAME WELT.

Eines Abends ging Harlson , wie immer mit großem Appetit – denn er hatte seit seinem spärlichen Frühstück nichts mehr gegessen – hinaus, um sein Abendessen zu holen. Es war kein Abendessen, denn zu dieser Zeit aß er nie. Er hatte zwanzig Cent in seiner Tasche. Am nächsten Tag würde er sein übliches wöchentliches Stipendium erhalten. Er würde, dachte er, fünfzehn Cent für sein Abendessen ausgeben, dann zum Schlafen ins Büro zurückkehren und fünf Cent für die Morgenmahlzeit übrig haben. Das würde ausreichen, um Brötchen damit zu kaufen, und er würde das Magengeschrei bis zum Abend ertragen, dann wäre er ein Kapitalist und würde sich mit allem austoben, was er essen konnte, selbst wenn er eine billige Bestellung verdoppelte.

So überlegte er, als er die grelle Straße entlangging und rechts und links nach einem neuen Restaurant Ausschau hielt, denn zufällig wollte er eine Abwechslung. Die Liebe zu günstigen Restaurants ist nicht ewig. Ein sanft beleuchtetes Schild über einem kleinen Gebäude erregte seine Aufmerksamkeit. Es wirkte billig, aber sauber.

Harlson betrat den Ort und fand, wonach er gesucht hatte. Da war der kleine vordere Raum mit verstreuten Tischen, die Trennwand hinten, die nur bis zur Hälfte der Decke reichte, mit der üblichen Vorhangtür, und es war niemand im Raum. Er nahm neben einem der Tische Platz und wartete. Er musste nicht lange warten. Die Vorhänge öffneten sich und eine Frau trat ein. Die Frau, die den Raum betrat, war möglicherweise fünfunddreißig Jahre alt. Sie hatte eine kräftige Statur, war aber nicht unhöflich, und hatte scharfe, lachende graue Augen, dichte Augenbrauen und kastanienbraunes Haar. Sie war eine halb flotte, dralle Amazone mit einem dreisten, kameradschaftlichen Blick und war offensichtlich die Besitzerin des Lokals. Sie kam zu Harlson und fragte ihn, was er essen wollte. Der Gast dieses Restaurants studierte aufmerksam die Speisekarte. Er wollte das bekommen, was, wie Sam Weller sagt, „ werry " war Fillin ", zu dem Preis, und doch hatte er gewisse Fantasien. Er blickte zu der Frau auf und sagte unverblümt:

„Ich habe nur fünfzehn Cent zum Ausgeben. Was würden Sie für das Geld raten?"

Zum ersten Mal trafen sich die Blicke der beiden. Harlson interessierte sich für den Bruchteil einer Sekunde. Im Bruchteil einer Sekunde wusste er, dass es sich nicht einfach um ein Restaurant handelte, das er betreten hatte, denn er hatte in der Stadt bereits viel gelernt. Die Frau, die ihn ansah, war nicht nur die Besitzerin eines Ladens, in dem Lebensmittel verkauft wurden.

Die Frau antwortete nicht sofort. Sie sah den Kunden an. Sie zog den Stuhl ihm gegenüber heraus und setzte sich.

„Lebst du schon lange hier?" Sie sagte.

Harlson war so isoliert gewesen, dass es lächerlich erschien, eine Untersuchung zu seinen persönlichen Angelegenheiten durchführen zu lassen. Es kam mir auch wieder so etwas wie Menschlichkeit vor.

Er musterte die Frau gegenüber genauer. Sie vermittelte keine Vorstellung von einem Wesen mit angeborener Unehrlichkeit oder heimtückischem Charakter. Sie schien eine kluge, fröhliche und gesunde Sünderin zu sein. Er vergaß, dass sie ihm eine Antwort schuldig war, als er auf ihre Frage einging:

„Nein, ich lebe noch nicht lange hier, aber ich bin so hungrig, als ob ich ein halbes Jahrhundert hier gelebt hätte. Was soll ich bestellen?"

Sie sah ihn neugierig an. Seine Sprache war nicht die Art, die sie gewohnt war. Sie maß ihn von Kopf bis Fuß, während er ihre Untersuchung bemerkte und es amüsiert auf seinem Gesicht sah. Sie errötete, oder besser gesagt, und maß ihn erneut. Dann teilte sie ihm mit, was er für die von ihm genannte Summe am sinnvollsten bestellen sollte. Er war von der Quantität und Qualität überrascht.

Die Frau hatte ihn inzwischen kommentarlos verlassen. Als er sein Essen beendete, kam sie wieder herein und nahm vor ihm Platz.

„Du hast Hunger", sagte sie.

„Das war ich entschieden. Das bin ich jetzt nicht."

Sie musterte ihn.

„Sie haben nur fünfzehn Cent ausgegeben. Was ist los?"

Er war überrascht. Er sah ihr in die Augen und war perplex. Warum sollte diese Frau ihm diese Frage stellen? Aber er konnte in diesen Augen nichts außer einer grauen Inquisition erkennen.

„Ich hatte heute Abend nur so viel auszugeben, das ist alles. Sehen Sie irgendetwas Absurdes daran?"

Die Frau wiederum war verwirrt. Sie sah dem Mann furchtlos ins Gesicht, wusste aber nicht, was sie sagen sollte. Dann kam wieder diese seltsame Art, ihn anzuschauen. Schließlich brach sie aus:

„Du hast kein Geld mehr, und trotzdem bist du ein Allürer. Das gefällt mir."

„Ich bin sehr dankbar", sagte er.

„Das ist nicht fair. Du weißt, was ich meine. Und du weißt bereits – du bist kein Narr –, was dieser Ort ist. Er gehört mir. Das kleine Restaurant davor ist nur ein Teil. Frauen kommen hierher – und Männer." . Hier leben zwei Frauen. Hast du das gedacht?"

Harlson sagte, er habe seit seinem Betreten gefolgert, dass es sich bei dem Restaurant nicht nur um ein Restaurant handele.

„Es ist eine lustige Welt", sagte er.

Sie war gestört. „Ich weiß nicht, was Sie mit der Welt meinen, und es ist mir auch egal. Aber ich würde gerne wissen, was Ihr Geschäft ist und wie es Ihnen geht?"

„Mir geht es nicht gut und ich habe manchmal Hunger. Wäre das nicht gewesen, wäre ich heute Abend nicht hierher gekommen. Aber was geht dich das an?"

„Kannst du es nicht sehen? Warum rede ich mit dir?"

"Ich weiß nicht."

Sie sah ihn wieder fest an.

"Was willst du?" war seine Anfrage.

"Wo wohnst du?"

„Ich habe kein Bett. Ich bin in einer Anwaltskanzlei. Ich kann mir gerade keine Pension leisten und schlafe auf der Büroetage."

"Wie gefällt dir das?" Sie fragte.

„Das gefällt mir nicht."

„Warum bleibst du dann dort?"

„Wo sollte ich sonst schlafen? Ich habe nur so viel pro Woche."

„Möchten Sie heute Nacht hier bleiben?"

„Vielleicht. Das ist besser als die Büroetage; zumindest stelle ich mir das vor."

Die Vorhänge öffneten sich und es gab einen schweren Schritt auf dem Boden. Ein Mann kam herein. Er blieb stehen und sah das Paar grimmig an. Er war ein großer Mann, dessen Wangen Wangen und rote Augen hatten. Er wirkte wie ein Tyrann. Er schien vollkommen entspannt und sich seines Status bewusst zu sein, und die Frau zuckte zusammen, blickte dann halb ängstlich und halb trotzig auf. Der Mann sprach zuerst:

"Was machst du hier?"

„Ich rede mit diesem Herrn am Tisch.“

„Du darfst nicht mit diesen Kerlen reden. Verschwinde von hier!“ sagte er und wandte sich an Harlson .

Harlson war nicht wirklich in einer angenehmen Stimmung; er war zu hungrig gewesen. Es war nicht der Anlass, bei dem ein schlaffer Tyrann ihn so hätte ansprechen sollen. Er antwortete dem Mann nicht, sondern wandte sich an die Frau.

„Ist das Ihr Mann?“ er hat gefragt.

"NEIN."

„Was ist er dann?“

Es war der Eindringling, der heftig antwortete:

„Sie gehört mir, und du solltest besser von hier verschwinden.“

„Ich gehöre nicht zu ihm! Er hat hier gelebt, aber ich will von ihm weg!

Der Mann achtete kaum darauf, was die Frau sagte. Seine Aufmerksamkeit galt Harlson .

„Schau her, junger Kerl! Verschwinde hier, und zwar schnell! Du bist im Weg!“

Nun war dieser junge Mann, Harlson , während dieses Gesprächs von einer gewissen zunehmenden Verärgerung erfüllt. Er war noch nicht in der Stimmung, gewalttätig zu werden, aber er war, wie gesagt wurde, nicht der Typ dafür, dass ein großer, schlaffer Kerl so genervt wurde. Er war jedoch ruhig genug.

„Ich bin in ein Restaurant gekommen, um mein Abendessen zu holen.“

Das rote Gesicht des Mannes wurde noch röter. „Wenn du nicht rauskommst, werfe ich dich raus!“

Harlson stand auf. „Ich werde nicht gehen!“ sagte er, und dann stürzte sich der Mann auf ihn.

Es war nur ein sauberer, schneller Schlag, aber weder Kontrolle noch Parade beeinträchtigten seine volle Wirksamkeit. Der Mann stürzte sich zu sicher nach vorne, der Schlag traf ihn direkt ins Gesicht, auf die volle Wange, direkt unter dem Auge, und die gebräunten Knöchel schnitten ihm bis auf die Knochen. Es war ein heftiger Schlag, und seine Wucht war groß genug, um den ganzen Körper zurückzuschleudern. Der Mann wirbelte darunter herum und stürzte mit wild nach oben geworfenen Armen zu Boden. Als er fiel, kippte er in dem Versuch, sich zu retten, noch weiter nach hinten, und als er den Boden erreichte, prallte sein Kopf gegen die Täfelung. Blut strömte aus seiner aufgeschnittenen Wange. Es dauerte ein oder zwei Augenblicke, bis er langsam auf die Beine kam.

„Soll ich dich noch einmal schlagen?" war Harlsons Frage.

Der Mann antwortete nicht. Die Frau stand da und schaute neugierig zu, sagte aber nichts. Harlson wartete eine Weile, dann forderte er seinen Angreifer auf, wegzugehen; Und der Mann nahm seinen Hut und stolperte auf die Straße hinaus.

Die Frau setzte sich wieder. Es dauerte einige Zeit, bis sie sprach.

„Du bist stark und wirst kämpfen", sagte sie.

„Ich hatte nichts anderes zu tun."

„Willst du hier bleiben?"

„Es ist besser als die Büroetage."

„Wirst du hier bleiben?"

Er zögerte. Es war ein Wendepunkt in seinem Leben, und er wusste es. Für ihn war darin etwas ziemlich Erschreckendes.

Dann kam die schnelle Überlegung: Er wollte alles über das Leben wissen. Das war das Unterleben, die Unterströmung, über die die Reformatoren so viel reden und so wenig wissen. Warum nicht größer sein als sie? Warum nicht ein Teil davon gewesen sein und zu einem späteren Zeitpunkt wissentlich sprechen? Er war nur ein Teil dieser Welt, wie es der Zufall geschaffen hatte. Er hoffte, wenn es der Welt gut ginge, ein Beschützer für bestimmte Schwache zu sein. Es war eine Welt, in der unmittelbare rohe Gewalt alles verriet. Nun, das könnte er problemlos liefern. Und was würde er nicht lernen? Er würde die Stadt kennenlernen, deren Unwissenheit dazu geführt hatte, dass er hungrig war – er, ein junger Mann, der auf dem College erzogen war und einiges über Quintilians Langweiligkeit oder die Gleichungen von X und Y in diesem oder jenem oder der Hexe von Agnesi wusste . Und waren diese Menschen nicht Teil der Welt, und war dieses Leben nicht etwas, von dem er bis ins Innerste wissen sollte?

Dennoch gab es Zusammenhänge zwischen den Dingen, die berücksichtigt werden mussten. Es waren Leute zu Hause, und das ginge nicht.

Dann, gerade als er sich zu der Frau umdrehte, die da saß und ihn ansah, öffnete sich der Vorhang wieder und ein Gesicht erschien. Es war das Gesicht einer Frau, nicht der Welt um ihn herum. Es war ein Zufall, ein unheimliches, beispielloses Ereignis, das das Gesicht in die Umgebung gebracht hatte. Es gab dem schwankenden Menschen eine neue Vorstellung

von dieser Welt der Schande und Sünde und war möglicherweise der
entscheidende Faktor.

Kapitel XVI.

Das wirklich hässliche Entlein.

Er drehte sich zu der Frau auf der anderen Seite des Tisches um: „In Ordnung, ich werde bleiben.“

Ich erzähle nur die Geschichte eines Mannes, über dessen Leben seit dieser Zeit seit zwei Jahren ich nur wenig weiß. Er äußerte sich immer zurückhaltend zu diesen Jahren, sagte aber immer, er habe keinen Anlass, sie zu bereuen. Mit den Umrissen des Lebens, mit dem, was es abgesehen von den Details wirklich war, wurde ich jedoch bis zu einem gewissen Grad vertraut.

Was weiß der Durchschnittsmensch in einer Klasse über das Leben in einer anderen? Gewiss gibt es hier „Klassen“ mit großen Grenzen zwischen ihnen, obwohl dies eine Republik ist und alle Männer und Frauen in den meisten Dingen frei, gleich und gleich sein sollen. Es gibt niedrigere und umfassendere Ebenen der Existenz, deren Geschichte niemals anders erzählt werden kann als in Flickenteppichen oder durch Schlussfolgerungen, die jedoch eine ebenso umfassende Geschichte haben und in denen Liebe und Hass sowie Hoffnungen und Verzweiflung so tief sind wie sind immer in der Masse zu spüren, wo die Glaubensbekenntnislehrer und Frau Grundy und die gesetzgebenden Körperschaften größere Faktoren sind.

Und von diesen rücksichtslosen, hoffnungslosen Menschen lernte Harlson viel. Bei ihnen war er; von ihnen konnte er nie ganz sein. Inwieweit ein Mensch durch Pechberührung dauerhaft verunreinigt wird, lässt sich natürlich nicht sagen. Es kommt auf die Tonhöhe und auf den Mann an. Es war kein ruhiges Leben, das der junge Mann führte! Im Gegenteil, es war sehr fieberhaft, denn tagsüber arbeitete er hart im Büro – er gab seinen Ehrgeiz und seine Pläne keinen Augenblick auf – und nachts driftete er in das Land, in dem es Wärme, Licht und Gesetzlosigkeit gab. Er hatte dort seine Pflicht, wie es auch sein mag, denn er war sowohl ein Spieler als auch ein Beschützer, und so jung er auch war, so unreif wie er war, innerhalb eines Jahres war er zu einem gefragten Menschen geworden, der kein Leichtfertiger am Tisch war. und ein Gegenstand der Rivalität unter jenen, deren Achtung die Ehre von Leib und Seele bedeutet. Er selbst war sich damals der bemerkenswerten Natur seiner Veränderung nicht bewusst. Sein Wissen um alle Unterströmungen alterte so schnell, dass er zur vollen Reife gelangte, ohne die Veränderung zu verstehen. Es wird gesagt, dass einige Indianer ihren Kindern das Schwimmen beibringen, nicht durch wiederholte sanfte Lektionen, sondern indem sie sie rücksichtslos in einen tiefen Bach werfen und sie erst im letzten Moment retten. So hatte Grant Harlson durch eine

Kraft in die schwarzen Gewässer geschleudert, und er war nicht ertrunken und hatte sich zu den starken Schwimmern gesellt.

Es ist, wie ich bereits sagte, schwierig, intelligent über diesen Teil des Lebens dieses Mannes zu schreiben. Ich möchte ihm gerecht werden, denn ich habe mich immer um ihn gekümmert; Dennoch kann, zumindest vom konventionellen Standpunkt aus, sein Versäumnis zu diesem einen Zeitpunkt durch nichts entschuldigt werden. Ich vermute, er hätte weiter hungern sollen, wie so viele andere auch, und entweder sterben oder gewinnen sollen, wie sie es taten, anstatt alles zu kosten, was ihm verweigert wurde, und viel Wissen über die Welt zu erlangen, das in der Zukunft von großem Nutzen sein könnte vielleicht auf Kosten der Reinheit, die mit gewissen Unwissenheiten verbunden ist, sowohl beim Mann als auch bei der Frau, da zwischen den Geschlechtern alle Dinge relativ sind.

Es gab genug seltsame Dinge in dieser höchst seltsamen Karriere. Es gab Freundschaften und Fehden mit denen, die moralisch der unteren Gesellschaftsschicht angehörten, aber Politiker waren und Anhänger hatten. Es gab Romanzen von der Art, die die Geschichte von Dumas auf der Bühne zu einem solchen Erfolg machen, und es gab genügend Risiken und Auswege, um selbst den hungrigsten Liebesromanleser zufrieden zu stellen. In seiner düsteren Realität war alles grotesk, und der junge Mann wusste es nicht. Er war ein bewusstloser Desperado, und das Merkwürdige an der ganzen Sache war die Leichtigkeit, mit der er ein Doppelleben führte.

Am Morgen erschien er klar im Kopf und kompetent – denn er trank überhaupt keinen Alkohol – und ging entschlossen seiner Arbeit nach. Er wurde immer besonnener. Dass er die Stadt irgendwie so gut kannte, war für ihn von Vorteil. Mehr als ein wichtiger Fall wurde anders entschieden, als er hätte entscheiden können, weil er die Ausgestoßenen und ihre Verbindungen kannte und wusste, wie sie bei dieser oder jener Gelegenheit ausgenutzt oder manipuliert worden waren. Er war eifrig und studierte eifrig, und im bloßen Buchstaben des Gesetzes wurde er äußerst zuversichtlich. Seine Prüfung war eine unbedeutende Sache, und nachdem er als Rechtsanwalt zugelassen war, gab er seine Bemühungen nicht auf. Er war für die Firma wertvoll. Er war ihr Wachhund und schlug viele Dinge vor.

Eines Tages rief der Seniorpartner Harlson an und es fand eine lange Konferenz statt. Dem jüngeren Mann wurde eine Partnerschaft unter der Bedingung angeboten, dass er sich auf bestimmte Zweige der vielfältigen Praxis der Kanzlei spezialisieren würde; Aber das Angebot hatte seine Nachteile. Es handelte sich überhaupt nicht um eine politische Linie, sondern um eine Verbindung mit lästigen geschäftlichen Anforderungen und Erfordernissen; Dennoch wurde es sofort akzeptiert. Und innerhalb der nächsten Woche wurde das ganze böse, nervöse Nachtleben aufgegeben, alle dort entstandenen Freundschaften auf Bewährung gestellt, alle schmutzigen Gefühle sorgten dafür, dass die Sache sicher beendet und, wenn möglich, vergessen werden konnte.

Es gab einige Probleme. Camille lernt manchmal zu lieben, und Oakhurst, der Spieler, möchte sich nicht von jemandem trennen, der in der Not einen Freund gefunden hat. Aber Camille weiß, dass für sie nur wenige Blumen einjährig sind, und Oakhurst ist praktisch veranlagt und ein Fatalist.

an hielt sich Grant Harlson sein ganzes Leben lang von engem Kontakt mit dieser immer existierenden Gruppe fern, die von Tag zu Tag lebt, weil sie gebrandmarkt wurde und sich nicht darum kümmert. Er hatte immer gute Freunde unter ihnen, aber sie beanspruchten ihn nie, obwohl die Männer ihm bei vielen Gelegenheiten dienten. Sie erkannten die Tatsache, dass er unter ihnen nie mehr als ein adoptierter Wanderer gewesen war, und waren eher stolz auf ihn. In späteren Zeiten wechselte er gelegentlich ein oder zwei Worte über sein altes Leben mit jemandem , der äußerlich respektabel geworden war, mit einem ehemaligen Schläger, späteren Kneipenwirt und Stadtrat und darüber, was noch folgen könnte, und wurde daran erinnert, was später geschah die Nacht, als alle Spiegel zerbrochen waren und die Frau aus Washington den Mann erschoss, den sie suchte, oder als „wir die Coulson-Bande erledigten"; aber es schien längst unwirklich und traumhaft zu sein. Er wuchs aus der Erinnerung heraus, und für ihn gab es keinen Zauber, der andere Menschen zu bösen Taten verleiten könnte, denn für ihn konnte es keine Neuheit geben. Er war ein Meister der Zeremonien der gefallenen, rücksichtslosen menschlichen Natur, und das Ritual langweilte ihn. Er verdiente darüber hinaus keine Anerkennung. Zwar war er noch jung, als er die Riten erlernte, aber dass er noch kein Mitglied des Ordens war, lag nur daran, dass sein Ehrgeiz vorherrschte und sein Geschmack sich geändert hatte. Dass sein Wille stark war, dass er einen Geschmack entwickeln konnte, lag an dem Blut, das seine Adern füllte, und an nichts anderem. Er war absolut mit der Strömung gegangen, obwohl er schwamm und seinen Kopf immer über Wasser hielt, bis er an Land schwamm. Doch wie am Anfang dieses Kapitels erwähnt, sagte er mir immer, dass er diese Erfahrung des Verlassenseins nicht bereue. Und er wurde ein Mann, der nach Platz und Geld suchte.

Er besuchte gerne sein altes Zuhause und blieb seiner alten Freundin, seiner alternden Mutter, immer noch treu; und nach jedem dieser Aufenthalte unter den Vögeln und Eichhörnchen und im Wald war er eine Zeit lang verwirrt und mit etwas beschäftigt; aber das alles würde nachlassen, und dann würde der Druck um Platz und Geld erneut kommen. Er war nicht ganz erfolglos, und schließlich heiratete er, wie es sich für einen wohlhabenden jungen Mann gehörte – eine Frau mit Geld und Präsenz als Gastgeberin und Eigenschaften, die sie stark machten. Er lebte eine Zeit lang mit ihr zusammen und fand dann eine andere, ohne seine Träume, Sympathien und Verständnisse, aber mit einem Willen und einem Weg.

Ich habe keine Lust, die Geschichte davon zu erzählen – tatsächlich weiß ich es nicht –, aber der Mann hat die altmodische Lektion gelernt, die immer noch zu gelten scheint, dass für ein wirklich angenehmes Eheleben ein wenig Liebe erforderlich ist Eine vorläufige Prüfung ist immer eine gute Sache – normalerweise eine Voraussetzung. Der Frau mangelte es weder an Wahrnehmung noch an gesundem Menschenverstand. Sie war es, die vorschlug, dass sie getrennt leben sollten, da sie schlecht miteinander verheiratet waren, und er stimmte zu, nur mit einem solchen Höflichkeitsbeweis, der seine große Freude verbergen konnte. Die getroffene Vereinbarung beinhaltete auch finanzielle Aspekte, und alles war würdevoll und nachdenklich. Die Welt wusste nichts von der Vereinbarung, obwohl diese Generation von Vipern, die Verwandten von Mrs. Grundy, sich fragten, warum Mr. Harlsons Frau und er so getrennt lebten und ob einer von ihnen Opiumesser war oder gefährlich in verrückter Stimmung war. Die Verwandten von Mrs. Grundy haben den Ruf des Universums in der Hand, und da die Aufgabe so groß ist, muss man ihnen verzeihen, wenn sie gelegentlich Fehler begehen.

Von dem Tag an, als er allein war, tauchte Grant Harlson wieder selbst auf, und ich spreche mit Bewusstheit, denn ich war damals bei ihm. Sein altes Ich schien dann wiederhergestellt zu sein. Der Schwung der Kindheit war ihm zu eigen, wie er ihn nie erlebt hatte, seit wir zusammen jung waren. Es spielt keine Rolle, was für eine Chance es war – dies ist ein Land, in dem sich alle Männer tummeln –, aber ich war jetzt in der Stadt in seiner Nähe, und die alte Beziehung wurde wieder aufgenommen. Wir haben in der Vergangenheit des Landes Unruhen erlebt und es gemeinsam besucht. Mit der Zeit schien Harlson zu vergessen, dass er ein verheirateter Mann war oder jemals gewesen war, und schließlich fand die Frau andere Dinge im Leben, als ohne soziale Potenz auf das Alter zu warten, und schlug aus der Ferne vor, dass die Trennung erfolgen sollte vollendet. Vielleicht war da noch ein anderer Mann. Ich weiß, dass Harlson nicht gezögert hat. Er reagierte nachlässig und wandte sich dann wieder den praktischen Dingen zu.

Es kam die Überlegung auf, dass die Unglücklichen in diesem Zeitalter normalerweise die Last bis zum Ende tragen müssen. Absprachen, die in einem solchen Fall lediglich eine Bezeichnung für eine gegenseitige Geschäftsvereinbarung darstellen, sind nicht zulässig. Das soziale Problem ist ein Rätsel, dessen Lösung denjenigen überlassen bleibt, deren Ideen ihnen stereotyp vorgegeben wurden. Die Trennung verzögerte sich, war aber vage möglich. Und Harlson lachte und streckte seine Arme aus und freundete sich mit vielen Frauen an.

Sie waren die Vielfalt seines Lebens, das ansonsten hart war. Er war weder ein Heiliger noch ein vorsätzlicher Sünder. Er ließ sich aber wieder treiben.

Kapitel XVII.

„Ähm, aber sie ist gewinnend.“

„Eh, aber sie ist bezaubernd!“

Eines Abends betrat Grant Harlson mit diesem irrelevanten Ausruf mein Zimmer.

Ich bin unverheiratet geblieben und habe gelernt, so zu leben, wie es in gewisser Weise ein Mann sein kann, der keine Hilfe von dem Geschlecht hat, das allein weiß, wie man ein Zuhause schafft.

Harlson hatte zu dieser Zeit Wohnungen ganz in meiner Nähe, und wir drangen nach Belieben in die Zimmer des anderen ein und waren füreinander ein gegenseitiger Trost und eine Hilfe – zumindest weiß ich, dass er das alles für mich war. Ich habe noch nie einen Mann gesehen, der so stark und selbstbewusst oder geheimnisvoll war – abgesehen von ein paar wenigen, die Geizhals oder Einsiedler waren und nicht aus der realen Welt stammten –, der, wenn es keine Frau für ihn gäbe, einem einzelnen Mann nichts erzählen würde . Wir beide kannten uns und zählten aufeinander, und obwohl ich nicht so viel für ihn tun konnte wie er für mich, konnte ich mich genauso sehr anstrengen. Er wusste das.

„Eh, aber sie ist bezaubernd!“

Er ging zum Kaminsims, nahm eine Zigarre, zündete sie an und wandte sich empört an mich:

„Du raucherzeugender Idiot, warum schweigst du? Hast du meinen ernsten Kommentar nicht gehört? Wo ist die Spur guten Benehmens, die du einst besaßst?“

„Wer ist gewinnend?“

„Sie, das sage ich dir! Sie – das Mädchen, das ich heute Abend kennengelernt habe. Und du sitzt da und atmest den Duft eines Unkrauts ein und rührst dich von meiner Ankündigung genauso wenig wie der rülpsende Schornstein einer Ausstellung von der Messe drumherum.“ !"

„Du großer, gefaselter Idiot, wie soll ich wissen, wovon du sprichst? Du kommst mit einem obskuren Ausbruch von Begeisterung über etwas herein – eine Frau, schließe ich daraus – und wegen des besonderen Tons, der Richtung und der Stimmung, die du hast Wahnsinn erkennt man nicht sofort, man steigt zu Persönlichkeiten herab. Wenn Ihre Staupe Ihnen Grund genug zum Verständnis von Worten gegeben hat, setzen Sie sich und erzählen Sie mir davon. Wer ist gewinnend? Was ist gewinnend? Und waren Sie auf einem Bankett?"

„In dem, was Sie sagen, steckt ein gewisses Maß an Vernunft – das heißt, ich kann es Ihnen sagen. Ich habe eine Frau getroffen."

„Das wage ich zu behaupten. Ich verstehe, dass es in der Stadt mehrere davon gibt."

„Gesprochen im Stil Ihrer Dumpfheit. Eine Person, die nicht von Nikotin und Träumen durchnässt ist, hätte die Tatsache erkannt, dass ich eine Frau getroffen habe, eine Frau, die jedes Mal, wenn ihr Name geschrieben wird, ein großes W verdient, eine Frau von der Art, die einen das denken lässt Alle Gedichte sind keine Tricks und alle Liebesromane sind keine Liebesromane.

"Wie heißt sie?"

„Glaubst du, ich sage es dir, du intriganter Frauenjäger? Wenn ich das tue, wirst du irgendwie vorgestellt, und dann wirst du sie für dich gewinnen, denn ich fürchte, sie hat einen gesunden Menschenverstand."

Und Harlson lachte und blickte auf seine brüderliche Art herab.

„Aber das ist Unsinn. Warum erzählst du mir nicht etwas über sie? Ist sie fett und fünfzig und reich, oder brot-und-butterig und weißhäutig und vielversprechend, oder zwanzig und im Großen und Ganzen hübsch anzusehen, oder zwanzig." -fünf und pikant und wissend, oder eine große, rothaarige Löwin, oder eine gelbhaarige, blauäugige Unschuldige mit guter Verdauung und verfrühtem mütterlichen Verhalten, oder –"

„Rot! Sie ist eine Frau, das sage ich dir!"

„In Ordnung. Beantworten Sie Fragen jetzt kategorisch."

"Fortfahren."

"Wie alt ist sie?"

„Siebenundzwanzig oder acht."

"Verheiratet?"

"NEIN."

„Warst du jemals verheiratet?"

"Sicherlich nicht."

"Woher weißt du das?"

Harlson sah überrascht aus und wurde dann wieder empört.

„Alf", sagte er, „du hast gute Eigenschaften, aber ein bestimmter Teil deines Gehirns ist gelähmt .

Ich antwortete ihm nicht ohne weiteres. Ich konnte nicht sehr gut. Er wusste, dass seine Antwort mich an viele seltsame Tests und viele seltsame Erfahrungen erinnert hatte. Harlson hatte eine seltsame Modeerscheinung, über die wir viele Debatten führten.

Es geschah normalerweise bei Straßenbahnen. Wenn wir zusammen waren, studierte er die Frauen im Auto – es schien ihn zu amüsieren – und sagte mir, ob sie verheiratet waren oder nicht. Er würde nicht auf ihre Hände schauen – das wäre eine Ehrensache zwischen uns –, sondern nur auf ihre Augen, und dann würde er sagen, ob eine bestimmte Frau verheiratet oder ledig sei , und wir würden die Entscheidung den Ringen überlassen.

Manchmal verlor er, aber dann sagte er nur: „Na ja, wenn sie keinen Ehering getragen hätte, hätte sie es tun sollen" und bezahlte die Zigarren, die wir rauchten.

Er hatte eine Art Phantasie mit ihren Augen, die ich nie ganz verstehen konnte. Er sagte, dass eine Frau, die einem Mann sehr nahe gestanden hatte, der in irgendeiner Weise ein Teil von ihm gewesen war, nie mehr dasselbe Aussehen hatte und dass der Unterschied für jemanden, der sich damit auskennte, wahrnehmbar war. Ich habe ihn mehr als einmal getestet und festgestellt, dass er nie wirklich versagt hat. Manchmal erwies sich die Frau mit diesem Aussehen als unverheiratet, aber es gab Fakten, die den Unterschied ausmachten.

Eines Nachts wanderten Harlson und ich nach einem Abendessen durch die Stadt, nur noch Treibholz, und unsere Stimmung führte uns in die Schlupfwinkel derer, die nichts Blasses hatten, nicht weil wir Lust auf neue Emotionen oder Aufregung hatten, sondern weil wir sie uns ansehen wollten etwas außerhalb des Alltäglichen. Für mich könnten die Dinge, mit denen wir konfrontiert werden, natürlich etwas Neues sein, obwohl sie für Harlson höchstens eine Erinnerung waren. Wir gingen dorthin, wo ein Mann allein keine sichere Gesellschaft hatte, aber es gab genug, die meinen Begleiter gut kannten, und alle waren neugierig auf mich, ohne auch nur die Würze der Selbstfürsorge.

Harlson zu einem Zeitpunkt seiner Wanderung, sehr spät in der Nacht oder vielmehr am frühen Morgen, hungrig wurde und darauf bestand, in ein Restaurant einzutreten, in dem die Abfälle der Rücksichtslosen und Gesetzeswidrigen gesammelt wurden Ich ging notgedrungen mit ihm und sah eine bunte Versammlung. Es waren alle möglichen Leute da, vom Dieb bis zum Kumpel, alle bis auf diejenigen, die vielleicht Anspruch auf eine gewisse Seriosität hatten. Harlson verlangte verhältnismäßige Sauberkeit an unserem

Tisch und das Essen war ziemlich anständig. Wir aßen, rauchten dann und sahen uns um.

Ich habe viele Menschen und viele seltsame Gesichter gesehen, aber nie eine solche Person oder ein solches Gesicht wie das einer alten Frau, die in dieser frühen Morgenstunde an einem Tisch in unserer Nähe saß. Die Gestalt war eine verzerrte und verwelkte Karikatur, das Gesicht das einer Hexe, eines füchsen- und viperischen Wesens, gemein und listig. Es war das Gesicht einer Kupplerin der niedrigsten und verzweifeltsten Art, einer deformierten Wölfin der Slums, der schlimmsten verlassenen menschlichen Natur, und Harlson war ebenso interessiert wie angewidert und abgestoßen. Er beobachtete die Frau genau.

„Bei Gott! Schauen Sie da!" er sagte.

"Was ist es?"

„Schau dir ihre Hand an."

Ich schaute. Ich sah eine Hand, die eine Klaue war, ein starkes, schrumpeliges Ding mit langen, schmutzigen Nägeln und einem geierigen Reiz. Es war kein angenehmer Anblick. Am Mittelfinger der linken Hand war jedoch inmitten der fleischfressenden Stumpfheit ein leichter Glanz zu erkennen. Da war ein schmales Band aus Gold, ein Ring, der nur noch schmal und dünn war. Ich wandte mich an Harlson , aber er sprach zuerst:

„Sehen Sie diesen alten Ehering?"

"Ja."

„Es ist seltsam. Es ist auch gut. In allem ist noch ein Hauch von dem Guten, so scheint es mir. Ich werde mit ihr reden."

„Tu es nicht. Sie wird dir den Teller ins Gesicht werfen."

„Nein, das wird sie nicht." Und er stand auf, ging zum Tisch der Beldame und setzte sich neben sie. Sie sah ihn böse an. Er lächelte nicht und entschuldigte sich offenbar auch nicht oder entschuldigte sich, sondern begann mit ihr zu reden, blickte auf den Ring und sagte: „Ich weiß nicht was." Und ich betrachtete das Gesicht dieser elenden alten Frau und wunderte mich. Es zeigte sich mehr als eine Emotion – zuerst heftiger Groll, dann die halbe Angst davor, dass der Hund oder die Hundehündin dem Herrn nachgeben würde, und dann die Nachgiebigkeit des Herzens, das vielleicht ein Vierteljahrhundert lang nicht berührt worden war. Harlson redete. Minutenlang schwieg die Frau, dann gab sie eine kurze Antwort, und dann, wenig später, standen Tränen in ihren alten Fuchsaugen.

Er stand auf, warf den ein oder zwei Kellnern mit harten Gesichtern, die sich in seine Nähe gewagt hatten, einen bösen Blick zu und nahm etwas auf eine

Karte, was sie sagte. Dann kam er zu mir zurück, als die alte Frau den Ort verließ.

„Sieht seltsam aus, nicht wahr?" er sagte.

„Entschieden", sagte ich. „Wovon hast du gesprochen?"

„Oh, nichts als der Ring. Es ist wunderbar, wie sie den Ring immer tragen, wenn sie das Recht dazu haben."

„Aber welchen Sinn hatte das alles? Was ist aus Ihrem Gespräch geworden?"

„Nichts Nennenswertes. Es war nur eine Modeerscheinung von mir. Ich habe ein Recht auf eine gelegentliche Laune, nicht wahr? Ich werde gehängt, wenn ich einen so getragenen Ehering in ungekauftem Boden begraben sehe. Der Die alte Hexe war ein Wunder von allem, was unweiblich und sündig ist. Aber dieser Ring soll ordnungsgemäß begraben werden, und die Hand, die ihn trägt, denn sie trägt ihn. Also werde *ich* die Frau hier herausnehmen und sie dort hinstellen Sie muss kein Monster sein, um zu überleben.

Und er tat, was er versprochen hatte. Er fand einen Platz in einem Altersheim für diesen alten Dämon und eines Tages ließ er mich mit ihm gehen, um sie zu besuchen. Vielleicht lag es an der anderen Kleidung und der anderen Umgebung, aber mir schien, dass ihre Augen nicht so waren wie in dem niedrigen Restaurant. Die Hand, die den dünnen Goldring trug, war sauber in ihrer erbärmlichen Schrumpfung . Die Kreatur sah weder gejagt noch jagend aus. Sie war nichts weiter als eine alte Frau, die so nah an ihr Grab ging und, wie ich mir vorstellen konnte, auf der Suche nach der Person war, die ihr vor etwa einem halben Jahrhundert diesen goldenen Reif geschenkt hatte. Mir gefiel Harlsons Modeerscheinung eher. Als ich es ihm sagte, sagte er nur:

„Oh, natürlich. Peter hat dem dritten Buchhaltungsassistenten gesagt, er solle Harlson diesen oder jenen Betrag gutschreiben." Und er fügte hinzu; „Wenn diese Leute sich nicht gut um die alte Frau kümmern, wird es einen neuen Superintendenten geben." Aber sie haben sich gut um sie gekümmert.

Hier wird zur Veranschaulichung ein ausführlicher Vorfall angeführt, aber ich kenne keine andere Möglichkeit, zu erklären, wie Harlson sich so ausdrückte,   als ich ihn fragte, woher er wisse, ob die Frau, von der er gesprochen hatte, verheiratet sei oder nicht. Er fühlte sich zuversichtlich genug.

„Nun, wie ist sie? Kannst du sie nicht beschreiben? Hat sie dir mit ihrer Lieblichkeit die Augen verbrannt?"

„Sie hat mir nicht die Augen verbrannt. Sie hat sie nur geöffnet. Hör mir zu, du Schlammding! Sie ist nur ein kleiner brauner Streifen."

„Das ist eine seltsame Beschreibung einer Frau."

„Aber es ist das Richtige. Sie ist nur ein kleiner brauner Streifen."

„Nun, ich habe von einem Mann gehört, der in einen Traum und in einen Schatten verliebt ist, aber noch nie zuvor habe ich von jemandem gehört, der in eine Ader verliebt ist. Wo hast du diese Kreatur getroffen? Kennst du sie schon lange?"

„Erst seit ungefähr einem Monat und nur geringfügig. Wir haben uns ein halbes Dutzend Mal nicht getroffen. Erst heute Abend, wissen Sie, begann ich, sie gut kennenzulernen. Wir unterhielten uns miteinander und ich bekam einen Einblick in ihr wahres Ich – von ihrem schlanken kleinen Körper, von ihrem irdischen Wohnsitz hatte ich natürlich schon vorher eine Idee. Sie ist ein geschmeidiges Ding, mit Augen wie Brunnen und mit einer Art zu ihr, die die Idee von Weisheit ohne Bosheit vermittelt und die macht Ein Mann wünschte, er wäre nicht das, was er ist, und wäre besser geeignet, mit ihr umzugehen.

„Das ist jedenfalls ein guter Effekt. Ich kenne keinen Mann, der es dringender brauchte, eine solche Frau kennenzulernen. Wie lange wird dieser Einfluss Ihrer Meinung nach anhalten?"

„Länger als einer deiner guten Vorsätze, mein Sohn; solange sie etwas mit mir zu tun hat."

„Lebt dieser braune Streifen einer Heiligen in der Stadt? Ist ihr Schrein leicht zu erreichen? Was werden Sie dagegen tun?"

„Sie ist keine Heilige; sie ist eine pikante, kultivierte Frau; aber sie unterscheidet sich irgendwie von allen anderen, die ich je getroffen habe."

„Du hast schon viele getroffen, mein Junge."

Sein Gesicht fiel ein wenig herab.

„Ja", sagte er, „und ich wünschte fast, es wäre anders; aber die Vergangenheit ist nicht alles, was es gibt. Das ist eine Menge Trost."

„Amor hat dich gewiss mit seinem Vogelblitz getroffen. Mann, du willst doch nicht sagen, dass du es ernst meinst – dass du wirklich erschüttert bist; dass dies etwas ganz anderes zu sein verspricht als alle anderen Herz- oder Kopfbeschwerden mit dir?"

Er lachte.

„Ich neige dazu zu glauben, dass die schwerwiegendste Diagnose die richtige ist."

„Aber wie wäre es mit der jetzigen Mrs. Harlson ?"

Kein weniger enger Freund als ich hätte eine solche Frage stellen können. Ich hätte es fast selbst bereut, als ich den Ausdruck bemerkte, der sich nach seiner Äußerung auf dem Gesicht des Mannes befand.

Ich nehme an, ein solcher Blick könnte auf jemanden im Gefängnis zukommen, der mitten in einer angenehmen Einbildung seine Umgebung vergessen hat und zur Vernunft erwacht und plötzlich wieder die düsteren Mauern um ihn herum und seine Hilflosigkeit wahrnimmt , vielleicht, Hoffnungslosigkeit. Harlson verließ den Kaminsims, an den er gelehnt hatte, und ging einen Moment oder zwei im Zimmer umher, bevor er sprach.

„Es ist wahr“, sagte er, „ich bin auf jeden Fall ein verheirateter Mann. Das Gesetz erlaubt es, und das Gericht spricht es zu, so wie die Dinge in dieser Gesellschaft sind, die an die Bänder von Justice Shallow und den anderen gebunden ist. Ich bin einen Vertrag eingegangen.“ Das war ein Fehler von zwei Leuten. Sie entdeckten ihren Fehler und korrigierten ihn, soweit sie konnten. Wären es zwei Männer oder zwei Frauen gewesen, die gemeinsam ein gewöhnliches Geschäft betrieben hätten, und hätten später herausgefunden, dass sie nicht für einen geeignet waren Partnerschaft, das Gesetz hätte fröhlich bei ihrer absoluten Trennung geholfen. Aber bei diesem, dem schwersten aller Verträge, dem, der sich am meisten auf das menschliche Wohlergehen auswirkt, kann es keine solche Freundlichkeit der Statuten geben. Einige der Kirchen sagen, der Vertrag sei ein Sakrament, Obwohl die Hirtenkönige, deren Geschichte unsere Bibel ist, keinen solchen Gedanken hatten, noch wurde er von dem bescheidenen Nazarener gelehrt; aber das Gesetz stützt die Legende in gewissen Grenzen. Was werden wir dagegen tun?“

Ich sagte ihm, dass ich es nicht wüsste, und es gäbe mehrere tausend Menschen – gute Menschen – in der Stadt, die vor dem gleichen Rätsel stünden.

Ich machte darauf aufmerksam, dass die konventionelle Band zu dieser Zeit stark war und selbst von den Klügsten nicht ohne Strafe gesprengt werden konnte. Es gab so viele Zwerge, dass sie vereint stärker waren als jeder Gulliver. Und ich fügte hinzu, dass es ihm meiner Meinung nach als Laie sehr gut ging; dass er zumindest von dem großen, anhaltenden Ärger befreit worden sei, der auf eine Fehlpaarung folgt, und dass es Zeit genug wäre, sich über die Lichterkette zu ärgern, die ihn immer noch festhielt, wenn er sicher war, dass er sie durch eine andere ersetzen wollte.

„Es ist nicht deine Art“, sagte ich, „sich über den morgigen Tag zu ärgern, und ich bin persönlich und zutiefst davon überzeugt, dass du genauso wenig ernsthafte Vorstellungen von einer erneuten Heirat hast wie davon, dich ehrenamtlich im Dienst des Akhoond von Swat zu engagieren – wenn … “ Es gibt derzeit einen Akhoond von Swat. Du wanderst heute Nacht nur geistig umher, mein Junge, und träumst, weil dieser Hauch einer jungen Frau, von der du erzählt hast, dein Gehirn für eine Weile umgedreht hat. Du wirst klüger sein am Morgen."

All dies sagte ich mit großer Arroganz und der großen Annahme, alles zu wissen und ein kompetenter Berater eines Freundes in Schwierigkeiten zu sein, aber im Grunde wusste ich, dass ich an Harlsons Stelle keinen besonderen Grad hätte an den Tag legen sollen der Selbstbeherrschung. Ich habe das noch nie gespürt, aber es muss zermürbend sein, eine Position wie die dieses Mannes einzunehmen, den ich angesprochen habe. Die Verbüßung einer Gesellschaftsstrafe muss ein Härtetest sein.

Wir ließen die Diskussion des Problems fallen und Harlson erwähnte es noch einmal, aber nebenbei.

„Tatsache ist", sagte er, „ich hatte fast vergessen, dass ich nicht so frei war wie andere Männer. Ich habe meinen Kurs nicht durch meinen wirklichen Zustand bestimmt. Ich bin abgedriftet, und es hat Ereignisse gegeben, wie Sie gut wissen." . Da ist Mrs. Gorse. Ich habe nie etwas verheimlicht. Wer mich überhaupt kennt, kennt meine Beziehungen gut, aber ich stelle mir vor, dass ich mich selbst getäuscht habe. Ich bin kein Free Agent – obwohl ich es sein werde. Das ist nicht richtig es ist."

„Und wann werde ich diese Frau wiedersehen, die Ihr Interesse geweckt und dem Regenbogen die alten Farben zurückgegeben hat? Sie werden mir erlauben, sie zu bewundern, wenn auch nur aus der Ferne?"

„Oh ja! Komm morgen Abend mit mir zu den Laffins. Sie wird dort sein, das habe ich erfahren, und ich habe gesagt, dass ich auch dort sein werde. Komm mit. Natürlich verstehst du das, wenn sie lächelt Ich werde Sie auf dem Heimweg ermorden, wenn es überhaupt so aussieht, als ob Sie einen positiven Eindruck auf Sie hinterlassen hätten.

Ich sagte ihm, dass ich glaube, dass mein allgemeines Erscheinungsbild und mein Gesprächsstil mich vor der Gefahr bewahren würden und dass ich das Risiko eingehen und ihn begleiten würde.

Am nächsten Abend traf ich Jean Cornish. Es war uns bestimmt, uns sehr gut kennenzulernen.

Kapitel XVIII.

DIE FRAU.

Nur eine kleine braune Frau.

Er war ein weltmännischer und verschwenderischer Mann, hart und gewissenlos, zynisch, doch als er und die Frau sich trafen, lernte er irgendwie, was es anderes im Leben gibt als Leidenschaftsschürfung und nachlässiger Streit. Es kamen Entschlossenheit und ein Gefühl der Scham, denn sie machte sich nur „Glaube und Ruhm" zum Motto.

Die Welt ist dumm: Wir vertuschen die Wahrheit;
Uns verwehren sich die Tore, die wir in unserer Jugend gebaut haben. Zwei waren es sicherlich, und zwei könnten bleiben, aber sie lenkte ihn auf den besseren Weg; Seine Gedanken wurden gereinigt, selbst als er sich über das Hätte-sein ärgerte und wütete; Er lernte, dass das Leben keine Laune ist, denn die Seele in ihr drang in ihn ein.

Er kämpft, wie andere, um Sieg oder Niederlage,
und der Zauber der Frau liegt über allem. Tapfer kämpfen sie in ihrer Klasse, denn: „Die Frau, die ich liebe, wird stolz auf mich sein!" Und der Mann und die Frau, die eins im Herzen sind, können zusammen begraben oder auseinander geschleudert werden, aber der Starke wird in seiner Stärke kämpfen, denn – „Die Frau, die ich liebe, wird stolz auf mich sein!"

Es gab Männer und Frauen und Musik und Blumen, und einige der Leute waren intelligent, und ich trieb mich auf der Laffins -Party herum und hatte ziemlich viel Spaß. Natürlich wollte ich die Frau sehen, die Harlson so sehr fasziniert hatte. Ich hatte sie vergessen, bis ich mit einer netten und klugen Person an meinem Arm etwas zu essen gefunden hatte, wieder nach oben kam und sie einer anderen überließ. Ich ging in einen angrenzenden Raum und traf dort inmitten einer Gruppe auf Harlson . Ich wurde Miss Cornish vorgestellt.

Ich weiß nicht, wie ich eine Frau beschreiben soll. Diese Frau, die ich besser kenne als jede andere Frau auf der Welt, fällt mir am schwersten vor. Sie stand nicht ganz uninteressiert da, denn zweifellos hatte Harlson ihr bereits von seinem engsten Freund erzählt, der in vielen Dingen sein Leutnant war, und ich hatte Gelegenheit, sie aus nächster Nähe zu betrachten, während wir die Gemeinplätze austauschten. Als ich sie sah, verstand ich, warum er sie so absurderweise als einen kleinen braunen Streifen von einem Ding bezeichnet hatte. Gewiss, sie war klein und braun und so schlank, dass sein Vergleich nicht schlecht war, aber die Braunheit und die Schlankheit waren bei weitem nicht alles, was man an ihr erkennen konnte. Sie war nicht imposant, diese

Frau, aber sie war nicht alltäglich. Sie hatte eine geschmeidige Figur, und da waren die großen Augen, von denen mir dieser betroffene Freund erzählt hatte, und ziemlich ausgeprägte Augenbrauen, und ihre Lippen waren voll und rot, und da war diese Fülle des Kinns, oder besser gesagt, das Unbestimmte Traum oder Andeutung oder Vision eines zierlichen Doppelkinns mit fünfzig, was so viel bedeutet, aber die Stirn war so, wie sie eine Frau haben sollte, und der Blick der Augen war sauber und rein, wenn auch auf die Art einer klugen Frau, aufmerksam und umfassend . Es war eine kultivierte und faszinierende Frau, die ich traf.

Wir redeten miteinander, und Grant Harlson sah zufrieden zu, und sie schien mich zu mögen. Sie gab mir auf ihre Art das Gefühl, dass sie mich mochte, weil sie von mir wusste, und während wir uns unterhielten, hatte ich das Gefühl, dass sie dem Mann neben uns unbewusst das größte Kompliment machte, das sie konnte. Ich wusste, dass es an der anderen und an etwas lag, was er über mich gesagt hatte, dass sie sich so bereitwillig auf Kameradschaft einließ. Und ich wusste aus demselben Zusammenhang und aus derselben Überlegung, dass sie bereits begonnen hatte, sich genauso sehr um ihn zu kümmern wie er um sie – den Mann, der sich in der Nacht zuvor so sehr mit mir verhalten hatte. Natürlich erscheint es absurd, dass ich auf einer so geringen Grundlage zu einer solchen Schlussfolgerung gelangen könnte, aber zu erkennen, wann Menschen aneinander interessiert sind, ist manchmal nicht schwer, selbst für einen so langweiligen Mann wie mich.

„Ich glaube, Sie kennen Mr. Harlson schon seit vielen Jahren", sagte sie und fügte lächelnd hinzu: „Was für ein Mann ist er?"

„Ein sehr schlechter Mann", antwortete ich ernst.

Sie wandte sich auf charmante, richterliche Weise an ihn:

„Wenn Ihre Freunde Sie so beschreiben, Mr. Harlson , was müssen dann Ihre Feinde sagen?

„Ich habe kein Wort zu sagen. Natürlich hatte ich nicht erwartet, dass dieser unfreundliche Bösewicht das sein würde, was er bewiesen hat, aber was er sagt, ist zweifellos wahr. Ich werde mich jedoch bessern. Tatsächlich." , ich habe bereits begonnen.

„Wann wurde die Revolution eingeläutet?"

Er sah sie so ernst an, dass ihre Wange leicht errötete. „Seit mir die Augen geöffnet wurden und ich das Licht sah", antwortete er.

Sie lenkte das Gespräch ab, indem sie sich an mich wandte und sagte, dass die Informationen, die ich ihr gegeben hatte, zweifellos wertvoll seien und dass sie ihren Kurs entsprechend anpassen und allen ihren Freunden raten sollte, dasselbe zu tun, dass sie es jedoch für ihre Pflicht hielte um mich zu tadeln, weil ich so unverblümt die Wahrheit gesagt habe. Sie wusste, dass ich es zum Besten getan hatte, aber wenn es wirklich Hoffnung für diesen bösen Mann gab, wenn er sich wirklich für ein neues Leben entschieden hatte, sollten wir ihn ermutigen. Dachte ich ernsthaft an ihn?

Ich sagte ihr, dass es mir wehtat, es zu sagen, dass ich jedoch kein großes Vertrauen in Mr. Harlsons Beteuerungen habe. Er war von der Erde, erdig. Ein Freund sollte zwar die Gebrechen eines Freundes ertragen, aber er sollte andere Menschen nicht bitten, sie zu ertragen, und er sollte auch nichts anderes als die Wahrheit bezeugen. Mr. Harlson meinte es vielleicht ernst mit dem, was er gesagt hatte, aber selbst wenn es ernst war, ging es um die Beharrlichkeit. Ich zweifelte ernsthaft an seiner Fähigkeit, die Gewohnheiten seines Lebens zu überwinden.

Sie interessierte sich immer mehr für das Scheuern.

„Was ist die Natur der großen Ungerechtigkeit von Herrn Harlson?"

„So, Miss Cornish, ich habe das Recht, in meiner Antwort die Grenze zu ziehen. Ich habe gewissenhaft erklärt, dass er im Großen und Ganzen ein Bösewicht der tiefsten Farbe war, aber es wäre unfreundlich, Einzelheiten zu machen, und ich weiß, dass Sie das tun würden Das kann ich nicht haben.

Harlson sagte, er sei sehr dankbar für meine Duldung, oder würde es sein, bis er mich allein hätte, und Miss Cornish zeigte einen angemessenen Geist, und so verließ ich sie. Aber ich hatte keine Beweise dafür, dass sie glaubte, was ich gesagt hatte.

Als wir am frühen Morgen gemeinsam nach Hause gingen, erzählte mir Harlson mehr von der jungen Dame. Sie lebe bei einer Tante, sagte er, und sei ansonsten allein auf der Welt. Sie verfügte nur über ein geringes Einkommen, kaum genug zum Leben, aber sie hatte unbegrenzten Mut und Fingerspitzengefühl und war als sozialer Faktor nicht unbedeutend. Sie hatte die Robustheit ihrer Abstammung, in der der Name Jean vorkam.

„Ich mag es", sagte Harlson ; „Es passt zu ihr – ‚Jean Cornish' – kleine braune ‚Jean Cornish' – kleine Leopardin, kleine, weise, gute Frau."

Ich sagte ihm, dass er seine Gleichnisse vermengte und dass er im Großen und Ganzen ein Narr geworden sei.

„Ich sage dir, ich bin bereits in sie verliebt", platzte es aus ihm heraus, „und irgendwie werde ich sie eines Tages haben, sie tragen und mich um sie kümmern!"

„Aber, mein lieber Junge, sei nicht verrückt. Da ist das Problem, über das wir letzte Nacht gesprochen haben. Hast du eine Lösung dafür? Und fang zuerst deinen Hasen. Hast du schon deinen hübschen Hasen gefangen? Ich gebe zu, dass es möglich ist." . Frauen sind Dummköpfe gegenüber Kerlen wie Ihnen, wenn sie sich an gute, mühsame Mitglieder der Gesellschaft halten sollten, wie die Freundin, die Sie jetzt berät, aber Miss Cornish ist kein Dummkopf, wissen Sie, und ich glaube nicht, dass Sie es verdienen ihr."

„Das tue ich übrigens auch nicht", antwortete er; „Aber ich werde sie noch verdienen. Ich muss von vielen Dingen mehr tun und aufhören, viele Dinge zu tun. Ich glaube, ich verstehe die Worte im Gottesdienst jetzt besser als je zuvor: ‚Wir haben diese Dinge getan und es nicht getan'. und das alles. Aber du wirst einen Unterschied sehen. Ich werde sie stolz auf mich machen. Das ist der richtige Weg, sauber zu werden, nicht wahr, alter Mann?"

Ich sagte, ich halte es für eine heilsame und lobenswerte Lösung, die auf allgemeinen Grundsätzen beruht, und natürlich würde das Idol allmählich zerfallen. Alle Götzen waren aus Ton. Aber das Idol spielte keine Rolle, solange die Wirkung erzielt wurde. Er kann jederzeit auf mich zählen, wenn es um gute Ratschläge geht. Er warf mir nur einen bösen Blick zu und beschimpfte mich hart, und wir kamen im Club vorbei, tranken unsere Zigarren aus und trennten uns.

KAPITEL XIX.

FEGEFEUER.

Und Grant Harlson liebte Jean Cornish und gewann ihr Herz.

Aber die ganze Zeit über war er unbewusst ein Mann mit falschen Ansprüchen, einer unehrenhaft und ihrer unwürdig. Seine Freunde wussten von seiner Ehe und deren Folgen. Er hatte seinen Zustand nie verheimlicht oder auch nur daran gedacht, ihn zu verheimlichen, und es kam ihm nie in den Sinn, dass Jean Cornish sich dessen nicht bewusst war. Er hatte angenommen, dass sie, wenn sie sich so um ihn kümmerte, wie er hoffte, etwas beunruhigt sein würde, aber verstehen würde, dass er nichts Schlimmes tun würde und dass mit der Zeit alles gut werden würde. Dann kam der Kummer, denn Jean Cornish erfuhr ganz zufällig, dass Grant Harlson ein Mann mit einer lebenden Frau war.

Sie wollte es zunächst nicht glauben, und als sie davon überzeugt war, war sie benommen und konnte es nicht verstehen. Einen solchen Schock hatte es in ihrem Leben noch nie gegeben. Dieser Mann, aus dem sie einen Helden, einen Betrüger und einen Lügner gemacht hatte! Es schien, als wäre die Welt verschwunden! Es gab ein Treffen und eine Erklärung, und sie erfuhr, wie falsch sie in gewisser Weise gelegen hatte.

Er brachte den Fall ernsthaft und verzweifelt vor. Er würde sie nicht aufgeben. Er wusste, dass sie ihn liebte, und er wusste, dass sie zu gut und weise war, um selbst ewig zu leiden oder ihn leiden zu lassen, weil es in der Gesellschaft Fehler gab. Es gab einen Ausweg – einen sauberen, richtigen Weg – und sie mussten ihn nehmen. Er könnte sich aufgrund bloßer Fahnenflucht scheiden lassen, und mindestens drei Personen wären besser dran. Es war erbärmlich, die Szene, eines Nachmittags. Er hatte angerufen, um sie zu sehen, und flehte sie an. Es befand sich im Wohnzimmer und es gab fleckige Fenster, an die sich beide aus späteren Jahren erinnerten. Er hatte von seiner Knechtschaft und seinen Hoffnungen gesprochen. Sie war nicht ganz sie selbst; sie litt zu sehr. Ich weiß, was passiert ist. Grant erzählte mir einmal von seiner damaligen Belastung und von der ganzen Szene. Es gab einen heftigen Appell von ihm. Er war fast wütend geworden.

„Und so", sagte er, „hätten Sie eine Männerehe wie das schwarze Birett Spaniens, das dem Gefangenen über den Kopf gezogen wird, bevor sie ihn erdrosseln?"

Sie bewegte sich nicht und sprach auch nicht, sondern stand aufrecht und stumm da, die Hände hingen an den Seiten herab und die Handflächen waren locker geöffnet, die reine Verlassenheit einer erbärmlichen Hilflosigkeit.

So eine kleine Frau, die einem Sturm der Leidenschaft standhält!

Während er sich über ihre merkwürdige Mischung aus Stärke und Schwäche wunderte, schien ein Sonnenstrahl durch das purpurrote Glas des oberen Fensters. Das gerötete Licht, das auf ihre aufsteigenden, fast kupferfarbenen Locken fiel, erschien der erregten Fantasie des Mannes wie eine Krone aus Dornen, purpurrot von Blut, und seltsamerweise befand sich im Fenster ein Kreuz.

Der Gedanke an ein weiteres stellvertretendes Opfer erfüllte ihn mit Ehrfurcht. Muss das auch einer sein?

„Fehler, mein Lieber, sind keine Verbrechen. Kannst du das nicht verstehen? Ich habe mich geirrt, ich habe gelitten, ich habe für meinen Fehler gesühnt. Ist das genug?"

„Aber", sagte sie, und ihre Stimme schien plötzlich alt und dünn geworden zu sein, „du hast kein Recht, über Fehler zu reden. Sie ist deine Frau."

„Das Biretta, das beendet wieder alles! Nein, so ist es nicht. Es ist genauso verrückt und unmenschlich, zwei Menschen zu zwingen, in der Ehe zu bleiben, nachdem es ihnen verhasst geworden ist, als würde es sein, sie zunächst zu dieser Ehe zu zwingen." Oh, meine sanftmütige Kleine, kannst du nicht erkennen, dass die Knechtschaft demütigender und feiger ist als die Idee einer Hypothek auf die kleinste Habe? Und dennoch weigerst du dich, den Verletzten freizulassen, so wie du es dem Ärmsten nicht verweigern würdest ein verschwenderischer Mensch, dessen einzige Chance auf Heimat und Glück darin bestand, aus seinen Augen zu verschwinden.

„Ich kann Ihnen nicht antworten, wenn Sie gelehrt über solche Fragen diskutieren", sagte sie mit müder Würde, „denn ich habe noch nie darüber nachgedacht. Warum sollte ich? Mir kam es immer so vor, als ob ein Mann mit mehr als einer Frau das wäre." a-a-Mormon. Es ist alles so schrecklich. Wenn eine Ehe etwas ist, dann ist sie sicherlich ein Gelübde vor Gott.

„Jetzt machen Sie den Fehler", sagte er, „denn die bloße Form der Ehe ist nichts anderes als der äußere Beweis einer bereits erfolgten Verbindung. Das erste ist das Gelübde vor Gott – nicht das letztere. Ich verstehe." Warum denken Sie das alles? Geistliche sind schon so lange dazu berufen, bei Trauungsriten zu leiten, dass sie sich mit der väterlichen Übernahme, die im Orden auf der ganzen Welt spürbar ist, dazu entwickelt haben, sich selbst als die besonderen und vom Himmel ernannten Hüter der Institution zu betrachten . Es ist alles so grotesk, wenn man sich daran erinnert, wie bereit sie sind, die Ehe zu „feiern" – das Zeichen zu retten ! –, egal unter welchen Bedingungen. Müssen die Kandidaten als richtige und passende Personen bekannt sein? Gibt es überhaupt die einfachste Formel dafür? Vorprüfung? Keine! Zwei völlig ungeeignete Menschen können jeden Tag in die Ehe –

und ins Elend – stürzen, indem sie sich einfach einer Person mit glattem Gesicht präsentieren, die schläfrig über ihre gefalteten Hände hinweg murmelt und es ein Gelübde vor Gott nennt! – während er zurückeilt zu seinem Abendessen!"

Sie schwieg immer noch .

Ein vorbeischlendernder Laufbursche pfiff ein paar Takte des Hochzeitsmarsches, den er an diesem Tag zweifellos an einer offenen Kirchentür gehört hatte.

„Lieber, es gibt ein höheres, heiligeres Gesetz der großen Macht, die uns zu dem gemacht hat, was wir sind, als dieses des sklavischen Gehorsams gegenüber einer Tradition. Warum müssen unsere Füße in den brennenden Furchen bleiben?"

„Es sind nicht die ausgetretenen Spurrillen, die brennen, sondern die Nebenwege", antwortete sie, „und oh! *wie* sie brennen!"

„Lass mich dich in meine Arme heben und dich darüber tragen, damit deine Füße sich nicht berühren. Sei dir selbst gegenüber nicht ungerecht. Kannst du nicht sehen, wie richtig, wie gut es ist? Es ist nicht so, als ob ich zu dir gekommen wäre." von einer anderen Frau———"

Das Mädchen blickte ihn fast grimmig an.

„Nein, so schlimm kannst du nicht sein! Den morgendlichen Kuss einer anderen Frau gespürt zu haben, ihr Gute-Nacht-Lächeln gesehen zu haben und dann zu mir gekommen zu sein – das wäre zu niedrig, zu erniedrigend gewesen – ich Ich hätte dich hassen sollen, weil ich dich verachtet habe. Stattdessen hätte ich dich verabscheuen sollen – –"

„Mich zu lieben! Sei ehrlich und wahrhaftig, kleine Jean – es ist dir wirklich wichtig."

„Ja, es hat mich interessiert."

„Und immer noch?"

"Ja."

Ihr Ton war so kalt und klar wie das Geräusch eines Eiszapfens, der im Herbst auf die gefrorene Erde schlägt. Es machte ihn wütend und seine Stimme zitterte grob.

„Ein Mann, der sein Leben an die Liebe einer Frau bindet, ist ein Narr! Weil sie für ihn die ganze Welt ist, alles, was er anstrebt, um Lob zu erhalten, alles, was er in der Schuld fürchtet, hält er sie zu ebenso viel Liebe fähig." als er selbst. Und während er zusieht, sieht er, wie ihre Leidenschaft in Apathie übergeht. Ihre Zuneigung ist nur die trockene Hülle dessen, was er zu finden hoffte. Es hat dich nie interessiert!"

„Grant", sagte sie ernst, „Sie haben mir gesagt, ich solle ehrlich sein. Das werde ich sein. Ich denke" – mit einem kleinen Lachen – „dass ich kein Feigling gewesen wäre, wenn ich ein Mann gewesen wäre. Das werde ich nicht." Sei jetzt. Du tust mir und dir selbst Unrecht, wenn du sagst, dass ich mich nie darum gekümmert habe. Das liegt daran, dass meine Fürsorge so sehr ein Teil von mir selbst war, dass ich nie in der Lage war, abseits zu stehen und sie anzusehen und zu kommentieren. Das war nur ich. Als ich lebte, lebte es; wenn ich sterbe –"

"Meine Liebe!"

„Wenn – nein. Ich glaube nicht, dass es selbst dann sterben kann! Ich denke, es ist ein Teil meiner Seele und wird für immer bestehen bleiben."

Sie zögerte, als würde sie sich Worte ausdenken, um sich noch liebevoller auszudrücken. In dem, was sie jetzt sagte, lag eine gewisse liebevolle Rücksichtslosigkeit:

„Ist mir egal? Ich wünschte, du würdest es auch verstehen! Vielleicht liegt es daran, dass wir uns auf so unterschiedliche Weise darum kümmern. Ich weiß es nicht, aber für mich war es alles! Es gibt keine Freude, kein Vergnügen, wie kleinlich es auch sein mag." den ganzen Tag, aber es bringt das schnelle Verlangen mit sich, es mit dir zu teilen. Jeden Morgen wache ich mit deinem halbausgesprochenen Namen auf meinen Lippen auf, als ob ich, als ich durch die Tore des Bewusstseins in die Welt der Realität schlüpfte, Ich bin nur gekommen, um dich zu finden, wie ein schüchternes Kind aufwacht und schwach nach seiner Mutter ruft. Einmal, vor nicht allzu langer Zeit, schien ich bei einem Straßenunfall, wie du ihn in unserer geschäftigen Stadt kennst, dem Tod sehr nahe zu sein, und in einem Sofort schien mein Geist die Gefahr und die schreckliche Szene übersprungen zu haben und war bei dir. Danach sagte einer, der neben mir saß, dass ich, während einige schrien oder beteten, nur „Grant" sagte, und er fragte leichthin: „Jetzt das." Die Gefahr war vorüber: „Ist der große Feldherr Ihr Schutzpatron?" Und ich – ich wusste nicht, dass ich es gesagt hatte, da der Name niemals so nah an meinen Lippen sein kann wie an meinem Herzen."

Harlson antwortete nicht. Er konnte es damals nicht. Sein Kopf war geneigt.

„Und als du krank warst – ach! Dann war es das Schlimmste von allem! Ich träumte von den kleinen Dingen, die ich für dich tun konnte – wie dein lieber Kopf auf meinen Schultern ruhen könnte und es vielleicht helfen würde, den Schmerz zu lindern; wie ich könnte dich vor Ärger bewahren; wie ich dich lieben könnte!"

„Dann komm, mein Lieber; ich brauche dich – wir brauchen einander."

„Nein, ich glaube, eine Frau, die einen Mann liebt, könnte es kaum ertragen, dass er jemals an einen anderen noch lebenden oder sogar toten Mann gebunden war."

"Aber--"

„Nein. Das ist nicht richtig."

Es ist nicht immer so, dass selbst derjenige, der Recht hat, sich dessen bewusst ist und dem Ziel, das er anstrebt, entschlossen gegenübersteht, sich so äußern kann, wie er es aus Protest gegen das Nachgeben des Objekts gegenüber dem, was in der sozialen Welt ist, tun würde, auch wenn es falsch ist . Grant Harlson blickte auf die schlanke Gestalt herab und in das ernste Gesicht und war für den Moment hilflos. Dennoch war er fest entschlossen.

Er war sehr zärtlich zu ihr, aber er war kein Mann, der leichtfertig aufgab, was ihm gehörte. Er flehte sie weiter an, aber vergebens. Sie würde nicht nachgeben.

Und so vergingen die Wochen, in denen das Problem noch ungelöst war. Sie waren immer noch viel zusammen, denn sie konnte ihn nicht abweisen, und er wollte nicht wegbleiben. Es gab mehr Flehen von seiner Seite und manchmal auch mehr Wut. Es erschien ihm absurd, dass Leben aufgrund einer Legende zunichte gemacht werden sollten.

Und sie war unglücklich und gelangte möglicherweise allmählich zu umfassenderen Ansichten und moralischem Mut. Jean Cornish war mutig, aber es gab eine Legende.

Und plötzlich war alles anders, das Problem fand eine unerwartete Lösung. Grant Harlsons Frau war, wie gesagt wurde, eine Frau der Vernunft und der Kraft, und sie hatte ihr eigenes Leben mit seinen Zielen. Sie schmerzte unter dem Band, das sie immer noch mit Harlson verband , und löste es sauber. Es war sie, nicht er, die die Scheidung beantragte, und in dem Staat, in dem sie lebte, genügte die einfache logische Begründung der Unvereinbarkeit der Temperamente. Es gab keine Verteidigung. Grant Harlson wurde frei, und Jean Cornish versprach, da er auf diese Weise seine Freiheit erlangte, endlich seine Frau zu werden.

KAPITEL XX.

ZWEI Narren.

Sie liebten. Sie sollten heiraten, aber es galten die üblichen Regeln zu beachten, und sie konnten nicht sofort heiraten. Grant Harlson verstand das , auch wenn er sich ein wenig darüber ärgerte.

Es sollten noch einige Monate vergehen, bis die beiden völlig eins sein würden, und diese Monate waren für die beiden sehr süße Monate. Sie waren viel zusammen, dieser Mann und diese Frau, die einander zugetan waren, denn warum sollten sie das nicht sein, wenn sie doch Mann und Frau werden sollten und keiner von beiden unter anderen Umständen so glücklich war? Sie waren nicht das, was ein tiefgründiger, unsentimentaler Mensch als Vorbilder des gesunden Menschenverstandes bezeichnen würde, aber sie waren bei irgendetwas Bestimmtem nicht auf die Meinungen tiefgründiger, unsentimentaler Menschen angewiesen; Das hatte also keinen Einfluss auf sie.

Sie zeigten kein großes Interesse an der Gesellschaft, obwohl jeder dort einen Platz hatte, aber sie gingen zusammen in die Kirche oder ins Theater und waren sehr süchtig nach Mittagessen. Sie würde mittags in die Stadt kommen, um ihn zu treffen, und dann — was für Bankette! Manchmal besuchten sie die Restaurants, in denen es feine Dinge gab, und er versuchte, aus ihr eine Feinschmeckerin zu machen. Er brachte ihr die Schönheiten des Bobolink in seiner späteren attraktiven Form bei, der Form, die er annimmt, wenn er, nachdem er sich in einen Schilfvogel verwandelt hat, auf dem Eis in die Region zurückkehrt, in der er sich im Hochsommer vergnügt hat, und den Vogel aufrührt Herz der guten Leber, wie er im Juni das Herz des Dichters tat. Er lehrte sie den Unterschied zwischen Roquefort-Käse, diesem grünen Garten aus leckeren Pilzen, dieser krümeligen, pikanten Apotheose des Besten, die aus Quark entsteht, und allen anderen Käsesorten und lehrte sie auch die Vorzüge jedes einzelnen auf seine eigene Weise. Sie lernte die Beigaben von schwarzem Kaffee und Crackern. Sie lernte sogar, einen Rotwein zu kritisieren , und einmal, mit Harlson , testete sie ein *Pousse- Café* , aber nur einmal. Er sei damit nicht einverstanden, sagte er, für Damen. Und außerdem war ein *Pousse- Café* an sich nicht von Wert. Es war etwas Spektakuläres.

Und wenn es um die Zubereitung von Gerichten durch den Mann aus der Stadt ging, erlangte sie viel Weisheit.

Der Mann war in seinem großen Glück lebensfroh und fantastisch, und es war gut so, dass auch die Frau den Sinn für Humor besaß, der die Welt begehbar macht, und dass die beiden sich gemeinsam verstehen konnten. Er war in dieser köstlichen Zeit der Bewährung nur ein dummer Junge.

Und sie war nichts weiter als eine liebevolle Frau, die ihm ihr Herz geschenkt hatte, die ihn verstand und die auf weibliche Art in seine Stimmung verstand. Es war eine Idylle der Klugen.

In den bescheideneren Restaurants waren die Mittagessen dieser beiden am köstlichsten. Irgendwie würde er seltsame kleine Lokale finden, in denen alles sauber war und die Küche gut war, aber weit weg von den Aufenthaltsorten der Männer, das heißt, weit weg von den Aufenthaltsorten der Männer und Frauen, die sie kannten, und dort würden die beiden großartig sein Feste. An einem unprätentiösen Ort hatte er eines Tages Schweinefleisch und Bohnen gefunden – nicht die melassefarbene Abscheulichkeit, die normalerweise in der Stadt verkauft wird, sondern die weißen Bohnen, in einer tiefen Pfanne gebacken, mit dem aufgeschlitzten Stück Schweinefleisch, das in der Mitte der Schüssel gebräunt war. – und dieser Ort wurde für sie zu einem großartigen Urlaubsort. Sie saßen an einem kleinen Tisch und ließen sich die Bohnen bringen, und Senf vom schärfsten und raffiniertesten, und Gerichte, die einen Heiligenschein um die Bohnen bildeten, die die zentrale Figur waren, und dann aßen sie, da sie gesund waren, und Schauen Sie einander ins Gesicht und toben Sie im gegenwärtigen Glück, haben Sie einen bestimmten Verstand und sind Sie verliebt. Allein die Unhöflichkeit gefiel ihm sehr.

Eines Abends hatten sie zusammen gegessen. Sie war einkaufen gewesen oder hatte das getan, was Frauen in der Stadt nachmittags tun, und er hatte sie nach Geschäftsschluss getroffen, und sie hatten wie immer zusammen gegessen, und als sie ins Freie kamen, war es nicht mehr zu erfahren Die Temperatur sei um ein paar Grad gesunken und die Jacke, die sie trug, sei für diesen Anlass leicht. Ihr wurde kalt, bevor sie ihr Zuhause erreichte, und er war beunruhigt.

„Ich wünschte, es wären Monate später", sagte er.

"Warum?"

„Denn dann könnte ich mich um dich kümmern und dafür sorgen, dass du nicht unter der Kälte leidest. Ich weiß jedoch nicht, ob du trotz der bewundernswerten Aufsicht, die ich dann über dich hätte, richtig auf dich selbst aufpassen würdest." , mein Brownie. Was würdest du tun?"

„Ich weiß es nicht genau ", antwortete sie. „Ich denke, ich sollte ziemlich nah an den Kamin herankommen. Ich würde eines der Tigerfelle oder Bärenfelle auf dem Teppich ganz nah an das Feuer ziehen, mich auf dem Fell zusammenrollen und mich umdrehen wenig, und es wird sehr warm.

Er nahm eine hochtrabende Miene an und verkündete, dass er den Eindruck habe, dass sie nichts dergleichen tun würde, wenn sie erst einmal unterkühlt sei! Er hatte seine eigenen Vorstellungen bezüglich der Behandlung von Schüttelfrost bei kleinen, braunen Frauen. Was wirklich passieren würde, was die konkrete, greifbare Tatsache des Ereignisses sein würde, erforderte keine Mühe zu beschreiben. Er sollte lediglich einen großen Sessel vor das Gitter stellen. Dann wurde jemand hochgehoben und vor dem Feuer herumgedreht, bis er vollständig aufgewärmt war und die Blutzirkulation wieder voll war. Sie sollte einfach, aber wissenschaftlich geröstet werden:

„Ich würde dich so vor die Marke halten,
um Kalorienglück einzufangen,
und du solltest mein Muffin sein und
ich würde dich mit Küssen einfetten.“

Sie antwortete, dass die Gabe von Doggerel nicht zu wünschen übrig ließ und dass sie außerdem kein Muffin und auch nichts in kulinarischer Hinsicht sei.

All das diente natürlich nur als Provokation für weitere Leichtfertigkeit, und noch Tage später wurde die Dame als sein süßester Limonadenkeks, sein Brötchen, sein kostbarer Obstkuchen und so weiter bezeichnet, bis zu den Bedingungen einer Bäckerei waren so erschöpft. Das alles war zweifellos Albernheit.

Die Frau war auf ihre Art nicht weniger unentschuldbar als der Mann. Sie war genauso verliebt wie er, und die rein persönliche Gleichung war in ihr ebenso stark ausgeprägt. Sie beobachtete ihn, wenn sie zusammen zu Mittag aßen, und wenn ihr Blick nicht so kühn und nährend war wie seiner, so war er doch im Grunde genauso ernst.

Sie wollte etwas tun, wegen der leidenschaftlich liebevollen Stimmung in ihr. Sie wollte ihn nur ein wenig „verletzen“, und eines Tages geschah etwas Seltsames.

Sie unterhielten sich an einem kleinen Tisch in einem Restaurant, das bis auf sie fast leer war, und er hatte eine groteske, herzensgute Bemerkung gemacht, die ihrer Fantasie und liebevollen Aufmerksamkeit gefiel, und plötzlich richtete sie sich auf ihrem Platz auf und sah ihn mit Augen an, die feucht wurden , sagte aber nie ein Wort.

Mit einem schnellen, umfassenden Blick blickte sie sich im Zimmer um, dann beugte sie sich vor und schlug ihm mit ihrer kleinen rechten Hand knapp auf die Wange. Für eine solche Demonstration gab es keinen Anlass. Es war nur die Ausgelassenheit, die süße, barbarische Fantasie der Frau, die der Groteske des Mannes entsprach und nicht im geringsten weniger liebevoll war. Und so hingerissen erhob er keine Einwände oder Verteidigung, außer dass er seinen

schlanken, süßen Angreifer beiläufig als „einen stämmigen Schurken"
bezeichnete.

An diesem Abend hob er die Frau plötzlich, kurz bevor er ging, bei ihr zu
Hause hoch, als wäre sie ein Baby, und drohte, sie mitzunehmen. Sie schien
nicht beunruhigt zu sein, zumindest nicht im Ausmaß einer Hysterie, obwohl
sie sich schwach wehrte und sagte, dass jemand ein großer, brutaler Gorilla
sei und dass sie nicht vorhabe, aus dem Schoß ihres Stammes gerissen zu
werden, um ihn zu jemandem zu bringen Zuflucht in den Baumwipfeln, und
dort wird die Braut eines Monsters.

Manchmal behauptete er, und an dieser Idee hielt er mit großer Beharrlichkeit
fest, dass die Person, die ihn begleitete, nicht einmal von dieser Rasse war,
sondern in der Wiege durch ein weißes Kind ersetzt worden war, das von
einer indischen Frau mit großem Unrecht gestohlen worden war sich rächen.
Er würde sie sein Chippewa-Wechselbalg nennen und wäre beim Mittagessen
äußerst besorgt darüber, ob die Wild Rose etwas mehr von dem Hühnersalat
bekommen würde oder nicht. Würde der fliegende Bauer den Sellerie
probieren? Er war sich sicher, dass etwas von dem Gelee den Gaumen der
Braunen Taube erfreuen würde. Könnte der weiße Jäger ihr vielleicht zu
etwas mehr von diesem oder jenem verhelfen? Nur einmal rebellierte sie. Sie
lachte über etwas, das er gesagt hatte, und er bezeichnete sie gütig als seinen
Minnegiggle , was zugegebenermaßen eine Unverschämtheit war.

Eine große Fantasie dieser beiden war es, sich ein Paar vorzustellen, das sich
von der Masse abhob und sich nicht mit den Sitzen der Stadt auskannte,
sondern einfach vom Land kam. Sie kamen nicht von der Farm, sondern aus
einer mittelgroßen Stadt, denn sie rühmten sich, nicht ganz unwissend zu
sein. Weit davon entfernt. Gab es in Blossomville nicht ein Rathaus und eine
Highschool, und fanden dort nicht gesellschaftliche Veranstaltungen statt?
Aber natürlich war es in einer großen Stadt etwas anders, und es wäre gut,
sich nicht zu leichtsinnig unter die Menge zu mischen.

Sie besuchten sogar den Zirkus, wenn eine dieser „Ansammlungen" den
Sommer fürchterlich machte, und er kaufte ihr Erdnüsse und beachtete bei
solchen Gelegenheiten alle herkömmlichen Verhaltensregeln auf dem Land.
Die Skurrilität, die Kindlichkeit des Ganzen gab ihm seinen Reiz. Sie
schätzten alles gemeinsam. Harlson sagte eines Tages:

„Ich glaube, dass ein altes Sprichwort geändert werden sollte. ‚Wer zuletzt
lacht, der lacht am besten‘, ist falsch. Es sollte lauten: ‚Am besten lacht, wer
mit jemand anderem lacht .‘ Und das ist es, was uns im Leben stark machen
wird, meine Liebe. Es mögen schwierige Zeiten kommen, aber wir werden
mutig sein. Wir werden uns nur ansehen und lachen, weil wir es verstehen
werden. Wir wissen es. Wir, irgendwie, gemeinsam begreifen. Verstehst du

das nicht? Natürlich tust du das, denn wenn du es nicht verstehen würdest, wäre das, was ich sage, Unsinn."

Sie verstand es gut genug. Sie verstand seinen Herzschlag. Es war so gewachsen.

„Ich denke, ich werde Ihnen sehr ähnlich", sagte sie, „und ich möchte, dass Sie verstehen, Sir, dass ich es nicht bereue. Ich fürchte, ich bin völlig verloren. Ich bin nicht beunruhigt darüber." ist, als ob dein Blut in meinen Adern wäre. Was kann ein armes Mädchen tun?"

„Du könntest dich genauso gut aufgeben", antwortete er. „Was tun sie in einem Teil Afrikas, wenn etwas für die Ewigkeit gedacht ist? Ich glaube, sie trinken ein wenig vom Blut anderer. Könnten Sie das tun?"

Sie lachte. „Deinen könnte ich trinken."

Er entblößte augenblicklich seinen Arm und bohrte die Spitze eines Taschenmessers in eine kleine Vene. Der rote Strom kam hübsch auf der glatten Haut zum Vorschein. Sie betrachtete Harlsons Tat erstaunt und wurde ein wenig blass; Dann beugte sie sich plötzlich mit großer Entschlossenheit in den Augen vor und legte das Rot ihrer Lippen auf den Arm. Sie hob stolz den Kopf und er sah sie entzückt an.

"Wie hat es geschmeckt?"

„Salzig" – mit einem Zucken ihrer Lippen und einem verzweifelten Versuch, nicht in Ohnmacht zu fallen.

„Ja, es gibt viel Salz im Blut. Selbst so bewundernswertes Blut, wie Sie es gerade gekostet haben, ist zweifellos ein wenig salzig. Bedauern Sie, dass Sie es getan haben ? "

„Nein", sagte sie tapfer, aber sie war immer noch blass.

„Erlauben Sie mir, Sie daran zu erinnern, dass die Wissenschaft viele Dinge gelernt hat und dass Sie buchstäblich etwas von meinem Blut in Ihren Adern haben werden. Nicht viel, das stimmt, aber es wird ein wenig sein."

Sie antwortete, dass sie darüber froh sei.

Und von nun an, wenn ihre Stimmungen seiner Lordschaft am meisten gefielen, kommentierte er die gute Wirkung des Experiments, und wenn sie unterschiedlicher Meinung waren , würde er bedauern, dass sie nicht mehr von ihm genommen hatte.

Sie waren zwei Narren.

KAPITEL XXI.

„MEIN KLEINER NASHORNVOGEL.“

Allerdings war es bei diesem Mann und dieser Frau nicht nur süßer Unsinn. Einige praktische Dinge des Lebens gehörten ihnen bald aufgrund der Liebe, die sie besaßen.

Eines Nachts geschah etwas Merkwürdiges und für mich Angenehmes. Ich war mit Grant Harlson in seinem Zimmer und er lag rauchend auf dem Sofa, während ich es mir in einem Sessel gemütlich machte. Harlson war ziemlich erschöpft, denn es war das Ende eines harten Tages für ihn, genau wie für mich. Es gab einen Schutz gegen einen Ring, und Harlson war aus einem halben Hundert Grund mitten im Kampf, und ich half ihm. Er führte die seriösere Fraktion an, aber in der Opposition gab es viele kluge und angesehene Männer.

Es war keine einfache Aufgabe, die vor uns lag, wir hatten hart gearbeitet und waren mit dem Zustand der Dinge nicht ganz zufrieden. Wir wollten insbesondere die Beziehungen zweier prominenter Männer wissen. Gab es eine Koalition zwischen ihnen oder nicht? Wäre dies der Fall gewesen, hätte das natürlich eine Änderung von Harlsons Politik zur Folge, doch die bisherigen Arbeiten gingen davon aus, dass eine uralte politische Fehde zwischen den beiden noch nicht beendet war und dass er mit der Unterstützung des einen gegen den anderen mit Vernunft rechnen konnte Sicherheit. Wir diskutierten gerade über diese Angelegenheit, als es an der Tür klingelte und ein Taxifahrer einstieg.

„In meinem Taxi ist eine Dame“, sagte er, „die Herrn Harlson sehen möchte.“

Harlson war verwirrt.

„Ich weiß nicht, was es bedeutet“, sagte er. „Komm mit mir runter und wir werden das Rätsel lösen“, und wir gingen dorthin, wo das Taxi nahe am Bürgersteig stand.

Die Tür wurde mit einiger Energie geöffnet und der Kopf einer Frau erschien – ein Kopf mit braunen Haaren.

"Gewähren!"

„Jean! Was ist los? Was führt dich in so einer Zeit hierher? Mein armes Kind.“

Sie lachte. „Es ist nichts los, du großes Baby. Ich habe nur etwas gehört, von dem ich dachte, dass es dich interessieren würde, und von dem ich dachte, dass du es sofort wissen solltest, also bin ich gekommen, um es dir zu sagen.“

"Ja sag es mir."

„Es war so, wissen Sie." Das alles ungestüm. „Ich war auf Mrs. Carlsons Party und unter den Gästen waren Mr. Gordon und Mr. Mason mit ihren Frauen. Ich habe natürlich nicht absichtlich zugehört, aber Mr. Mason und Mr. Gordon kamen mir nahe Ich saß da und hörte, wie Ihr Name erwähnt wurde, und ich schätze, das hat mein Gehör plötzlich geschärft, und ich habe in zwei Sätzen genug gehört, um zu wissen, dass diese beiden Herren in etwas Politischem gegen Sie zusammenarbeiten. Also, Sir, ich kenne Ihr törichtes Interesse daran Dinge, und angetrieben von meinem törichten Interesse an dir, sagte ich zu Tante, dass ich gerne früher nach Hause gehen würde, und ein Taxi wurde gerufen und ich wurde hineingesetzt, und ich sagte dem Fahrer, er solle hierher kommen, und – Sie kennen den Rest , du starrender Typ.

Frauen können in den Gesichtern von Männern lesen, und Jean Cornish muss für ihre Tat allein durch den Blick des Mannes vor ihr belohnt worden sein. Er sagte einen Moment lang nichts und sagte dann nur leise:

„Mein kleiner Nashornvogel."

„Würden Sie mir freundlicherweise die Bedeutung dieses außergewöhnlichen Satzes erklären?"

Er antwortete nicht gerade, sondern stieg zu ihr ins Taxi und dirigierte den Fahrer zu ihr nach Hause.

Sie hatte im Salon ihre Umhänge abgelegt, als sie sich an ihn wandte und weitere Informationen über den auf sie angewandten Begriff verlangte. Er machte eine Bemerkung über die allgemeine Unkenntnis einiger Leute in der Naturgeschichte, nahm einen großen Sessel, setzte die junge Dame auf einen niedrigen Sitz dicht neben sich und begann mit einer schwerfälligen, pädagogischen Miene:

„Das Nashorn, mein Kind, ist, wie Sie vielleicht wissen, ein riesiges Tier von unhöflichem Aussehen, mit einem Horn auf der Nase, und es lebt in den wilden Regionen bestimmter wilder Länder, insbesondere Afrikas. Es ist ein gefährliches Tier, und das hat es auch getan." Feinde in Hülle und Fülle und Freunde, aber nur wenige. Der Jäger hält es für eine edle Beute und stiehlt es in seinen Festungen, und selbst ein Nashorn hält der explosiven Kugel der modernen Wissenschaft möglicherweise nicht stand. Manchmal ist das Nashorn etwas träge und langweilig, und Es ist seine sorglose, lustlose Stimmung, die ihn zum Opfer fallen lässt. Nun, für ihn ist es bei solchen Gelegenheiten so, dass er einen Freund, einen Wächter, einen kleinen Liebhaber hat. Nun, für ihn gibt es den Nashornvogel! Das Nashorn Der Vogel ist ein kleines Ding, das das mächtige Tier niemals verlässt. Es sitzt auf seinem Kopf oder Rücken, flattert um es herum und macht aus ihm seine

Welt. Für den Nashornvogel ist das Nashorn alles, was es auf der Erde gibt. Und das ist es auch Das Tier zahlte es dafür zurück, dass es den Vogel an sich mochte. Auch wenn das Monster dumme Perioden haben mag, hat der Vogel keine, und wenn er um Büsche schwebt, über Öffnungen flattert, immer wachsam, wachsam und besorgt, kann seinem Auge nichts entgehen, und auch nicht einmal Gefahr entdeckt, schnell ist die Warnung an den schlummernden Riesen, und dann wehe dem Eindringling in seinem Reich! Und so, lieber Schüler, ist der Nashornvogel. Und du bist mein Nashornvogel.

Sie verstand es natürlich. Der Ausdruck in ihren Augen verriet das, aber ihre Worte widersprachen ihr.

Sie sagte, dass das Gleichnis im Großen und Ganzen zutreffend sei, da das Nashorn ein riesiges Tier von unhöflichem Aussehen sei.

Und was dieses Gespräch betrifft, so ist er kläglich umgekommen.

Aber das war nur der Anfang einer praktischen Demonstration der Ernsthaftigkeit und Scharfsinnigkeit der Frau und ihrer großen Liebe. Es war nur ein Beweis dafür, dass sie das sein sollte, was sie mit der Zeit wurde, sein Nashornvogel in allen Dingen, seine rechte Hand, Impulsgeberin in solchen Beziehungen, bei denen der Witz und die Art einer Frau am besten dienen. Sie war von ihm. Aber bei zwei, die sich vermischten, musste es noch viele zusätzliche Pausen köstlichen Unsinns geben, bevor die Realität der Ehe kam.

Sie haben den Dingen seltsame Namen gegeben. Eines Tages aßen sie gemeinsam Hummer, und er zitierte und verdrehte in irgendeiner Stimmung immer wieder Passagen des persischen Dichters falsch, und von da an nannten die beiden gebratenen Hummer „ein Rubaiyat". Und es gab noch ein oder zwei weitere bizarre Titel, die sie für Dinge oder Orte erfunden hatten, mit dem Instinkt, eine perfekte Erinnerung so einzubalsamieren. Und jeder hatte natürlich bestimmte Sprachtricks, wie alle Menschen, und diese beiden, die so ineinander lebten, fingen all das auf und verspotteten und verspotteten und ahmten nach, bis es kaum noch Unterschiede in ihrer Aussprache gab. Für jemanden, der sie belauschte, hätte man sie vielleicht für geistesgestört halten können, obwohl sie nur im Volapuk der Liebe redeten .

Sie ähnelten einander, diese beiden Wesen, sowohl in ihren körperlichen Vorstellungen als auch in anderer Hinsicht. Jeder war zum Beispiel ein großer Wasserliebhaber, jeder war süchtig nach Bädern und Parfümen, er vielleicht wegen seiner langen Gymnasialausbildung und sie wegen des Instinkts aller Reinheit, der allen Frauen eigen ist, die es wert sind, besessen zu werden.

Eines Nachmittags waren sie aus der Stadt geflohen und gingen am Strand am See spazieren, ohne dass jemand in ihrer Nähe war. Über eine Meile in beide Richtungen konnten sie nach oben und unten schauen und feststellen, dass kein Eindringling in Sicht war. Er ließ flache Steine mit einem wirbelnden Trick des Unterwerfens über die Wellen hüpfen und galoppieren und versuchte, ihr die Technik beizubringen, und sie setzten sich auf den Sand und aßen das Mittagessen, das er sich zur Vorbereitung auf diesen großen Ausflug besorgt hatte, ein Mittagessen, das sie sich ausgedacht hatten Großes Geschick von einem großartigen Caterer und verpackt in einer Pappschachtel, die in die Jackentasche passte, und sie sprachen über viele Dinge und freuten sich über das Zusammensein und das Alleinsein. Und er, der im Sand herumzappelt, muss unbedingt viel davon in seinen Schuh bekommen. Und dann muss dieser rücksichtslose Mensch, nachdem er den Schuh ausgezogen hat, um sich vom Sand zu befreien, an eine tückische Stelle treten und seinen Strumpf kläglich nass machen. Und das Vernünftigste war, den Strumpf auszuziehen und ihn in der Sonne zu trocknen.

In Bezug auf die Gesellschaft sollte es keinen Unterschied zwischen der menschlichen Hand und dem menschlichen Fuß geben, aber irgendwie ist der durchschnittliche Mann in der Regel nicht bereit, seiner einen Frau seine nackten Füße achtlos zur Schau zu stellen , und der durchschnittlichen Frau würde eine ähnliche Offenbarung etwas unfein vorkommen; aber diese beiden waren nicht von der gewöhnlichen Sorte. Harlson zog seinen Strumpf so vorsichtig aus, wie er es mit einem Handschuh getan hätte, und breitete ihn im Sand aus, wo er trocknen konnte, und lachte über sein Unglück und versuchte mit dem Fuß im Sand herumzustochern.

Sie sah ihn neugierig an. Sie schaute auch auf den Fuß, da sie eine Frau war und dieser für sie der Mann über allen anderen war, und dann lachte sie freudig und offen heraus.

„Ich glaube niemand außer dir hätte das getan, Grant. Und was für einen Fuß du hast!“

Er antwortete mit viel Pomp, dass es sich um den berühmten arabischen Fuß handele, dessen Spann so schön gewölbt sei, dass Wasser darunter fließen könne, ohne die Haut zu benetzen. Im Moment glaubte er jedoch, dass ein wenig Wasser vorteilhafterweise darüber fließen würde, statt darunter, da der Sand ein wenig schmutzig war. Und warum hätte sonst niemand so etwas getan? Und er war froh, dass ihr sein Fuß gefiel; Tatsächlich war er froh, dass ihr etwas an ihm gefiel, und wunderte sich eher darüber, dass sie es tat und die Welt für ihn zu einem guten Ort zum Leben geworden war.

Das alles war nur die Sentimentalität, die einem Mann und einer Frau eigen ist, die ineinander verliebt sind, aber die Gedanken schweiften weiter in die Richtung, die sein Handeln und ihr Kommentar nahelegten. Sie blickten auf den See mit seinen wechselnden Farben aus Grün, Blau und Lila, und er erzählte ihr, wie er ihr eines Tages beibringen würde, wie eine Schönheit der

Sandwichinseln zu schwimmen, und sie sagte, sie würde es gerne lernen. Sie mochte das Wasser.

„Darüber bin ich sehr froh", kommentierte er; „Mir gefällt es selbst. Ich bin ein großartiger Badegast. Ich bewundere die Engländer für das ‚Tubbing', mit dem andere Leute so viel über sie scherzen. Es muss Wasser geben, in das ich morgens beim Aufstehen fallen kann." , oder auf irgendeine Art und Weise Wasser in Hülle und Fülle, sonst würde ich mich den ganzen Tag über ein wenig unwohl fühlen. Ich meine nicht nur ein leichtes Toilettengeschäft, wissen Sie, sondern einen Sprung oder einen Katarakt oder so etwas in der Art. Das ist kaum der Fall Es ist möglich, meine Liebe, dass du einen Mann heiraten wirst, dessen entfernte Vorfahren das Produkt der Evolution von Ottern und nicht von Affen waren. Denken Sie darüber nach!"

Und sie gestand halb errötend ihre eigene Vorliebe für Wasser und dass andere Frauen sie wegen einer ihrer Meinung nach auf die Spitze getriebenen Fantasie ausgelacht hatten. Und sie sagte, sie sei sehr froh, dass ein großer, großer Jemand in seiner Art zierlich sei. Obwohl sie ihn in vielerlei Hinsicht nicht gutheißen konnte, war es zumindest ein Trost, ihn für immer rein und gesund halten zu dürfen und eine Schwäche zu haben, die sie verzeihen konnte.

Er betrachtete ihre Majestät, wie sie auf einem kleinen Hügel thronte, antwortete aber auf ihre kleine Ansprache nicht. Er verehrte sie körperlich. Und aus diesem Gespräch folgte ein oder zwei Tage später eine Fortsetzung, bei der es sich lediglich um die Anbetung in materielle Dinge handelte. Von seiner Liebe und dem Bad hatte er Fantasien, und er wollte, dass das, was sie berührte, von ihm kam. Sie wurde von einem sperrigen Paket überrascht, das beim Öffnen großartige Dinge für die Liebe einer Frau mit Wasser enthüllte – das weiche türkische Handtuch, das groß genug war, um sie zu umhüllen, die parfümierten Seifen und sogar die Badehandschuhe. Und sie hatte vielleicht ein wenig Angst vor der Persönlichkeit des Ganzen, aber sie erkannte die Natur seiner Fantasie und liebte ihn umso mehr, weil er sie hatte. Es war zwar ein seltsames Geschenk, aber es waren seltsame Menschen. Sie waren sehr nah beieinander.

Auch sonst, also aus Liebhabersicht, war dieser Ausflug am See ein ereignisreicher Tag. Nachdem der Strumpf getrocknet und an seinem richtigen Platz am Fuß und wieder im Schuh steckte und das Mittagessen versandt war, gab es noch mehr müßiges Umherschweifen am Seeufer und natürlich noch mehr Liebesgespräche. An einer Stelle gab es ein kleines Wäldchen, das bis zum Wasserrand reichte, und dort setzte sie sich auf einen Sitz, der aus dem gebogenen Ast eines umgedrehten Baumes bestand, und er holte aus seiner Manteltasche ein Papier mit Makronen für ihren Nachtisch hervor, und Sie saß da und kaute wie ein Affe daran herum, während er wieder im Sand lag. Sie gab ein hübsches Bild ab, diese kleine, braune Frau, so erhaben; für ihn ein wunderbarer. Plötzlich hörte sie mit dem Kauen auf und sprach gebieterisch zu ihm:

„Kommen Sie her, Herr."

Er stand auf und ging zu ihr, stand gehorsam und wartend vor ihr. Sie griff nach oben, nahm sein Gesicht zwischen ihre Hände und zog es sanft nach unten, bis die Gesichter der beiden dicht beieinander waren. Sie sah ihm in die Augen.

„Ich habe Sie nur angerufen, Sir", sagte sie, „um Ihnen eine bestimmte Information mitzuteilen. Ich bin in Sie verliebt."

KAPITEL XXII.

NOCH ZWEI Idioten.

Wenn eine Frau, die alles ist, was ein Mann auf der Welt hat, in die köstlich großzügige Stimmung der Verlassenheit verfällt und offenbart, was in ihrem Herzen ist, kommt der Mann, wie ich von verschiedenen hervorragenden Autoritäten erfahren habe, dem Himmel so nahe wie möglich er mag es jemals im Fleisch tun. Und Harlson bildete keine Ausnahme von der Regel. Die kleine Persönlichkeit auf dem Ast des umgestürzten Baumes besaß ihn so absolut und vollständig wie Kleopatra je einen Sklaven oder Elisabeth eine Dienerin.

„Ich weiß nicht, was ich sagen soll", murmelte er. „Es gibt keine Worte – aber – du verstehst."

Sie zog sein Gesicht noch näher an sich heran und küsste ihn auf die Lippen, obwohl sie dabei errötete, denn diese junge Frau hatte Fantasien in Bezug auf Lippen und Küsse, die von einer größeren Anzahl der Frauen des Landes gepflegt werden sollten. Dann sagte sie ihm, er solle sich wieder in den Sand legen; dass sie ihn ansehen wollte. Und er gehorchte wie eine Maschine.

Sie war auf jeden Fall in einer fantastischen Stimmung. Sie beobachtete ihn, ihre Wange ruhte lange Zeit auf ihrer kleinen Hand, ein nachdenklicher Ausdruck auf ihrem Gesicht. Dann brach sie ungestüm aus:

„Wie glatt und sauber dein Gesicht ist! Gehst du – gehst du – du weißt, was ich meine. Gehst du jeden Tag zu einem Friseur?"

Er antwortete, dass er sich rasiert habe.

„Ist es sehr schwer?" Sie fragte.

„Nun, das kommt darauf an."

Sie studierte noch einmal lange, dann sprach sie erneut und errötete diesmal vor Wut:

„Grant, Liebes, ich möchte immer Dinge für dich *tun* . Ich möchte auf dich aufpassen. Es kommt mir so vor, als würde ich eines Tages vielleicht lernen, weißt du. Es kommt mir so vor, als würde ich es irgendwann fast schaffen."— mit einem kleinen Keuchen – „Rasiere dich."

Er wollte sie in seine Arme nehmen, sie ersticken und streicheln, nach diesem Höhepunkt des zärtlichen Eingeständnisses, aber sie winkte mit der Hand, als sie sah, wie er sich erhob. Damals verfiel er in seine unwürdige Angewohnheit, mit ihr über umfangreiche Wissenschaft zu reden.

„Meine Liebe, dieser Traum kann, so hoffe ich, in Erfüllung gehen. Ich würde lieber mein Gesicht von dir aufschneiden lassen, als vom sorgfältigsten, gewissenhaftesten und stillsten Friseur der gesamten Christenheit rasiert zu werden, aber Rasieren ist eine sehr ernste Angelegenheit. Es Es ist nicht das Entfernen des Bartes, das den Intellekt auf die Probe stellt; es ist das Schärfen der Rasiermesser."

„Wie ist das, Herr?"

„Alle Rasiermesser sind weiblich und Gegenstand von Stimmungen. Der Rasierer, den Sie heute schärfen, ist möglicherweise nicht scharf, obwohl er mit aller Beharrlichkeit und Geschick am Schleifstein oder am Riemen manipuliert wird. Der Rasierer, den Sie morgen schärfen, ist möglicherweise weitaus handlicher. Darüber hinaus „Das Rasiermesser, das heute vergleichsweise stumpf ist, kann morgen ohne weitere Behandlung scharf sein."

Sie sagte, dass das ihrer Meinung nach Unsinn sei und dass er versuche, einem Mädchen ohne Freunde etwas aufzuzwingen, weil das Thema eines sei, bei dem Männer normalerweise das Monopol hätten und bei dem sie alle Weisheit voraussetzen würden, und , vielleicht, Witze machen.

„Ich meine es ernst", sagte er. „Rasierer haben Stimmungen und sind dafür bekannt, dass sie schmollen. Aber die Wissenschaft hat das Rätsel ihrer Possen gelöst. Es wurde entdeckt, dass das Wetzen die Position der Metallmoleküle verändert, so dass hinter der vermeintlichen Kante häufig etwas zurückbleibt, das keine perfekte Kante ist." Schärfen, aber mit der Zeit werden sich die Moleküle neu anpassen und die Schneide kehrt zurück. Meine Liebe, du bist jetzt oder solltest es zumindest sein, eine Frau, die selten in einem großen Mysterium bewandert ist. Gibt es keine Belohnung für Verdienste?"

Sie verachtete die Antwort auf eine solche Bemerkung, rutschte aber von ihrem Platz mit der Bemerkung herunter, dass sie „et herzhaft" sei. Ein Mann, der in ihrer Nähe in einem Restaurant gegessen hatte, hatte diesen Ausdruck verwendet, und beide hatten ihn sofort übernommen.

Er stand auf, trat an ihre Seite, beugte sich vor und atmete den Duft ihres Haares ein.

Sie blickte schelmisch auf. „Du bist ein großes schwarzes Tier!"

Wie bereits erwähnt, waren diese beiden sehr dumm.

Als Grant Harlson am selben Abend sein Büro erreichte, erwartete ihn eine Nachricht. Es war ein hübsches, duftendes Ding, und er kannte die Handschrift darauf gut. Er hatte den Schriftsteller drei Monate lang nicht gesehen. Er hatte ihre Existenz fast vergessen, und doch war sie eine Zeit lang eng mit seinem Leben verbunden gewesen. Er öffnete den Umschlag und las die Notiz:

MEINE LIEBE GRANT: Du weißt, dass ich – für eine Frau – philosophisch bin und nie anspruchsvoll war. Allerdings habe ich mir Gewohnheiten angewöhnt und habe gewisse dumme Verhaltensweisen. Eine dieser Möglichkeiten bestand darin, vor nicht allzu langer Zeit viel mit Grant Harlson zusammen zu sein. Irgendwie habe ich ihn verloren, bin aber immer noch neugierig, sein Gesicht wiederzusehen und festzustellen, ob es sich verändert hat. Ich habe ihm auch etwas zu sagen. Bitte rufen Sie mich heute Abend an. ADA.

Die Wirkung des Briefes auf den Mann war nicht gerade angenehm. Er verspürte ein gewisses Schuldgefühl wegen seiner eigenen Gleichgültigkeit. Mit dieser klugen Frau aus der gesellschaftlichen Welt, von der er wusste, ließe sich niemand, der keine Waffen trug oder unentschlossen war, auf die leichte Schulter nehmen. Er hatte gehofft, sie würde ihn vergessen, dass seine eigene Gleichgültigkeit bei ihr das gleiche Gefühl hervorrufen würde, und jetzt wusste er, dass er sich geirrt hatte, wie sich Männer zuvor geirrt hatten. Es stand ein Interview bevor, und eines davon versprach interessante Features . Er begann die Mission mit einer Grimasse.

KAPITEL XXIII.

NUR EIN KANG.

Mrs. Gorse sei zu Hause, sagte der Diener, und Harlson habe sie in einem Raum erwartet, der einen Besuch wert sei, so luxuriös seine Ausstattung und so zart seine Farben und Düfte. Frau Gorse war eine Frau mit bewundernswertem Geschmack und eine Frau, die es verstand, dramatische Wirkung zu erzielen. Aber dramatische Auswirkungen zwischen ihr und Grant Harlson gehörten der Vergangenheit an. Menschen kennen sich manchmal so gut, dass es absurd ist, etwas anderes als die Realität einzuführen. Mrs. Gorse unternahm keine Anstalten, als Harlson eintrat. Sie war nicht gestellt. Sie stand auf und traf ihn lächelnd an der Tür.

„Wie geht es dir, Grant?"

„Mir geht es gut", sagte er, „und wie geht es dir? Auf jeden Fall siehst du gut aus."

„Ich bin nicht krank. Ich glaube, ich bin weder rundlicher noch dünner als sonst. Ich stelle mir vor, dass mein Gewicht normal ist."

Er lachte.

„Und wie viel kostet das?"

Die Frau errötete ein wenig.

„Es lohnt sich kaum, es zu erzählen, da Sie sich nicht erinnern. Es gab eine Zeit, wissen Sie, da hatten Sie eine Laune darüber und ich musste mich bei Ihnen melden. Sie gaben an, dass Sie auf meine Gesundheit oder mein persönliches Aussehen bedacht seien , oder was auch immer es war, das Sie zu dieser Forderung geführt hat. Und Sie haben es vergessen.

Er war unruhig. „Das stimmt, Ada. Ich hatte diese Modeerscheinung, nicht wahr? Nun, ich habe die Zahlen vergessen, aber ich sehe, dass du immer noch du selbst bist und so, wie du sein solltest."

Sie zuckte mit den Schultern. „Nehmen Sie den großen Stuhl. Der gefällt Ihnen am besten. Sie sehen, ich vergesse gewisse Kleinigkeiten nicht" (dies mit leicht zitterndem Tonfall). „Und erzähl mir von dir. Ich habe dich drei Monate und länger nicht gesehen. Warst du nicht nicht in der Stadt? Hättest du mir nicht eine Nachricht schreiben können?"

„Ich war nicht außerhalb der Stadt. Ich hätte dir vielleicht eine Nachricht schreiben können, aber ich dachte nicht, dass es eine Rolle spielt."

„Doch es gibt eine Legende, die besagt, dass Männer und Frauen manchmal solche Freunde werden und solche Beziehungen haben, dass eine plötzliche, unerklärliche Abwesenheit von drei Monaten eine große Rolle spielt."

„Das ist so. Aber – was nützt das, Ada? Bei uns spielt das doch keine Rolle, oder? Sind wir nicht alle in der Lage, auf uns selbst aufzupassen? Gehörten wir jemals zu den konventionell Sentimentalen?"

Sie seufzte. „Ich nehme an, nicht. Aber es ist ein bisschen so geworden, nicht wahr,
Grant? Hat dir das alles nichts gebracht?"

„Das werde ich nicht sagen", antwortete er. „Es hat mir sehr viel gebracht, aber ist es jetzt nicht klüger, alles in der Vergangenheitsform zu schreiben? Was haben wir davon?"

Sie versuchte zu lächeln. „Nichts, nehme ich an." Dann brach es heftig aus: „Sie sind ein seltsamer Mann! Sie sind wie das Geschöpf Markgraf in Bulwers harter „Strange Story", mit Geist und Körper, aber ohne Seele oder Mitgefühl."

Der Mann wiederum wurde fast wütend. Er sprach grimmiger:

„Du bist nicht gerecht! Habe ich irgendein Versprechen gebrochen oder ein Versprechen gebrochen, auch ein stillschweigendes? Haben wir uns nicht unter gleichen Bedingungen gekannt? Es war nur ein Pakt zum gegenseitigen Vergnügen, bis einer von beiden müde werden sollte. Wir machen uns keine Illusionen." Du bist eine Lilith der roten Erde, nicht von Adam; du bist eine Frau, süß und leidenschaftlich und freundlich, aber auch seelenlos und launisch; und ich, ein geschulter Mann, der durch Erfahrung so seelenlos geworden ist, wir haben uns getroffen und uns ohne Worte darauf geeinigt Brechen Sie eine Lanze in einem Flirt. Und dass beide Lanzen zersplittert waren, spielt jetzt keine Rolle. Wir hatten Freude über die Begegnung, nicht wahr, und noch mehr, nachdem jeder Gefangene kapitulierte? Aber es war nur eine nachahmende Kriegsführung. Das war nicht der Fall das echte Ding."

„Offensichtlich nicht – für Sie! Leider vergisst man manchmal, und dann ist man in Gefahr."

Er war beunruhigt. Er erhob sich, trat an ihre Seite und legte seine Hand auf ihren Kopf, den normalerweise stolz getragenen Kopf einer hübschen Frau, der sich jetzt neigte, um ein Gesicht zu verbergen, das zu viel verriet. „Es ist alles bedauerlich. Es ist bedauerlich, dass wir uns kennengelernt haben, wenn es Ihnen so wichtig ist, wie Sie behaupten. Ich hatte uns als gleichwertig angesehen; dass Sie sich wie ich um den Tag gekümmert haben und nie um den Morgen, soweit es uns beiden ging betroffen."

Sie hob ihr Gesicht. "Liebst du mich?" Sie sagte.

Er zögerte. „Ich mag dich."

"Liebst du mich?"

„In dem Sinne, wie du es wohl meinst, nein."

Sie sah ihn einen Moment lang nicht an; Dann stand sie schnell auf und sah ihm direkt ins Gesicht.

"Ist da noch jemand ?"

Er hat nicht geantwortet.

"Ist da noch jemand ?"

"Ja."

„Dann *ist es* unglücklich, wie Sie sagen – und für sie."

"Wie meinst du das?"

„Ich meine, dass ich es nicht ertragen werde, von dir fallen gelassen zu werden, so wie ein Kind ein Spielzeug fallen lässt, dessen es überdrüssig ist. Ich meine, dass ich dich nicht einem neuen Geschöpf überlassen werde, das eingegriffen hat! Was macht es schon, dass es nichts gegeben hat." Versprechen zwischen uns? Du hast mich dazu gebracht, dich zu lieben! Du weißt es! Allein das, was du und ich füreinander waren, ist ein Versprechen für die Zukunft. Oh, Grant!"

Die Augen der Frau waren voller Tränen und ihre Stimme war ein Stöhnen. Der Mann litt sowohl unter Scham als auch unter Qualen. Er wusste, dass sich die Beziehungen, so nachlässig er auch gewesen war, zu einer Dauerhaftigkeit entwickelt hatten. Zumindest hatte die Frau Recht mit ihrer Behauptung, dass für einen Vertrag nicht immer Worte nötig seien. Was könnte er tun? Dann kam der Gedanke an Jean. Ein Haar ihres braunen Kopfes bedeutete ihm mehr als diese Frau oder jede andere Frau, die er jemals gekannt hatte. Er war entschieden.

„Ich bin ein Rohling, Ada", sagte er, „oder zumindest muss ich brutal sein. Wir kümmern uns in gewisser Weise umeinander, und wir haben gemeinsam viele der guten Dinge im Leben gefunden, aber wir." sind keine Liebenden im weiteren Sinne. Wir könnten es nie sein. Es bedeutet viel. Es bedeutet ein Zusammenwirken von Leben, eine Einheit, ein Zusammentreffen von Seele, Herz und Leidenschaften und die Bereitschaft, bei Bedarf Opfer zu bringen. Das haben wir nicht Das war so und ist es nicht. Wir waren mehr wie zwei Schachspieler. Wir hatten beiderseitiges Vergnügen an dem Spiel, aber wir waren trotzdem Gegner. Das Spiel ist vorbei, das ist alles. Das ist nicht der

Fall Es spielt keine Rolle, wer das Spiel gewonnen hat. Wir nennen es unentschieden, oder Sie haben es. Aber es ist vorbei!"

Sie stand mit einer Hand auf ihrer Brust. Ein Anflug von Schmerz erschien auf ihrem Gesicht und es folgte ein strenger Blick.

„Es ist Unsinn, über das Spiel zu reden. Das Spiel endete vor einem Jahr, und du warst der Gewinner. Jetzt bist du unvorsichtig, was den Preis angeht! Na ja ", (bitter), „er ist vielleicht nicht viel wert – für dich."

„Es ist viel wert. Es war mir sehr viel wert. Aber ich muss darauf verzichten."

„Warum hast du dafür gesorgt, dass ich mich um dich kümmere?" sie forderte noch einmal heftig.

„Ich habe nicht mehr getan als du. Wie ich bereits sagte, haben wir das Spiel zusammen gespielt. Es ist nur die übliche Art, wie ein Mann und eine Frau flirten. Wir hätten beide besser auf der Hut sein sollen."

Die Frau schwieg eine Weile und es war offensichtlich, dass sie sich um Selbstbeherrschung bemühte. Es gelang ihr. Sie hatte Harlson halb den Rücken zugedreht , und als sie ihn wieder ansah, hatte sie ihre Würde angenommen.

„Sie haben schließlich recht", sagte sie. „Ich habe deinen eigenen Charakter nicht gut genug berücksichtigt. Du bist der Dinge überdrüssig. Du wirst der Frau überdrüssig sein, die du jetzt liebst. Und du wirst zu mir zurückkommen, nur weil ich weniger sentimental und daher weniger eintönig war als manche." andere. Ob ich dich empfangen werde oder nicht, wird die Zeit entscheiden. Soll ich das so sehen?"

Er verbeugte sich. „Das ist vielleicht ein ebenso guter Weg wie jeder andere. Es   spielt   keine   Rolle. Würdest du mir die Hand geben, Ada?"

Sie streckte lustlos ihre Hand aus und er nahm sie. Eine Minute später war er auf der Straße. Und so wurde die letzte Verbindung einer Art mit der Vergangenheit unterbrochen. Es dauerte lange, bis er Jean von diesem Interview erzählte – auch wenn er ihr gegenüber kein Geheimnis machte. Und dann verriet er den Namen der Frau nicht, und sie wollte es auch nicht wissen.

KAPITEL XXIV.

Was die anderen betrifft.

Die Zeit vergeht, selbst mit einem ungeduldigen Liebhaber, und so ging Grant Harlsons Bewährungszeit endlich zu Ende. An der Hochzeit war nichts Dramatisches.

Für ihn war die Zeremonie lediglich die Erlangung der menschlichen Eigentumsurkunde für das Vermögen, das ihm auf Erden gehörte, und für Jean Cornish war es nur die völlige Hingabe an den Mann – das, was sie mit sich selbst tun wollte. Es waren nur wenige von uns anwesend, aber wir waren die engsten Freunde der beiden. Sie waren ein beeindruckendes Paar, als sie zusammenstanden und ruhig ihren Glauben beteuerten: er groß und stark, fast bis zur Stämmigkeit, und sie schlank, süß und geschmeidig . Bei beiden war keine Nervosität zu erkennen, vielleicht weil sie so ernst waren. Und dann trug er sie von uns weg.

Sie waren noch nicht lange weg, dieses frisch vermählte Paar, als sie in das Heim zurückkehrten, das er vorbereitet hatte. Als Kommentar zu den verlorenen Jahren bemerkte er halb grimmig zu mir, dass sie sich so spät in der Brutzeit getroffen hätten, dass keine Zeit verschwendet werden dürfe. Von diesem Zuhause wird auf anderen Seiten noch mehr erzählt werden, aber ich spreche jetzt nur von den beiden Menschen.

Als ich zum ersten Mal mit ihnen zu Abend aß, bemerkte ich einen Unterschied in ihrer Art, was ich natürlich sofort nach ihrer Rückkehr bemerkte. Ich hatte vorher geglaubt, dass sie in Gedanken und Sein sehr nahe beieinander lagen, aber ich sah, dass da noch mehr war. Die süße, heilige Intimität, die die Ehe ermöglichte, hatte dem, was mir bereits vollkommen vorgekommen war, noch mehr Fülle verliehen. Aber ich war einer, der über viele Dinge viel lernen konnte. Und doch sollten sich diese beiden noch näher kommen – einander näher durch ein besseres gegenseitiges Verständnis und neue gemeinsame Hoffnungen. Es dauerte lange, bis ich es verstand.

Es war eines Tages nach dem Abendessen und im Wohnzimmer, das gleichzeitig eine Bibliothek war. Sie wollten an diesem Abend ausgehen, aber es war noch früh, und er lehnte sich in einem großen Stuhl zurück und rauchte die postprandiale Zigarre, und sie rollte sich auf einem niedrigeren Sitz ganz in seiner Nähe zusammen, so nah, dass er seine Hand auf sie legen konnte Kopf, und sie redeten leichtfertig über viele Dinge. Endlich blickte sie ernster auf.

„Wirst du jemals genug davon haben, Grant?"

Er lachte glücklich.

„Was hast du satt, Brownie?"

„Davon, von mir und von allem. Wirst du nie der Stille überdrüssig werden und etwas Abwechslung wollen? Es muss dir in der Tat sehr am Herzen liegen, wenn du es nicht willst."

Er sprach langsam.

„Mir kommt es so vor, als ob wir, auch wenn wir alle tausend Jahre leben würden, nie müde werden würden, so wie es ist. Aber natürlich wird es nicht einfach so sein. Wir könnten es nicht so beibehalten, wenn wir wollten, und würden es nicht tun, wenn wir könnten.

„Warum sollte es sich ändern?"

Er zog sie nah an sich, legte seine Hand auf ihr Gesicht und küsste sie auf die Stirn.

„Ich werde wieder mehr im Kampf sein. Das muss ich sein. Du möchtest nicht, dass dein Mann ein Faulpelz unter den Männern ist, und das wird mich manchmal von dir wegbringen, wenn auch nie für lange, denn ich fürchte, ich werde egoistisch sein und es tun." Du bist bei mir, wenn es lange Reisen gibt. Und es wird sich auch ändern, weißt du – denn du siehst, Liebes, es kann sein – die anderen. Du hoffst es ja, bei mir, nicht wahr?"

Ihr Gesicht blieb für kurze Zeit verborgen. Als sie es hob, war eine Röte auf ihren Wangen, aber ihre Augen hatten nicht den Ausdruck, den er erwartet hatte.

"NEIN!" Sie sagte.

Er antwortete nicht, weil er es nicht verstehen konnte. Er sah sie erstaunt an und sie brach unbekümmert aus:

„Ich liebe dich so sehr, Grant! Ich liebe dich so sehr! Ich will dich, nur dich und sonst niemanden. Sind wir nicht so glücklich, wie wir sind? Bist du mit mir nicht zufrieden, nur mit mir? Du bist wie alle Männer! Du sind egoistisch! Du – oh, Liebling! Du liebst mich so sehr – das weiß ich – aber du denkst – es scheint jedenfalls so –, dass ich nur Teil eines Lebensplans bin, eines Lebens, das dich glücklich machen wird. Meine Liebe , mein Mann! Warum muss das so sein? Warum bin ich nicht genug? Warum dürfen wir nicht eins sein, nur eins, und so sein? Ich will nichts mehr. Warum solltest du? Sind wir nicht alle unsere eigene Welt? I wird alles für dich sein. Oh, Grant!" Und sie hörte schluchzend auf.

Der Mann sagte nichts. Er konnte es zunächst nicht verstehen; Dann begriff er nach und nach, wie unterschiedlich ihre Träume in mancher Hinsicht gewesen waren. Es war unerklärlich. Er dachte an den Mutterinstinkt, der selbst einem kleinen Mädchen eine Puppe schenkt. Er hatte angenommen, dass seine eigenen Fantasien nur eine schwache Widerspiegelung dessen waren, was im innersten Herzen der Frau vorging, die er so liebte. Er platzte fast grob heraus:

„‚Portia ist Brutus' Hure, nicht seine Frau.'" Dann fügte er bitter hinzu: „Diesmal ist es der Mann, der es sagt, sehen Sie."

Eine Sekunde später hatte er voller Scham und Reue die schlanke Gestalt in seinen Armen aufgefangen und hielt sie fest an sich gedrückt.

„Ich bin ein Rohling, mein Lieber", sagte er, „und es gibt keine Entschuldigung für mich. Ich verstehe, glaube ich. Wir haben anders geträumt. Das war alles. Hättest du mich weniger geliebt, mein Lieber, hättest du mehr geliebt." Wie andere Frauen. Aber das spielt keine Rolle. Es soll so sein, wie du es sagst, wie du es dir wünschst oder dir vorstellst. Wir dachten anders, aber du warst genauso der Dreh- und Angelpunkt meiner Gedanken wie ich deiner. Es war von dir, für Du, und wegen dir hatte ich meine Visionen. Das ist alles. Und wir werden nicht mehr darüber reden."

Sie schmiegte sich näher an ihn, und er streichelte die braune Masse ihres Haares und schwieg. Einige Momente vergingen so. Dann stand sie auf, setzte sich aufrecht hin und sah ihm tapfer ins Gesicht.

„Ich habe nachgedacht", sagte sie, „und ich kann sehr gut denken, wenn ich dir so nahe bin und mein Kopf dort ist, wo er jetzt ist. Ich habe nachgedacht und mir ist der Gedanke gekommen, dass ich kein kluger Mensch war.", gute Frau, und ich möchte, dass du mir verzeihst.

Seine Antwort enthielt überhaupt keine Worte, war aber für jeden Zweck angemessen.
Sie stieß ihn von sich weg und sagte ernst:

„Wirst du etwas für mich tun, Grant?"

"Ja."

„Wirst du es jetzt tun?"

„Ja – wenn es gut für dich ist."

jemand anderen vorstellst , jemanden, den du schätzt, der dir aber nicht besonders am Herzen liegt. Und dann möchte ich, dass du mir sagst, was du denkst, worüber du am besten denken würdest." die – „die anderen" – erröteten schöner als jede Rose, die jemals auf einem Stiel wuchs. "Wirst du das tun?"

Sein Gesicht war sehr ernst. „Ich werde es versuchen", sagte er, „aber ich kann mir kaum vorstellen, dass du jemand anderes bist. Wie kann ich das tun, wenn ich dir in die Augen sehen kann, meine kleine Frau? Ich werde es aber versuchen."

„Dann rede jetzt mit mir."

Er war beunruhigt. Er wusste nicht, wie er sich in dem von ihm verlangten Geist ausdrücken sollte, und er sah sie am Anfang nicht an.

„Schatz, du bist ein Teil von mir und du bist das Größte in meinem Leben. Alle meine Gedanken drehen sich um dich. Ich glaube nicht, dass es jemals eine glücklichere und teurere Zeit geben wird als diese gehen zusammen durch, ohne dass uns jemand belästigt oder voneinander abhält. Du kennst mich jetzt gut. Ich bin, was ich bin, und war nie ein Mann mit stärkeren persönlichen Stimmungen oder einer, der so sehr nach der einen Frau hungerte. Und du sind die einzige Frau, das einzige physische Objekt auf der Welt, das ich verehre. Es ist nicht nötig, dass ich dir etwas erzähle. Und du hast auch gelernt, wie ich mich auf größere und vielleicht auch reinere Weise um dich kümmere . Wir sind glücklich zusammen. Aber, meine Liebe, wir sind ein Mann und eine Frau, ein amerikanischer Mann und eine amerikanische Frau, von sozialer Ebene – denn trotz aller Demokratie gibt es soziale Ebenen –, in der es mir so vorkommt, als wären wir eine Familie Es wird inzwischen fast als Schande, als etwas Vulgäres und Ärgerliches angesehen. Und es scheint mir, dass dies etwas Unnatürliches und völlig Falsches ist. Was auch immer die Natur vorschreibt, ist das Beste. Zu tun, was die Natur vorgibt, bedeutet, das größte Glück zu erlangen. Es mögen Prüfungen kommen, neue Sorgen und Belastungen aufs Spiel gesetzt werden, aber die Natur bringt ihre Belohnung. Ich möchte, dass du die Mutter unseres Kindes bist, unserer Kinder, wie auch immer. Ich weiß, was Sie gedacht haben, ich verstehe es jetzt, aber wie können Kinder uns trennen? Wenn ein Mann und eine Frau gemeinsam auf ein Kind schauen, einen anderen Menschen, einen Teil von jedem von ihnen, ein Wesen, das nie existiert hätte, wenn sie sich nicht gefunden hätten, ein Wesen mit den Eigenschaften beider zusammen, kommt es mir so vor wenn ihre Seelen irgendwie wie nie zuvor verschmelzen sollten. Dann sind sie mit Sicherheit eins. Sie sind zu einer Einheit im großen Plan der Existenz geworden. Und so, Liebling, habe ich viel nachgedacht und nachgedacht. Ich habe von dir als der kleinen Mutter geträumt, der Person, die nicht zu dem albernen modernen Typ gehört, der Person, die sich mit mir genauso wenig schämen würde wie unsere robusten Vorfahren einer robusten Familie, wenn wir so gesegnet wären . Derjenige, der mit mir als Frau und Mann glücklich sein würde. Und wie gesagt, es könnte uns niemals trennen. Es würde mich nur noch völliger zu dir machen, wachsamer, wenn das möglich wäre, zärtlicher, wenn das möglich wäre, mehr Anbetung für dich im größeren Leben von uns beiden zusammen, uns beiden vollkommener. Und das ist alles. Es soll so sein, wie du sagst, und ich werde mich nicht beschweren, denn ich kenne deinen Impuls in dem, was du gesagt hast, und all seine Liebenswürdigkeit."

Sie hatte jedem Wort aufmerksam zugehört und ihr Gesicht war abwechselnd rot und blass geworden. Als er fertig war , kuschelte sie sich enger an ihn und sagte immer noch nichts. Als sie sprach, sagte sie Folgendes, und sie sagte es ernst:

„Ich habe mich geirrt, mein Mann; ich war eine selbstsüchtige, verliebte Frau, die mit einer dummen Idee liebte, die ihre Fülle beeinträchtigte. Du hast mir etwas beigebracht, Liebes. Du könntest mir den Gedanken, den ich hatte, nicht noch einmal geben, selbst wenn du es getan hättest Versuchen Sie es selbst, denn ich sehe es jetzt. Und – –"

Sie legte ihre Arme um seinen Hals und vergrub ihr schönes Gesicht auf dem Kissen, das ihr so bequemen Schutz bot. Was den Mann betrifft, so hatte er so etwas wie einen Kloß im Hals, aber er sprach mit einem Versuch der Verspieltheit, obwohl seine Stimme ein wenig zitterte:

„Es ist richtig, meine Liebe. Und wir werden diese unsere Natur gemeinsam besuchen. Es ist jetzt Saison und nächste Woche gehen wir zelten. Ich möchte alten Freunden von mir, den Geistern des Waldes, zeigen, wie schön eine Frau ist." Ich habe gewonnen."

Und ein paar Tage später gab es in der Stadt eine hübsche kleine Szene. „Sportartikel", stand auf dem Schild über der Tür, und in den Fenstern hingen zahlreiche Holzenten und zierliche Stäbe aus gespaltenem Bambus, glitzernde Neusilberrollen und bunte Fliegen und tausend Dinge, die das Herz eines Fischers oder Jägers erfreuen. Treten Sie ein, ein breitschultriger Herr und eine hochmütige Frau, letztere trotz ihrer Stattlichkeit ein wenig verlegen.

„Wie geht es dir, Jack?"

Dies an den Besitzer des Lokals, der sich meldet.

„Wie geht es dir, Harlson ?"

„Das ist Frau Harlson ." Die Zeremonie findet statt. „Nun, Jack, hier ist eine ernste Geschäftsangelegenheit. Haben Sie ein Privatzimmer? Und ich möchte, dass Sie viele leichte Watstiefel – die kleinsten Größen – einschicken. Und ich möchte noch ein paar andere Dinge." Und die Liste ist gegeben.

Und die Dame und der Herr verschwinden in einem kleinen Raum, der ihnen zugewiesen wurde, und eine Menge Watstiefel werden hereingebracht, und die Zeit vergeht. Und schließlich tauchen die Dame und der Herr wieder auf, die Augen des Mannes voller Lachen und die Augen der Frau voller Lachen und Verwirrung, und schon ist ein Paket zusammengestellt.

„Schick es zu mir nach Hause, Jack", sagt der Mann und das Paar verlässt den Ort.

KAPITEL XXV.

WIEDER REIF.

Michigan ist in zwei Halbinseln geteilt, deren Scheitelpunkte aufeinandertreffen.

Der Staat hat die Form einer Sanduhr, wobei der obere Teil nach links gedreht ist. Auf allen beiden Halbinseln gibt es blaues Wasser, die Binnenmeere, die Seen Michigan, Superior und Huron. Auf der oberen Halbinsel gibt es große Mineralvorkommen, Kupfer und Eisen, einen verkümmerten, aber robusten Waldbestand und Hunderte kleiner Seen. Die untere Halbinsel ist an ihrer Spitze noch weitgehend unbeansprucht von der Natur, aber nach Süden hin weitet sie sich in das weite Gebiet der Getreide- und Apfelblüten und der großen, schmucken Städte aus, einst das Land der Eichenwälder, der Treffpunkt von Pontiac und von Tecumseh, geflochten und durchzogen von einer von Coopers Romanzen.

Diese Beschreibung befasst sich mit dem Kamm der unteren Halbinsel. Es gibt nicht die Härten der nördlichen Halbinsel; dort lockte das Holz weder Waldplünderer an, noch folgten ausgetrocknete Bachbetten kahlgeschorenen Wäldern, noch drang der Bauer in die Region mit leichtem Boden ein. Es gibt den dichten, aber verkümmerten Wuchs des harten Ahorns, der Kiefer, der Buche und der Tanne, und es gibt Sturmbäche und Brandrodungen, die manchmal die Bäche überbrücken. Es gibt immer noch schwarze Eschenmulden und trockene Buchenrücken, aber sie sind nicht so massiv wie weiter südlich. Es gibt immer noch das lauernde Reh und den Schwarzbären und das Halshuhn, das „Rebhuhn" in der Landessprache, den „Fasan" des Südens und Südwestens. Es gibt Dutzende kleiner Seen, tief und rein und bewirtschaftet, und plätschernde Bäche, und es gibt die zum Ritter geschlagene gesprenkelte Forelle, den Wikinger- Schwarzbarsch und diesen verwegenen Aristokraten, die Äsche.

Eine Möglichkeit, von Michigan nach Huron zu gelangen, ist ein Kanu, das sich ohne Gepäckträger von Waldsee zu Waldsee durch von Gestrüpp bedeckte Bäche schlängelt. In dieser Region blüht das Leberblümchen im zeitigen Frühjahr duftend neben der Schneebank, und hier gibt es den Erdbeerbaum wie in Neuengland. Natternzungen, Veilchen und Anemonen gibt es hier in seltener Fülle zu ihrer Zeit, und der wandernde graue Wolf, fast der letzte seiner Art, schreitet sanft über mit Wintergrün bedeckte und mit scharlachroten Beeren geschmückte Hügel. Es ist ein Land mit blauem Wasser und reiner Luft, mit tiefen Wäldern und langen Gassen, die sich über starken Bächen erstrecken.

Dies ist die südliche Halbinsel von Michigan in ihrem nördlichen Teil, und hier kamen zwei Menschen, als der erste Verdacht auf einen Gelbstich auf den Blättern bestimmter Bäume aufkam, als die harten Ahornbäume zuerst in schwachem Rot aufblitzten.

Zuerst kamen drei von ihnen, denn da war der Mann mit dem Wagen, der in der Außensiedlung beschäftigt war und sie fünfzehn Meilen in die Tiefen des Waldes brachte. Sie trotteten durch einen Torbogen über einen alten Pfad, der Heimbewohner saß munter, wenn auch unsicher, auf dem Vordersitz – denn die Straße war stellenweise schief – und hinter ihm ein Paar aus der Stadt, ein Mann und eine Frau, der Mann lachte und Er unterstützte seinen Begleiter, während der Wagen schwankte, und die Frau staunte und war mutig und lachte auch über die Seltsamkeit des Ganzen. Der Wald versetzte sie ein wenig in Erstaunen und versetzte sie ein wenig in Ehrfurcht, aber aus der Ehrfurcht vor ihm erwuchs bald viel Freundlichkeit, als sie dahinstürmten. Sie war empfänglich, diese spielerische Frau, und kannte die Natur, als sie ihr begegnete.

Im hinteren Teil des Wagens hockte oder stand er aufrecht oder legte sich hin, je nach Lust und Laune auf seine kastanienbraune Erhabenheit, ein großer irischer Setter, der von dem Mann geliebt wurde, weil er so manchen gemeinsamen Tag in Stoppeln oder auf der Brachfläche verbracht hatte, geliebt von dem Frau, weil er, der Setter, bereits gelernt hatte, die Frau zu lieben und als Schiedsrichterin zu betrachten, als Königin von etwas, von dem er nicht wusste, was.

Und so rumpelte der Wagen weiter, schwankte und neigte sich und erreichte schließlich am Nachmittag eine Stelle, an der die Straße zu enden schien. Es gab eine kleine offene Lichtung, aber nur ein paar Meter breit, und rundherum war dichter Wald, und direkt hinter der Lichtung schienen die Baumwipfel gesenkt zu sein, denn es gab einen Abstieg und einen See von einer halben Meile Länge , so klar wie Kristall und so blau wie der Himmel. Etwas weiter hinter der Lichtung war das Gurgeln und Rauschen eines Baches zu hören, der durch eine tiefe Mulde quer durch den Wald floss und sich bereitwillig in den See ergoss. Dies war der Ort, an dem diese beiden Menschen, dieser Mann und diese Frau, ihre jetzige Reise beenden sollten, denn der Mann war schon einmal dort gewesen und wusste, was er dort suchen und was er finden musste.

Und es gab eine knarrende Wendung des Wagens, ein Aussteigen und ein Entladen verschiedener Dinge. Es gab die gesamte Ausrüstung für einen Jäger in den nördlichen Wäldern, und es gab darüber hinaus Dinge, die darauf hindeuteten, dass der Jäger dieses Mal nicht allein war. Es gab ein Zelt, das über mehr als gewöhnlich ausgewählte Einrichtungsgegenstände verfügte, und es gab zwei echte Dampferstühle mit Rückenlehnen, und es gab vier oder fünf von dem, was man im Land „Komfort" oder „Bettdecken" nennt, große Steppdecken, dick gepolstert, meist mit einem weißen Muster aus Sternen oder Blumen auf leuchtendem Rot bedeckt, und es gab Ruten und Gewehre und zahlreiche Utensilien für einfaches Kochen.

Der Wagen mit seinen Pferden und seinem Fahrer drehte sich um und taumelte bei seiner Rückkehr über die Straße, und sie blieben allein im Wald zurück, Meilen von der Zivilisation, Meilen von jedem Menschen entfernt, außer dem Fahrer, der sie schnell verließ, der Mann und die Frau und die Setterhund.

Sie schienen durch den Umstand weder deprimiert noch beunruhigt zu sein.

Die Ladung des Wagens war auf einem Haufen zurückgelassen worden. Der Mann zog einen Campingstuhl mit Rückenlehne heraus, öffnete ihn und stellte ihn ganz nahe am Rande der Lichtung ins Gras und verkündete, dass der Thron für die Kaiserin bereit sei, nicht für Großbritannien und Indien. noch von irgendeinem anderen Teil der Erde, sondern von der Welt; es war fertig, und würde sie ihren Platz einnehmen?

Er erklärte, dass sie, da es derzeit einige Dinge gäbe, von denen sie nichts wisse, sie genauso gut bei der Zeremonie sitzen könne. So saß die Kaiserin, die nicht sehr groß war, im Festsaal.

Der Hund hatte ein Kaninchen verfolgt und machte sich lächerlich. Der aus dem Gepäck ausgewählte Mann ließ eine schwere und scharfe Axt zurück und griff eine junge Fichte in der Nähe an . Bald darauf fiel es krachend zu Boden, und die Kaiserin sprang auf, setzte sich aber wieder hin und betrachtete interessiert das Geschehen.

Der Mann schnitt den Baum um, schnitt die vielen duftenden Spitzen ab und legte die Masse neben den großen Baum. Dann schleppte er aus den Überresten des Wagens ein Zelt, ein einfaches Ding, und nachdem er zwei gekreuzte Stöcke mit einer Querstange aufgestellt hatte, hatte er es bald an seinem Platz. Armvoll trug er die Masse der Fichtenzweige zum Zelt und warf sie hinein, bis dort ein großer Haufen sanften, duftenden Grüns lag. Dann breitete er ein oder zwei Steppdecken darüber aus und verkündete Ihrer Majestät mit großer Form, dass ihr Sofa für sie vorbereitet sei und dass sie, wenn sie wollte, vorne im Zelt sitzen könne.

Und er schnitt zwei weitere gegabelte Pfähle mit einer Querstange ab und befestigte sie an Ort und Stelle, und er hängte einen Kessel auf und machte ein Feuer darunter und holte Wasser und holte eine Bratpfanne und Brot heraus und bereitete das Abendessen zu. Alle nicht für den unmittelbaren Gebrauch benötigten Gegenstände wurden direkt hinter dem Zelt verstaut. „Und", bemerkte er, „da sind Sie ja."

Die Kaiserin erhob sich von ihrem Campingstuhl und untersuchte.

„Sollen wir im Zelt schlafen, Grant?"

"Ja."

„Was machen wir, wenn es regnet?"

„Bleib im Zelt."

„Aber wir werden nass, oder?"

„Nein, wir werden auf den Fichtenwipfeln sein; das Wasser wird unter uns fließen."

„Gibt es im Wald keine Tiere?"

"Ja."

„Was werden Sie tun, wenn sie eintreten?"

„Ich glaube, ich werde dich küssen ."

Die Kaiserin der Welt schien den Geist seiner Nachlässigkeit nicht ganz zu akzeptieren.

Schließlich hatte sie ihre Vorstellungen. Irgendwie wusste sie, dass es ihr gut ging, doch sie verstand es nicht ganz. Aber sie kannte ihr Königtum.

Sie stand auf und ging zum Eingang des Zeltes, trat behutsam ein und setzte sich in einen anderen Stuhl, der für ihren Empfang dort aufgestellt worden war. Dann atmete sie die ganze Süße der Fichtenzweige ein und ließ sich auf die Steppdecken fallen , und rollte sich dort für einen oder zwei Moment zusammen, dann erhob sie sich und kam wieder ins Freie, wo ihr Mann stand und sie beobachtete.

„Magst du den Wald, Liebes?" er sagte.

„Verstehst du das nicht?"

Er sagte nichts, sondern führte Ihre Majestät eine Zeit lang zu einem Platz, während er sich für das Abendessen vorbereitete – zum ersten Mal mit Speisen aus der Stadt – und dann, natürlich auf höfliche Art, ihr vorschlug, zu helfen ihn.

Sie kochten und aßen die Speckstreifen mit dem weichen, altbackenen Brot, das er mitgebracht hatte, und tranken den Tee, und die Schatten der Bäume auf der Lichtung wurden länger, und der kastanienbraune Setter kam ins Lager zurück und wurde von seinem Herrn ernst zurechtgewiesen , und es wurde bald Nacht, und die Zeit verging, und das Feuer blitzte seltsam im Grünen auf, und der Mann nahm die Frau bei der Hand und führte sie zum Eingang des Zeltes und sagte:

„Wir müssen früh aufstehen."

Sie betrat das Zelt, und nicht lange später trat auch er ein oder dachte daran, es zu tun. Er hob die Klappe, die er heruntergelassen hatte, und schaute hinein.

Sie lag dort auf den gepolsterten Fichtenspitzen, und als er den weißen Vorhang hob, strömte das Mondlicht auf sie herein.

Sie sah zu ihm auf und lächelte.

Ihr liebevolles Gesicht war alles, was er sah – das Gesicht der einen Frau.

Er sprach mit ihr. Er versuchte ihr zu sagen, was sie für ihn bedeutete, und scheiterte.
Sie antwortete sanft und in wenigen Worten. Sie verstanden.

Er betrat das Zelt und setzte sich neben sie auf das Sofa, während sie dort lag, und nahm ihre kleine Hand in seine, sagte aber nichts mehr. Aus dem Wald um sie herum – denn es war inzwischen tief in der Nacht – drangen viele Geräusche, die er schon seit langem kannte und die für ihn wunderbar süß waren, für sie jedoch allesamt neu und fremd.

„Ah- rr - uump , ah- rr - uump , ba-rr-uump ", kam vom Rand des Wassers der tiefe Schrei des Ochsenfrosches; Vom anderen Ende des Sees her war das seltsame Gurgeln, Gurgeln und Schlucken des Shitepoke zu hören, des kleinen Grünreihers, der umherhuschende Geister schattiger Bäche und überall in sumpfigen Gewässern treibendes Gespenst ist. Weit oben schrieen Nachtfalken mit angenehmer Monotonie und schossen dann mit einem Ruck und einem Knall nach unten. Es war noch nicht so spät in der Jahreszeit, dass man den Ruf des Whippoorwill nicht mehr hören konnte, und aus den Zweigen drangen seltsame Geräusche von Baumkröten und Katydiden. Plötzlich ertönte der Lärm eines Sturms und Handgemenges vom sumpfigen Ufer des Sees, wo sich die Waschbären stritten, und der unheimliche Schrei des Seetauchers hallte von oben bis unten wider. Die Luft war erfüllt von den Düften des Waldes. Der Setter direkt vor dem Zelt wurde unruhig und rannte in ein nahegelegenes Dickicht, und in der Ferne war ein Schnauben und das gemessene, schnelle Aufprallen von Füßen zu hören. Ein Reh war vom Feuerschein angelockt worden. Eine Eule schrie von einem toten Baum in der Nähe . In der Nacht war das Summen vieler Insekten zu hören und das leise Seufzen des Windes, der durch die Zweige wehte. Es war einfach Nacht in den nördlichen Wäldern.

Der Mann stand auf, ging nach draußen und stützte sich mit einer Hand auf die Zeltstange vorne. Es kam ihm vor, als wäre er in einem Traum. Er blickte zum Mond und den Sternen auf und dann zu dem glitzernden Grün, das sich um ihn herum immer tiefer in die Dunkelheit verwandelte. Er blickte auf das Gras zu seinen Füßen, und in seiner Nähe erschien ein goldener Blitz.

Was Harlson sah, war nur eine Löwenzahnblume. Diese heimeligste und beständigste Blume blüht im frühen Frühling und später in der Saison, unabhängig von der Chronologie des Jahres. Es war einer der umherstreifenden, späten Fröhlichkeiten der Erde, auf den sein Auge zufällig stieß.

Es hielt ihn irgendwie fest. Es war weit offen – so weit, dass sich in seiner gelben Mitte ein weißer Fleck befand – und dicht darüber hing der Ast einer Buche herab, so nah, dass ein langes grünes Blatt knapp über den Blütenblättern hing. Und auf diesem grünen Blatt sammelte sich der Tau.

Der Mann betrachtete die Blume.

„Ist die ganze Welt golden?" er sagte zu sich selbst. Und er richtete sich auf, bewegte sich und ging vom Zelt dorthin, wo die Öffnung war. Er stand im Mondlicht auf der Lichtung und staunte über alles.

Hier war er – er konnte es nicht begreifen – hier, ganz allein, bis auf sie, im Wald, meilenweit von jedem anderen Menschen entfernt! Er hatte sein ganzes Leben lang nur zwei Dinge geliebt – sie und die Natur – und sie drei – sie, die Natur und er – waren hier zusammen! Es war wundervoll!

Und dort, in dieser absurden Leinwandhülle, halb versteckt am Waldrand, befand sich Jean Cor – nein, Jean Harlson , der ihm gehörte – ganz ihm gehörte – weg von der ganzen Welt, nur ein Teil von ihm, in dieser Einsamkeit!

Er fragte sich, warum er es verdient hatte. Er fragte sich, wie er es gewonnen hatte. Er schaute zum reinen Himmel hinauf, an dem der Mond so klar erkennbar war und all die Sterne, und war dankbar, streckte seine Hände aus und bat das Wesen darin, ihm, wenn überhaupt, zu sagen, wie er etwas tun sollte versetzt.

Die Nacht verging und die Sonne ging deutlich über dem Wald auf. Der Kastaniensetzer erwachte hinter dem Zelt hervor, trat davor und bellte freudig eine Goldammer an, die sich einen großen Lindenbaum mit gedämpften Räumen für ein frühmorgendliches Experiment für ein Frühstück ausgesucht hatte.

Aus dem weißen Zelt kam ein Mann, der hinaufschaute zu all dem Grün und all der Herrlichkeit und freute sich.

Er schaute auf die Grasnarbe und da war die kleine Blume. Und der Tau hatte seinen Lauf genommen und sich zu einem Juwel an der Spitze des Blattes gesammelt, und dort, mitten in die gelbe Scheibe gefallen, war das Produkt

des Himmels. Dort, im Herzen der Blume, befand sich der perfekte Edelstein
– ein Diamant in einer Fassung aus feinem Gold!

KAPITEL XXVI.

ABENTEUERVERTEILER.

„Ich habe etwas Herzhaftes gegessen", sagte die Frau frech, als das Frühstück, zu dem die Vögel die Musik lieferten, fertig war. Und dann weihte er sie in die kurze Kunst ein, Blechgegenstände im Kies am Wasser zu waschen. Dann teilte er ihr mit, dass die Schießübungen bald beginnen würden, und holte vier Waffen aus ihren Koffern.

Zwei der Stücke waren Gewehre, und von jeder Art war eines ein leichtes und zierliches Stück. Er sagte, sie würden mit den Gewehren üben; Wenn sie eine Expertin im Gewehrschießen sei, würde alles andere leicht von der Hand gehen, und dann heftete er einen roten Zettel an einen Baumstumpf an einer Seite der Öffnung und schoss darauf.

Mit dem Knall war die Hälfte des Schrotts weggerissen, und dann brachte er ihr bei, wie man die Waffe hält und wie man zielt.

Sie äußerte schließlich den Wunsch zu schießen, und er gab ihr das kleine geladene Gewehr. Sie zielte schnell und verzweifelt und drückte den Abzug, und das Echo war noch nicht verklungen, als sie die Waffe auf das Gras fallen ließ.

„Ich bin verletzt", sagte sie.

Er sprang mit blassem Gesicht an ihre Seite, als sie ihre Hand an ihre Schulter hob, aber einen Moment später hellte sich sein Gesicht auf. Er öffnete das Kleid an ihrem Hals und schlug es auf eine Seite, und dort, auf der runden, weißen Schulter, war ein leichter rötlicher Bluterguss. Er küsste es und lachte.

„Binnen kürzester Zeit wird alles wieder gut. Jetzt tun Sie, was ich Ihnen sage."

Er steckte erneut eine Patrone in das Stück.

„Versuchen Sie es noch einmal", sagte er; „Zielen Sie gezielter und halten Sie den Schaft der Waffe beim Schießen sehr fest an Ihrer Schulter."

„Aber es wird mir weh tun."

„Nein, das wird es nicht. Tu, was ich dir sage."

Sie hätte ihm gehorcht, wenn er ihr gesagt hätte, sie solle in den See springen, und der See war tief.

Sie presste ihre Lippen fest zusammen, drückte die Waffe fest an ihre Schulter, zielte sorgfältig und feuerte.

Der rote Fleck flog vom grauen Stamm der Eiche. Sie sah erstaunt auf.

„Warum, es hat mir kein bisschen wehgetan!"

„Natürlich nicht. Es gibt ein Gesetz des Aufpralls, und du lernst es. Der stärkste Mann der Welt könnte dich nicht verletzen, indem er dich gegen nichts stößt. Er könnte dich mit einem Schlag töten. Mit dem ersten Schuss gab dir deine Waffe einen Schlag. Im zweiten konnte es dich nur drängen. Höre auf die Weisheit deiner Gemahlin!"

Sie formte einen Mund zu ihm, und er erzählte ihr, dass sie ihre „Feuertaufe" gehabt hatte, und bald machten sie sich auf den Weg in den Wald, um zu jagen.

Sie war sehr hübsch und pikant in ihrem Kiltkleid, der Jagdjacke und den hohen Stiefeln. Es war eine beeindruckende Zweierarmee.

In den Öffnungen befanden sich unzählige Bienen, und die Herbstblumen gaben den Honig ab, der in den Herzen großer Bäume aufbewahrt werden sollte, und zur Mittagszeit setzten sie sich zum Mittagessen in eine der Öffnungen.

Er hatte nur ein paar Auerhühner geschossen, denn es war eher ein Spaziergang als eine echte Jagd, dieser erste Ausflug des Paares mitten im Wald, und sie hatte auf verschiedene Dinge geschossen, ein oder zwei Auerhühner und Eichhörnchen, und sie verfehlten regelmäßig , und war darüber pikiert, aber er hatte bemerkt, dass ihr Mut, ihr Selbstvertrauen und ihre Entschlossenheit mit jedem weiteren Schuss zunahmen, und wusste, dass er für die Zukunft einen „kleinen Sportler" bei sich hatte, wie er sie nannte.

Sie machten ein Feuer, nur zum Spaß, und ein Auerhahn wurde gerupft und mit viel Lärm gegrillt, und es gab nie ein größeres Fest. Und als das Essen vorbei war, holte er eine Zigarre hervor und legte sich – was für den Wald nicht wirklich zum guten Ton gehörte – ins Gras und rauchte sie, während er sie ansah und Unsinn redete.

Sie saß auf einem Baumstamm und erfreute sich an dem Duft und dem Licht, den dröhnenden Geräuschen und Vogelschreien und der für sie neuen Welt. Plötzlich richtete sich ihr Blick auf einen Gegenstand in einiger Entfernung. Sie reichte ihm flehend die Hand.

"Was ist das?"

Er stand auf und blickte in die Richtung, in die sie zeigte.

Jahrelanger Verfall hatte aus dem Stamm eines umgestürzten Baumes nur einen langen Grat aus bröckelnden, braunen Spänen gemacht, und auf diesem Grat, wo die Sonne heiß herabströmte, lag etwas, das zu einer schwarzen Masse zusammengerollt war, und da war ein flaches, scheußliches Der Kopf ruhte darauf, mit Knopfaugen, die zu grinsen schienen.

Harlson betrachtete es nachlässig.

„Groß, nicht wahr?" er sagte.

"Was ist es?" sie schnappte nach Luft.

„Was ist los, du kleiner Ignorant! Es ist eine schwarze Schlange und ein Monster. Es ist einer der Schrecken des kleinen Lebens im Wald, und es war einer der Schrecken meiner Jugend, und seine Tage sind gezählt."

Er griff nach seiner Waffe und überprüfte sich dann.

"Erschieß es."

Sie nahm das kleine Gewehr und hob es an ihre Schulter, so ruhig wie jeder Lederstrumpf im Land.

Der Knall kam wie ein Peitschenknall, und aus dem toten Baumstamm sprang eine große, sich windende Masse auf, die sich wand, wand und hin und her schlug und schließlich still lag.

Harlson ging hin und untersuchte, was er die „Überreste" nannte. Der halbe hässliche Kopf der Schlange war durch die Kugel abgerissen worden.

„Es war ein toller Schuss! ,Und die Frau wird der Schlange den Kopf zertreten!'", zitierte er. „Egad, du hast es mit aller Macht geschafft, meine Jägerin! Und du bist eine Schützin unter vielen, und dein Preis liegt über Rubinen! Hurra!"

Sie teilte ihm mit großer Würde mit, dass ihr solche Monster wie schwarze Schlangen nie entgangen seien und dass ihre Geschicklichkeit im Umgang mit dem Gewehr zweifellos der Qualität des Lehrers zu verdanken sei, den sie besessen habe, und dass es ihm gleichzeitig etwas ausmachen würde, zu ihm zu wechseln woanders seine Zigarre austrinken, denn der Anblick des toten Monsters war nicht angenehm?

Und so vollbrachte die Frau ihr erstes Kunststück mit der Waffe; Aber am selben Tag, bevor sie ins Lager zurückgekehrt waren, hatte sie in ziemlicher Entfernung ein Auerhuhn erlegt, das, als es aufgescheucht wurde, mit großer Verachtung nur etwa zwanzig Yards weit davongesegelt war und sich dicht daneben auf einem Ast niedergelassen hatte Der Körper eines Baumes hatte unbeschwert und ahnungslos auf sein Schicksal gewartet.

Sie war eine stolze Frau, als der Vogel zu Boden stürzte, und von diesem besonderen Geflügel bemerkte er später, als sie es aßen, dass sein Geschmack etwas besser sei als alles Wild, das er je gegessen hatte, und er meinte es mehr als halb ernst.

Und die Nächte waren Gedichte und die Tage waren voller Leben, und die braunen Wangen der Frau wurden noch brauner, und sie wurde häufiger als noch in den Tagen vor der Hochzeit als bloße Angehörige des Stammes der Chippewas bezeichnet.

Auch in einer Hinsicht hat sie sich dadurch hervorgetan, dass sie denselben Titel verdient hat, denn Ihr Chippewa, egal welchen Geschlechts, geht im Wasser wie eine Ente, wie es sich für einen Stamm der Seeregionen gehört. Er brachte sie zum See und lehrte sie, keine Angst davor zu haben, und sie tollten gemeinsam in seinen Wellen herum, und sie lernte so gut schwimmen wie er und so sanft tauchen wie ein Seetaucher oder ein Otter, und war eine Wassernymphe wie er die Kreaturen des Waldes hatten es noch nie gesehen. Er war sehr eitel über ihre so schnell erworbene Kunst, obwohl er im Gespräch ihrem Lehrer große Anerkennung zollte. Und beim Fang des Schwarzbarsches brachten dem neun Unzen schweren gespaltenen Bambus in ihren kleinen Händen schließlich ebenso viele Trophäen ein wie seinem schwereren Lanzenholz. Eines Tages, nachdem sie sich im Wasser wohl gefühlt hatte, mehr Glück hatte als er und sich vornehm benahm, brachte er das Boot im tiefen Wasser zum Umkippen, und Ihre Majestät war gezwungen, mit ihm umherzuschwimmen und bei einem zu helfen Ende, während er am anderen war, indem er es wieder in Ordnung brachte. So gemein war er.

Alle anderen Dinge waren jedoch nur eine Kleinigkeit im Vergleich zu dem Abenteuer, das schließlich kam. Er hatte sie im Holzhandwerk geschult, und sie konnte am Ufer des Sees oder entlang des Bachbetts die Spuren des Waschbären erkennen, wie die Fußabdrücke eines Babys, die Zwillingsballen des Nerzs oder die scharfen Abdrücke der Hufe des Waschbären Reh. Eines Tages wurde in der Nähe des Lagers eine weitere Spur entdeckt, die der eines kleinen Mannes ohne Schuhe ähnelte, und Harlson teilte ihr mit, dass ein Bär in der Nähe gewesen sei.

Sie fragte, ob der Schwarzbär von Michigan gefährlich sei, und er sagte, der Schwarzbär von Michigan esse nur sehr böse Menschen oder sehr kleine.

Eines Nachmittags befanden sie sich in einiger Entfernung vom Lager. Sie hatten mit ziemlichem Erfolg geschossen und hatten sich bei ihrer Rückkehr müßig auf das Ende eines großen umgestürzten Stammes gesetzt, auf dem sie gerade die Schlucht überquert hatten, an deren Grund sich ein kleiner Bach dem See zuwandte. Der Glanz der Blätter eines Ahorns in der Nähe , die sich bereits scharlachrot färbten, war ihr aufgefallen; Sie hatte einen Wunsch nach einigen der bunten Schönheiten geäußert, und er war auf den Baum geklettert und pflückte die Blätter für sie, als plötzlich der Wald vom wilden Bellen des Hundes in der Richtung, aus der sie gerade gekommen waren, widerhallte. Er rief ihr zu, sie solle zum Schießen bereit sein, damit ein Reh losgeschickt werden könne, als es durch die Büsche krachte und die Beute in Sicht kam.

Ein Schwarzbär trottete ins Freie, drehte sich nur um und knurrte den Hund an, der wild in seinem Hintern jaulte, sich aber klugerweise außerhalb seiner Reichweite hielt. Das Biest sah die Frau ihm gegenüber nicht, sondern stürzte auf den Baumstamm und war schon auf halbem Weg darüber, als sie schrie. Dann machte es Pause. Dahinter war der Hund, vor der Frau; es kam langsam und knurrend voran.

Harlson , der im Baum saß, sah alles, und als ein Feuerwehrmann mit einem Sturz die Stange im Maschinenhaus hinunterstürzte, stürzte er die Samenkapsel des Ahorns hinunter und sprang auf den Baumstamm zu. Der Bär zögerte.

„Schieß! du kleiner Idiot, schieß!" schrie der Mann, während er rannte.

Ihr Mut kehrte augenblicklich zurück, zumindest ihre teilweise Geistesgegenwart. Sie hob verzweifelt die Waffe und der Knall ertönte. Der Bär klammerte sich wild an den Baumstamm, rollte dann ab und fiel auf den felsigen Grund, sechs Meter tiefer. Harlson ergriff seine eigene Waffe und blickte nach unten. Das Tier war regungslos und aus einem kleinen Loch in seinem Kopf tropfte Blut.

Und die Frau – nun, die Frau saß im Gras, sehr blass im Gesicht und schweigsam.

Der Mann packte sie, erstickte sie fast mit Küssen und schrie dem Wald und all seinen Geschöpfen laut zu: „Die Diana aus Epheser war großartig!"

KAPITEL XXVII.

DAS HAUS WUNDERBAR.

Und die Haut des Bären war gebräunt, das glänzende schwarze Fell war noch darauf, der Kopf mit den weißen Fangzähnen noch daran befestigt und mit der ganzen Geschicklichkeit eines Künstlers in solchen Dingen natürlich gemacht, und es lag da, ein großer, weicher, schwarzer Teppich , auf einer Couch im House Wonderful, oder zumindest dem Haus, dem Harlson diesen Namen gab. Es kam ihm tatsächlich wunderbar vor.

Darin befand sich alles, was es auf der Welt für ihn gab, und er war mit allem zufrieden und zufrieden, außer dass er zuweilen spürte, wie wenig der Mensch des Glücks würdig ist, das ihm manchmal sogar in dieser Welt zuteil werden kann . Dennoch bestand das House Wonderful nicht nur aus Poesie; Es gab viele praktische und viele lustige Ereignisse.

Das House Wonderful befand sich selbstverständlich in der Stadt. Das Bärenfell war nur eine von vielen weichen Jagdtrophäen, die auf dem Boden oder auf weichen Sofas und Diwanen ausgebreitet waren. Über diese besondere Haut wurde manchmal viel gesprochen, wenn Gäste da waren.

Jean würde einer neugierigen Person erklären, dass sie selbst den ursprünglichen Träger des Fells erschossen hatte und dass ihr Mann zu dieser Zeit auf einem Baum war, und es gab seltsame Blicke, und er würde nichts erklären, und dann sie, die Frau -ähnlicherweise muss das Geheimnis dadurch zerstört werden, dass man alles darüber erzählt, als ob irgendjemand einen Scherz in dieser Angelegenheit nicht verstehen würde! Es war ein Zuhause voller Teppiche und Bücher und sehr erholsam. Ich ging gerne dorthin, wo sie mich beide verwöhnten und wo mich die Sanftheit und der Duft des Ganzen nutzlos und unzufrieden machten, nachdem ich weggekommen war. Der durchschnittliche Mann hat keinen Grund. Aber im Paradies gab es eine große Schlange – keine echte Schlange, sondern eine glitzernde, wie die Spielzeugschlangen, die zur Weihnachtszeit verkauft wurden.

Es gibt einige Schwächen in unserer amerikanischen Mädchenausbildung. Sichtbar und sicher verpflichtet sich die Frau, die einen Mann heiratet, seinen Haushalt zu führen – ihn von allen dortigen Problemen zu befreien – denn er ist der Ernährer. Aber nur sehr wenige Mädchen scheinen mit einer solchen Idee vertraut zu sein, obwohl sich alle Mädchen auf eine Ehe und einen solchen, für beide Seiten hilfreichen Vertrag zwischen zwei Menschen freuen. Es ist natürlich die Schuld des sozialen Wachstums, die Schuld der Mütter, die Schuld vieler Umstände. Und Jean konnte nicht kochen! Sie war eine Frau von scharfer Intelligenz, voller Sanftmut und Treue, doch sie fühlte sich fast hilflos, als sie die Schlossherrin des Schlosses wurde, zu dem Grant zum Abendessen kommen sollte.

Es ist unnötig, alles zu erzählen, was passiert ist. Die Frau war geschickt im Umgang mit Hausangestellten, und es gab sicherlich Abendessen, und möglicherweise auch gute, aber es mangelte ihr an Wissen darüber. Er spürte es und wunderte sich ein wenig, ärgerte sich aber nicht. Er kannte die Frau. Eines Abends waren sie nach dem Abendessen wieder zusammen, genau wie damals, als er ihr gesagt hatte, er würde mit ihr in den Wald gehen, und sie lag zusammengerollt auf einem Diwan, während er neben ihr saß. Es war ihre Art nach dem Abendessen. Sie sprach abrupt und sehr mutig:

„Grant, ich bin ein Humbug."

„Sicherlich, Liebes; was ist damit?"

„Ich meine – und es ist etwas Ernstes – das bin ich wirklich, wissen Sie, und ich möchte es Ihnen sagen."

„Mach schon, Zwerg."

Sie schien nicht ganz beruhigt zu sein, sondern stürzte sich galant:

„Du dachtest, ich wäre eine gute Ehefrau für dich. Du dachtest, ich wüsste alles, was eine Frau wissen sollte, die bereit ist, mit dem Mann zusammenzuleben, den sie liebt, und das Beste aus dem Leben zu machen. Aber, Grant, ich war und bin wirklich ein Humbug ! Ich weiß nicht, wie man ein Haus verwaltet; ich muss es den Dienern überlassen, und ich kann zumindest genug sehen, um zu wissen, dass es nicht das ist, was es sein sollte. Es gibt tausend kleine Fantasien von dir Ich weiß nicht, wie ich befriedigen soll, und ich möchte es tun, Grant! Was soll ich tun?"

Er antwortete, dass er seine kleine Dora Copperfield sehr mag und ihr einen Pudelhund kaufen würde. Er fügte jedoch hinzu, dass sie nicht sterben dürfe – er brauchte sie!

In seinen Augen lag ein Lachen, und er war nichts weiter als ein Tyrann, der das Unbehagen des Einen für ihn genoss; Aber als sie sich etwas näher zusammenrollte und ernsthaft aufblickte, gab er nach.

„Das ist nichts, Liebes", sagte er, „abgesehen davon, dass ich fürchte, dass du noch ein wenig Arbeit vor dir hast. Ja, es ist richtig, dass du weißt, was du nicht weißt. Du musst lernen. Das ist nichts für eine kluge Frau." , wie das, das ich gewonnen habe. Ich schaue auf dich, Liebes, für das Zuhause und all seine Süße, und ich würde das nicht tun, wenn ich nicht glauben würde, dass es am Ende allen Stolz und Trost geben würde Sie. Unten im Osten nennen sie diese oder jene Frau „hausstolz". Ich möchte, dass du „hausstolz" bist.

Keine Frau, die das ist, aber sehr viel für alle tut, und ich werde nichts weiter sagen, außer dass Sie sich von mir helfen lassen müssen.

Und von da an geschahen seltsame Dinge. Es gab Experimente und es gab sogar eine Kochschulepisode, Harlson , in dieser Zeit, in der große Müdigkeit zum Ausdruck gebracht wurde und manchmal nach dem Essen Schmerzen vorgetäuscht wurden, die viel Aufmerksamkeit erforderten, obwohl Drogen energisch abgelehnt wurden. Alles, was er wollte, war eine strikte persönliche Betreuung. Es steht zu befürchten, dass er zwar im Detail, aber im Großen und Ganzen nicht ehrlich war. Und er ging mit der braunen Frau, die so praktisch geworden war, auf den Markt, und sie wurden gemeinsam kritisch, und die Feinschmecker, weise alte Männer in der Stadt, die er gelegentlich zum Essen mitbrachte, begannen sich zu fragen, wie das kommen konnte Sie fanden solche Perfektion an einem privaten Tisch. Und was die Frau betrifft, nun, sie ging so weit über ihren ungeschickten Mentor hinaus, dass er zu einem Baby wurde, das es nicht weiß und in ihrer erhabenen Gegenwart nichts zu sagen hatte. Er könnte über einen Käse oder einen Wein oder eine solche Kleinigkeit sprechen, aber wie gering ist der Anteil des Lebens an Käse und Wein!

Das erste Jahr des Ehelebens ist experimentell, allerdings mit dem Paar, das seit Anbeginn der Welt am besten gepaart ist. Es kommt zu einem unbewussten Ablegen aller oberflächlichen Merkmale und aller Verkleidungen und einer gegenseitigen Bekundung von Herz und Verstand. Noch nie hat die Frau so zurückhaltend und taktvoll gelebt, dass ihr Mann, wenn er ein Mann von gewöhnlicher Intelligenz wäre, sie am Ende eines Jahres nicht mehr für ihren Wert erkannte; Niemals war der Mann so rücksichtsvoll und diskret, dass sein Wert von jemandem, der ihm so nahe stand, nicht geschätzt wurde. Das wurde mir von Männern und Frauen gesagt, die es wissen sollten. Mir fehlt die Prüfung, die mir Weisheit geben sollte, aber ich neige dazu, das Diktum dieser anderen zu akzeptieren. Es muss so sein, aufgrund der Umstände.

Es war für mich angenehm, diesen Mann und diese Frau zu beobachten. Mir kam es so vor, als ob die harten Linien in Grant Harlsons Gesicht von Woche zu Woche und von Monat zu Monat weniger streng und klar definiert wurden, während auf dem Gesicht seiner Frau der neue Ausdruck von Zufriedenheit und Eigenverantwortung entstand, der die Frau kennzeichnet, die schläft in den Armen eines Mannes, derjenige, dem sie gehört — derselbe Blick, den Grant mit seiner umfassenderen Erfahrung und schärferen Einsicht zu erkennen pflegte, als er mich so verwirrte, indem er mir skurril erzählte, in den Straßenbahnen, die verheiratet waren, ohne sie anzusehen Ringe. Es war vielleicht eine Einbildung, aber es kam mir so vor, als würden sich die beiden sehr ähnlich sehen. Es lag in keinem Merkmal, in nichts, was ich beschreiben könnte, sondern in etwas jenseits von Worten, in einer bestimmten Weise, die nicht definiert werden kann. Vielleicht war es nur die unbewusste Nachahmung der Sprache oder des Verhaltens des anderen durch irgendeinen Trick, aber es schien eine tiefere Sache zu sein. Ich kann es nicht erklären.

Sie waren nicht viel voneinander entfernt, diese beiden. Manchmal wurde Harlson wegen eines geschäftlichen oder politischen Notfalls abberufen, und dann geschah etwas, das mir, so sehr mir das auch am Herzen lag, albern vorkam. Er besorgte sich Bahntickets für zwei Personen, und sie zogen wild durch das Land, spielten in einem Repräsentantenzimmer Hauswirtschaft und amüsierten sich über alle Maßen. Ich habe jedem von ihnen oft erklärt, dass es dem anderen gegenüber nicht fair sei; dass er seine Geschäfte in einer entfernten Stadt besser erledigen könne, ohne sich bei ihr in einem Hotel melden zu müssen, und dass es für sie in ihrem eigenen schönen Zuhause bequemer wäre; und die beiden Idioten würden mich nur auslachen.

Die Bibliothek war ihre gemeinsame Modeerscheinung, denn Jean war fast genauso ein Bibliomane wie ihr Mann, und ich gestehe, ich habe die reichhaltige Sammlung genossen, die ohne Präzedenzfall oder Grund zusammengestellt wurde, aber irgendwie wunderbar attraktiv war. Sie waren skurril, das Paar, sowohl in Bezug auf Bücher als auch in Bezug auf andere Dinge, aber die wenigen, die in ihre Bibliothek eindringen konnten, neigten dazu, dort zu verweilen. Ich fand dort immer eine Mischung aus Zigarrenrauch und einem Parfüm, das Jean bevorzugte, und ich lernte, diese Kombination zu mögen. Vielleicht war das ein perverser Geschmack — Zigarrenrauch und zarte Düfte gehören nicht zum Kodex der Geruchsliebhaber –, aber wie gesagt, ich habe gelernt, ihn zu mögen.

Über dieses erste Ehejahr meiner lieben Freunde kann ich nur wenig mehr erzählen. Ein Vorfall, den ich vielleicht erzählen kann. Es geschah weniger als ein Jahr nach dem Ausflug in den Wald. Es gab Verwandte, die jeder der beiden treffen sollte, und er war mit vielen Dingen sehr beschäftigt, und schließlich wurde nach langem Überlegen beschlossen, dass Jean ihren Weg gehen und er zwei lange Wochen lang seinen Weg gehen sollte ; Sie verabschiedeten sich also voneinander und verließen noch am selben Tag die Stadt in verschiedene Richtungen.

Es war nur vier Tage später, als ich eine Nachricht erhielt, in der ich gebeten wurde, im Haus vorbeizuschauen. Es war von Jean, und sie war ein wenig beschämt, als sie mich traf. Während Grants Abwesenheit waren bestimmte geschäftliche Komplikationen aufgetreten, um die ich mich kümmern konnte, und aus diesem Grund hatte sie mich gerufen; aber sie musste eine Erklärung abgeben. Sie tat es und errötete.

„Ich bin zu meinen Leuten gegangen, Alf“, sagte sie, „aber nach ein paar Tagen verblasste alles. Das ist alles. Ich möchte lieber allein hier sein, wo er war, und ihn hier erwarten, als woanders." Es ist natürlich dumm, aber Sie, der Sie uns beide so gut kennen, werden es vielleicht verstehen. Und sie errötete mehr denn je.

Am nächsten Tag stolzierte ein Mann in mein Büro und lud mich zum Mittagessen ein. Es war Grant Harlson . Auf seinem Gesicht lag ein fragender Ausdruck, und zwar ein ziemlich glücklicher.

„Ich werde dir nichts sagen, alter Mann", sagte er. „Ich war nur ein paar Stunden hinter dem Mädchen. Das ist alles. Ich nehme an, wir könnten genauso gut mit der Narrenliste fortfahren, die wir begonnen haben. Mir passt es jedenfalls."

Und ein einzelner Mann, der nichts über solche Dinge wusste, konnte keine Meinung abgeben. Ich war beleidigend und sarkastisch, aber er bestand darauf, ein tolles Mittagessen zu kaufen.

KAPITEL XXVIII.

DER AFFE.

Angesichts eines Mannes und einer Frau, die verheiratet sind, einander lieben und das, was ein neuer kluger Schriftsteller als „unvermeidliche Konsequenzen" bezeichnet, normalerweise eintreten und die unvermeidlichen Ängste hervorrufen, zweifellos mehr beim Mann als bei der Frau. Irgendwann kommt die Zeit, in der die Frau, die er liebt, ihr erstes Kind zur Welt bringen muss. In der primitiven Existenz muss dieser Kummer für den Menschen viel geringer gewesen sein, kaum mehr als das Mitgefühl einer Stunde, denn in der unberührten Natur gibt es selten viel Leid und fast nie einen vorzeitigen Tod. Aber wir haben das alles geändert. Wir haben in unserer Lebensweise gegen die sanften Gesetze der Natur verstoßen, und indem wir dies getan haben, haben wir ihre sanfte, schützende Hand in einem solchen Ausmaß verloren. Wir atmen zu wenig reine Luft; wir sind nachlässig in körperlicher Anstrengung, und auch wenn der einzelne Mann oder die einzelne Frau weise ist, muss er oder sie die Last der Fehler einer Abstammung oder der Übel der Gegenwart tragen. Für eine Frau von vornehmer Erziehung besteht also ein Risiko darin, das durchzumachen, worauf sie am meisten gehofft hat, seit sie einen Mann liebte, und da sie alles sein wollte, was es an vollkommener Weiblichkeit gibt. Es gibt Gefahren, und sie weiß es, ist aber in dieser Zeit mutiger als ein Mann. Es gibt Gefahren, und er weiß es, und er ist hilflos und anhänglich wie ein Kind. Was kann er tun? Nichts, außer in einer schweren Stunde die Anwesenheit von jemandem herbeizuführen, der einen Teil der wahren Prüfung möglicherweise nicht ertragen kann. Doch das ist etwas. Es hat vielen lieben Frauen das Leben gerettet. Es gibt etwas – das verstehen wir noch nicht ganz –, das ein Band aus mehr als Stahl zwischen zwei dicht beieinander liegenden Menschen ist und das das Eine manchmal sogar vor dem Zugriff jener selten geleugneten Kraft zurückhält, die Tod genannt wird, das Eine Wer füllt die Friedhöfe?

Und eines Abends befand sich ein Mann in großen Schwierigkeiten, und am Morgen saß er neben einem Bett, in dem seine kleine Frau lag, und neben ihr ein winziges rotes Ding, „eher unauffällig", sagte er in der lebhaften Reaktion, die darauf folgte auf ihn, denn das war Harlsons Art, als er aus der Not herausgekommen war; und das kleine rote Ding war der Sohn der beiden. Und wer kann sagen, was der Mann zur Frau gesagt hat? Es gibt kostbare, heilige Überströme der Liebe, süße Ausbrüche dessen, was das Leben lebenswert macht, noch nie in Worten für alle, noch nie in Schwarz auf eine weiße Oberfläche geschrieben. Es gibt ein Heiligtum.

Es war ein gesundes Baby, und die Mutter war bald sie selbst und die dümmste aller kleinen Frauen darüber. Mir selbst gefiel das junge Tier sehr gut, denn als es nur noch wenige Tage alt war, ließ man es mich sehen, und es klammerte sich auf eine Weise an meine Finger, die mich überzeugte. Für mich war es ein neugieriges Jungtier. Das Wasser gefiel ihm wunderbar, und manchmal riefen wir alle drei zusammen, wenn ich anrief, die Krankenschwester und sahen zu, wie der junge Bösewicht badete. Das war, als er erst ein paar Monate alt war. Er war so ein königlicher Kerl, so mutig und lebensfroh, dass ich mich in ihn verliebte. Wie könnte ein einsamer Mann anders sein, als dumm zu sein ?

Das Kind hatte einen seltsamen Namen. Es entstand alles aus den Stunden, als alle Gefahr vorüber war, ein stolzer und glücklicher Mann auf einem Bett saß und in das Gesicht einer stolzen und glücklichen Frau blickte und zuweilen die Beschaffenheit der seltsamen Kleinigkeit neben ihr studierte. halb verborgen in den Wellen von Kissen und Laken. Er würde sich die wunderbaren Hände und die wunderbaren rosa Füße des Dings ansehen und Bemerkungen dazu machen. Eine Stunde später kam er herein, untersuchte das Geschöpf und wiederholte die großartigen Worte einer Autorität:

„Wie viele Menschen haben jemals auf den Fuß eines Babys geachtet, außer um seinen kleinen Finger und seine Schönheit zu bewundern?" sagte er. „Und doch ist es für den Anatomen eine Offenbarung. Nehmen wir zum Beispiel die Füße eines zehn Monate alten Kindes, das noch nie gegangen ist oder alleine gestanden hat Eine Hand. Die große Zehe hat eine gewisse selbständige Funktion, wie ein Daumen, und die Falten der Sohle ähneln denen der Handfläche. Diese Markierungen verschwinden, wenn das Pedalende zu Stützzwecken eingesetzt wird.

„Die Hände und Füße eines Menschen ähneln im Körperbau auffallend denen des Schimpansen, während die Ähnlichkeit des Gorillas mit dem Menschen in dieser Hinsicht noch bemerkenswerter ist. Die höheren Affen wurden als „Quadrumana" oder „vierhändig" klassifiziert . ', weil ihre Hinterfüße handförmig sind; diese Bezeichnung wird jedoch falsch verwendet, da die hinteren Extremitäten des Affen überhaupt keine Hände sind. Sie sehen auf den ersten Blick nur wie Hände aus, während es sich in Wirklichkeit nur um angepasste Füße handelt Klettern. Die großen Zehen können nicht anderen Zehen „gegenübergestellt" werden, so wie der Daumen den Fingern, sondern wirken einfach wie eine Zange zum Zweck des Greifens. Nun haben die Füße des „Säuglings" seltsamerweise die gleiche Fähigkeit zum Greifen , zangenartig, und die Aktion wird auf genau die gleiche Weise ausgeführt. Befürworter der Evolutionstheorien deuten darauf hin, dass der menschliche Fuß ursprünglich auch zum Klettern auf Bäume verwendet wurde, bevor die Art so hoch entwickelt war wie heute. Außerdem Sie behaupten, dass die Tatsache, dass das Kind die Kunst des aufrechten

Gehens mit solchen Schwierigkeiten erlernt, beweist, dass die Rasse sie erst vor kurzem erworben hat.

„Da, Liebling", sagte er, „du siehst, wie es ist. Wir sind gerade erst in den Besitz eines kleinen Affen gekommen! Was sollen wir tun?"

Sie war nicht beunruhigt. In seinen Augen sah sie das, was der jungen Mutter mehr wert war als alles andere, was die Welt geben kann, aber sie ließ sich auf seine Stimmung ein. Sie antwortete sanft, dass sie nicht wüsste, was sie tun sollte, aber hatte er den schlechten Geschmack, einen Affen zu küssen? Und er gab zu, dass er es getan hatte, und küsste den Gegenstand sanft, als hätte er Angst, ihn zu zerbrechen, und küsste die sanfte Mutter hundert zu eins.

Ich mochte den Affen – denn so kamen sie, um auf dieses kräftige Baby anzuspielen. Er könnte eines Tages mein Erbe sein – obwohl er, wie Jean betonte, nach seinem Vater benannt wurde – und ich hatte in seiner Kindheit, als ich das Heiligtum dieses Hauses betreten durfte, so manches Spiel mit ihm. Er war ein kleiner Wikinger , ein kleiner Räuber, dieses Kind, gezeugt im Wald. Es schien, als hätten ihn der Wagemut und die Kraft der Dinge im Freien und die Kraft der Natur erreicht. Ein tolles Mann-Kind war das.

Ich war nicht der Einzige, der sich über den Säugling freute, obwohl er, so scheint es mir, mir, dem isolierten Mann, genauso am Herzen lag wie seinen Eltern. Sie randalierten in ihrem riesigen Besitz und waren sehr törichte Menschen. Aber warum sollte ich immer wieder wiederholen, dass diese beiden zusammen sehr dumme Menschen waren?

In mancher Hinsicht ähnelten sie anderen Vätern und Müttern, aber ein Unterschied fiel mir auf. Sie schienen das Kind fast zu vergöttern, aber bei keinem von ihnen war es der Erste. Er verband die beiden nur noch enger miteinander, und die Blicke des Mannes waren manchmal fast anbetend, wenn er die Mutter seines Kindes ansah. Und sie – sie verstand, und sie freuten sich zusammen. Ihr Königreich war nur vergrößert worden.

Es ist nicht anzunehmen, dass dieses skurrile Paar – denn sie waren wirklich skurril, diese Freunde von mir, wie es in meinem Bericht oft vorgekommen sein muss – ein Kind ohne Grotesken großziehen konnte. Ich fürchte, die Frau war, bevor sie Mutter wurde, süchtig nach Affentricks, sogar in dem Ausmaß, dass sie den Mann von unerwarteten Orten aus wie ein Leopard ansprang, und der Affe wurde in seinen frühen Tagen in gewisser Weise gezüchtet barbarisch. Sie hatten tolle Zeiten mit dem Affen.

Eines Tages hatte Grant Harlson sein Tagesgeschäft vorzeitig abgeschlossen. Er konnte kurz nach fünf Uhr nach Hause kommen, wo es um sechs Abendessen gab. Einer der heftigsten Sommerregen fiel. Er startete beschwingt. Er wollte seine Frau und seinen Sohn.

Er erreichte das Haus und trat ein. Keine Frau war da, um ihn zu begrüßen; kein betrunkenes Baby, denn der Affe hatte inzwischen laufen gelernt, wenn auch unsicher; nicht einmal ein Dienstmädchen, um eine Erklärung abzugeben. Verwundert stolzierte er durch das Haus zurück in die Küche, die auf einen grünen Hinterhof blickte, wo sie ein Zelt aufgebaut hatten, dort zu Abend gegessen und den Geruch des Grases eingeatmet hatten. Er fand in der Küche die beiden Mädchen, die alle begeistert waren und nur leichte Ehrfurcht vor seiner Anwesenheit zeigten. Er erkannte, dass alles in Ordnung war, und blickte durch die herabstürzenden Wassermassen hinaus.

Dort, neben dem urigen Zelt auf der grünen Wiese, befanden sich zwei Personen. Die eine war eine anmutige Frau, die andere ein kräftiges, schreiendes Kind. Keiner von beiden war außer auf einfachste Weise gekleidet. Sie trug eine Art Umhang, ein lässiges Ding, der Junge ein Nachthemd, und sie bewegten sich im warmen Regen und badeten auf die Art der Natur und waren besonders glücklich.

Der Mann war zu Recht empört darüber, dass er ihn verlassen hatte. Er schrie mannhaft und erregte schließlich die Aufmerksamkeit des Paares. Er sagte ihnen, sie sollten zu ihm kommen. Habe auch mit den wilden Winden gesprochen. Er schaute von der Veranda aus auf den Riant, zerstreute zwei, befahl und beschwor und machte gewaltige Drohungen, aber ohne Erfolg. Er warf seiner Frau unfraulichen Ungehorsam und das Verbrechen vor, ihre eigenen Nachkommen gegen seinen Vater aufzuhetzen, und die beiden verspotteten ihn nur! Dann verschwand er und erschien fünf Minuten später in einem ausgefransten alten Badeanzug, und im Lager des Feindes herrschte Schrecken! Er stürmte durch Regenströme, und eine schöne Frau wurde auf höchst unmännliche Weise in eine Pfütze gelegt, und ihr Sohn erhob sich stolz auf seine lachende, am Boden liegende Mutter. Und es kam zu großem Spaß. So haben sich diese beiden verhalten !

in der ganzen Millionenstadt saß an diesem Abend kein ernsterer und höflicherer Mann und keine stattlichere und anmutigere Dame zu Tisch .

KAPITEL XXIX.

DER ERSTE BEZIRK.

Das Problem mit uns im Ersten Kongressbezirk war, dass wir den Neunten Bezirk nicht tragen konnten. Ohne diesen Schwachpunkt hätten wir uns jederzeit sicher gefühlt. Nachdem der Neunte Bezirk abgeschafft war, konnten wir den Bezirk kaum noch kontrollieren. Mit dem Neunten Bezirk wäre es für uns ein Kinderspiel. Aber der Mündel gehörte Gunderson.

Gunderson beschäftigte dreitausend Männer. Er war kein Parteimensch, aber er war ein Partisan; Das heißt, er interessierte sich manchmal für eine Kampagne, und wenn er dies tat, musste jeder Arbeiter in seiner großen Manufaktur wie angegeben abstimmen oder gehen. Und Gunderson mochte Harlson nicht . Harlson bewunderte die Art und Weise des großen Arbeitgebers nicht , und er hatte nie viel versucht, ihn zu versöhnen. So kam es, dass wir in mehr als einem Gesetzgebungs- und Kommunalwettbewerb den Neunten Bezirk verloren hatten. Und jetzt war Harlson ein Kandidat für den Kongress.

Wir waren verwirrt. „Ich fürchte, Jean muss mich wieder aussperren", lachte Harlson , als wir eines Abends nach einer Ausschusssitzung über das Problem diskutierten, und dabei bezog er sich auf eine lustige Episode aus der Zeit, als der Affe noch tot war ein Jährling. Jean, eine würdevolle, edle Frau, liebe Ehefrau und liebevolle Mutter, interessierte sich ebenso für Politik wie für alles andere, was zu jeder Zeit die Aufmerksamkeit ihres Mannes erregte, und hatte aus unseren Gesprächen alles über den Neunten Bezirk erfahren. Eines Frühlings waren wir zuversichtlich, und als Grant am Morgen des Wahltages das Haus verließ, wurde ihm mitgeteilt, dass er nicht damit rechnen dürfe, in das Haus aufgenommen zu werden, in dem seine Frau und sein kleiner Junge lebten, es sei denn , er käme als Sieger . Er sagte, er würde im Triumph oder mit seinem Schild zurückkehren, aber er tat weder das eine noch das andere. Um fünf Uhr nachmittags wussten wir, dass wir ausgepeitscht wurden, schön und gründlich ausgepeitscht, und das alles wegen des gleichen schwarzen Dämons eines Neunten Bezirks, und die Tatsache war so offensichtlich, dass wir plötzlich philosophisch wurden und Grant sich an mich wandte und sagte:

„Komm mit mir zum Abendessen, Alf, und lass uns jetzt gehen. Was nützt es, zur Beerdigung zu bleiben? Wir werden gut zu Abend essen und rauchen, und eine gute Verdauung wird auf den Appetit warten, und wir werden planen und sagen: „ Beim nächsten Mal werde ich es besser machen.

Also verließen wir den Trubel, nahmen den Zug und waren kurz vor der Abendessenszeit bei Harlson zu Hause. Grant versuchte es mit seinem Hausschlüssel, aber er funktionierte nicht. Er klingelte, aber es kam keine Antwort. Dann ertönte ein Klopfen und Klappern aus dem Inneren eines Fensters, und wir verließen beide die Veranda, um auf die Grasnarbe zu steigen, zum Fenster zu gehen und nachzusehen.

Hände nach seinem Vater ausstreckte . Sie öffnete das Fenster ein wenig und stellte ernst eine Frage:

„Was wünschen Sie, meine Herren?"

Grant deutete bescheiden an, dass wir einsteigen und etwas zu Abend essen wollten.

„Sind Sie die Herren, die den Neunten Bezirk tragen sollten?"

"Ja."

„Hast du es getragen?"

"NEIN."

Das lachende Gesicht verlor sich ein wenig, aber die stattliche Ausstrahlung war in einem Augenblick wiederhergestellt. „Nun", sagte sie würdevoll, „es tut mir sehr leid. Wir möchten nicht unwirtlich wirken, weder das Baby noch ich, aber wir fühlen uns wirklich nicht berechtigt, Menschen aufzunehmen, die nicht in der Lage sind, den Neunten Schutz zu tragen."

Wir erklärten und flehten, entschuldigten uns und versprachen, aber lange Zeit ohne Erfolg. Schließlich, nachdem die Tischglocke geläutet hatte und wir uns geschworen hatten, diesen Schutzzauber noch zu tragen oder umzukommen, wurden wir eingelassen, allerdings erst dann, wie erklärt wurde, um des Kindes willen. Er pflegte nach dem Abendessen auf seinen Vater zu klettern.

So wurde das Tragen des Neunten Schutzschilds zum Synonym für jede schwierige Leistung bei uns, und wenn Grant dies oder das schaffte, ich eine gute Wendung machte oder Jean ihrer Köchin oder Schneiderin eine Inspiration gab, wurde der Neunte Schutz als getragen bezeichnet . Und hier stand diese Gemeinde in einer größeren Notlage wieder vor uns, und zwar in ihrer eigenen Gestalt.

Gunderson hatte eine Frau. Er hätte zwei Frauen besessen, wenn die eine, die er besaß, ordnungsgemäß vermessen und aufgeteilt worden wäre, denn sie war groß genug und reichlich für zwei. Sie war das beste Beispiel, das ich je gesehen habe, welche Schwierigkeiten die unwissenden Reichen mit sozialen Ambitionen belasten. Sie war gutherzig, grob, schüchtern und hoffnungsvoll. Eine Frau kann grob und doch schüchtern sein, wie ich schon oft bemerkt habe, und Mrs. Gunderson war von diesem Typ. Sie sehnte sich nach sozialem Status, wusste aber nicht, wie sie diesen erreichen sollte. Man muss ihrem stämmigen Ehemann zugute halten, dass er vor allem den Ehrgeiz seiner Frau befriedigen wollte, aber er war in Bezug auf Mittel und Wege genauso unwissend wie sie. Er hatte gelernt, dass selbst die Macht des Geldes eine Grenze hatte.

Jean hatte Mrs. Gunderson auf gesellige Weise kennengelernt, aber natürlich konnte zwischen den beiden keine Verwandtschaft bestehen, und die schwergewichtige Matrone, die auf Anerkennung bedacht war, hatte den kleinen Aristokraten kaum zum Nachdenken gebracht. Ich weiß übrigens nicht, ob ich über den sozialen Status dieser Freunde von mir gesprochen habe. Ich glaube nicht, dass Grant oder Jean der Angelegenheit jemals große Aufmerksamkeit geschenkt haben. Grant war in allen Grundsätzen demokratisch und doch, unwissentlich, so scheint es mir, ausschließend und willkürlich. Er hatte diejenigen an sich, die er mochte, und sie waren zwangsläufig etwas von seiner Art. Und Jean war, vielleicht etwas nachdenklicher, von der gleichen Sorte. Unbewusst waren sie der Mittelpunkt einer Eintrittskarte, für die reiche Männer Geld gegeben hätten. Aber wie gesagt, dieser Schlüssel ist eines der wenigen Dinge, die man mit Geld nicht kaufen kann.

Der politische Kampf war im Gange und heftig. Wir haben in dieser Kampagne gute Arbeit geleistet. Der Kampf war so erbittert, die Aufsicht über alles so gründlich, dass gewagter Betrug unmöglich wurde. Es war einfach ein Test der Überzeugungskraft, der Beliebtheit und der relativen Geschicklichkeit in jenen Techniken, die in einem Spiel, bei dem die Chancen nahezu ausgeglichen sind, nur Züge auf dem Schachbrett darstellen. Wir waren nur mäßig hoffnungsvoll. Harlson war der eindeutig bessere Kandidat. Er war zumindest ernst und ehrlich und würde den Bezirk gut repräsentieren. Ich fragte einmal, warum er zum Kongress gehen wollte.

„Ich muss nachdenken", sagte er, „um Ihnen vollständig zu antworten. Erstens glaube ich, dass ich gehen möchte, weil ich dumme Ideen zu bestimmten Gesetzen habe, die ich meiner Meinung nach umsetzen kann. Ich glaube, sie werden mich mögen." Besser in diesem Bezirk, und vielleicht auch auf eine breitere Art und Weise, nachdem ich dort gewesen bin. Dann möchte ich, dass Jean mit mir all die Müsli und Absurdität der gemischtesten sozialen Verhältnisse auf der zivilisierten Welt genießt, und darüber hinaus dass ich eingeladen wurde, mit ihr Schwarzbarsche aus einem bestimmten Bach im Shenandoah Valley zu holen und ein oder zwei Hirsche zu töten, mit Hauptquartier in einem alten Haus oben in West Virginia."

Er sagte das leichthin, und doch wusste ich, dass es nicht weit von der vollen Wahrheit entfernt war. Er hatte Ideen für Veränderungen und Reformen und war bereit, dafür zu kämpfen. Was Jean und das Angeln und das Schießen anging, das war eine Selbstverständlichkeit. Er muss raus in die Natur und er muss sie auf jeden Fall bei sich haben. Was mich persönlich betrifft – nun, wir hatten viele Jahre lang gemeinsam gegen die Welt gekämpft, und ich hätte nie gedacht, dass er mich im Stich lassen würde, und ich konnte ihn auch nicht im Stich lassen. Ich machte mir Sorgen wegen dieser Schlacht, obwohl wir stetig gewonnen hatten. Es gab im Distrikt ein von klugen Politikern angeführtes Element vom Typus eines diplomierten Kneipenwirts, dem es nicht an großer Zahl mangelte. Außerhalb einer Station hatte sich Grant auf alles berufen, obwohl wir sie praktisch geschlagen hatten. Er war direkt auf jeder Plattform und auch in jedem Trinklokal und in jeder Kneipe und fast jedem Bagnio aufgestanden und hatte den Leuten, die er fand, die Natur des Wettbewerbs erklärt und ihnen gesagt, was er tun wollte und was die ganzen Anhörungen waren waren, und sagte ihnen dann, sie sollten sich so verhalten, wie sie wollten – er hatte seine Sache nur so dargelegt, wie sie war.

Und es sind Männer unter den Schlägern, und die Menschheit ist auch in den Slums nicht ganz schlecht, und Hilfe kam von unerwarteten Orten zu uns. Mehr als ein Mann, brutal aussehend, aber mit Falten im Gesicht, die zeigten, dass er einmal etwas Besseres gewesen war, kam zu sich und arbeitete gut, und das alles zu seinem zukünftigen Vorteil, denn Harlsons Erinnerung an solche Dinge war wie die Erinnerung an diesen Kardinal – wie war sein Name? – der nie ein Gesicht, einen Vorfall oder eine Figur vergaß. Wir waren eine Woche vor der Wahl das, was die Politiker „an der Spitze" nennen, außer im selben neunten Bezirk. Ich hatte den alten Gunderson selbst gesehen. Er war nicht das, was wir als umgänglich bezeichnen. Ich musste durch viele Büros schlendern und schließlich meine Karte einsenden. Ich fand diesen stämmigen Mann in seinem Privatzimmer, wie er die Papiere auf seinem Schreibtisch durchblätterte. Er blickte nicht auf, als ich eintrat. Ich nahm ungefragt Platz und wartete. Es dauerte fünf Minuten, bis er den Kopf drehte. Dann murmelte er ein „Guten Morgen", denn wir hatten uns schon einmal getroffen.

Ich habe versucht, gesellig und unkompliziert zu sein. Ich erwiderte seinen Gruß, vielleicht etwas zu überschwänglich, und fragte ihn nach seinem Geschäft und wollte dann ganz allgemein wissen, wie wir in der Kongressfrage standen. Er wurde sofort hart.

„Ich weiß nicht, warum ich Harlson unterstützen sollte ", sagte er.

„Ist er nicht ehrlich?" Ich fragte.

„Oh ja, das nehme ich an", grunzte er; „Aber er ist nicht mein Typ."

„Ist der andere Mann?" Ich fragte.

Sogar das stämmige Tier vor mir errötete. Der andere Mann war nur ein
kniffliger Politiker der schleichenden Sorte, der allen Vorurteilen
entgegentrat und ein Schmeichler und Günstling war. Das wusste jeder. Aber
er war Teil der Maschine geworden, war schlau und mit der Maschine im
Rücken eine Macht.

„Dazu kann ich nichts sagen; aber Harlson ist nicht mein Typ. Er ist wie
einer dieser Hirschhunde. Er hat nichts mit den anderen Hunden zu tun."

„Er hat gegen einige der anderen Hunde gekämpft", schlug ich vor.

Der Mann grunzte erneut: „Er ist nicht mein Typ." Und ich habe den Ort
verlassen. Ich hatte wenig Hoffnung auf den Neunten Bezirk.

KAPITEL XXX.

Der neunte Bezirk.

Da ich es nicht gewohnt bin, Geschichten zu erzählen, ist es möglich, dass ich in diesem Bericht die Chronologie vernachlässigt habe. Ich bezog mich gerade auf die Zeit, als wir Harlsons Haus nicht betreten konnten, weil wir die Neunte Station nicht mitgenommen hatten, und auf den Affen, der in den Armen seiner Mutter am Fenster krähte. Danach verging die Zeit, und wir wurden alle älter, doch irgendwie schien sich Jean nicht zu verändern, und Grant tat es übrigens auch nicht, obwohl er um Jahre älter war als sie. Aber der Affe hat sich erstaunlich verändert. Mit vierzehn Jahren wuchs er zu einem tapferen Jugendlichen heran und verfiel zu dieser Zeit einer schlechten Angewohnheit, die ich ihm vergeblich vorwarf. Er hatte herausgefunden, dass er seine kleine Mutter hochheben und auf seinen Armen herumtragen konnte, und das tat er häufig. Und seine beiden jüngeren Brüder sahen neidisch zu, und seine hübsche Schwester, die jüngste der Gruppe, mit größter Besorgnis. Aber Jean schien es eher zu mögen, obwohl es höchst unwürdig war, und Grant, obwohl er seine Kinder gut regierte, schien die Art und Weise, wie sie Ihre Majestät behandelten, eher zu billigen. Sie waren sehr glücklich zusammen. Der Affe zeigte großes Interesse an der Wahl, durfte aber außerhalb des Hauses nicht reden. Und Jean machte einen ernsten Blick. Sie lebte für einen Mann.

Kurz nach meinem Besuch in Gunderson besuchte ich eine Party, und es war eine sehr schöne Veranstaltung. Ein sehr schöner Vorfall, den ich dort auch gesehen habe.

Was ich sah, war das Erscheinen einer großen, muskulösen Frau, die vor Diamanten strahlte, deren Gesicht gutmütig war, die sich aber unwohl zu fühlen schien. Sie war wie eine Barbarie-Ente unter Wildgeflügel. Sie wurde von der Masse gut aufgenommen und von den wenigen übersehen, und da sie eine Frau war, hatte sie zwar kein scharfes Verständnis, verstand aber nur vage ihren Zustand. Sie war unglücklich und hatte eine Röte im Gesicht.

Ich sah eine kleine Frau, adrett in einem Kleid des Direktoriums, wie es mir schien, wenn auch natürlich nicht so deutlich, durch scheinbaren Zufall in Kontakt mit dem großen, flammenden Geschöpf gebracht worden zu sein. Die kleinere Frau war in sich geschlossen und hatte ein blaublütiges Aussehen und war von Kopf bis Fuß bewusstlos. Die beiden unterhielten sich, der eine freundlich und interessiert, der andere rot und glücklich.

Ich weiß nicht, dass ich jemals eine Party mehr genossen habe, aber ich habe bei dieser Gelegenheit nichts anderes getan, als die beiden von mir erwähnten

Personen aus der Ferne zu beobachten. Sie trieben gemeinsam dahin, und schon bald bildete sich eine Gruppe um sie. War Mrs. Grant Harlson nicht eine gesellschaftliche Machthaberin und war nicht eine Freundin von ihr eine geeignete Freundin und Vertraute für irgendjemanden? Ich verstehe die Verhaltensweisen von Frauen nicht. Ich verstehe ihre Art, Dinge zu tun, nicht, aber ich weiß etwas, wenn es erledigt ist. Und als diese Party zu Ende war, wusste ich, dass die dicke Mrs. Gunderson eine höhere Ebene erreicht hatte, als sie damals zu erstreben gewagt hatte, und dass sie wusste, wer es geschafft hatte. Grant war bei der Party nicht anwesend und ich erzählte ihm damals nichts von dem Vorfall. Ich wollte, dass er sich zuerst die mögliche Abfolge notierte.

Der Tag der Wahl kam und es war ein großartiger Tag. Außerhalb des Neunten Bezirks hatten wir unsere Hoffnungen übertroffen. Dieser Mündel blieb jedoch – zumindest von den ersten Berichten an, und wir schenkten den späteren nur wenig Aufmerksamkeit – durch Gunderson mürrisch, unverständlich, unverbindlich. Und in der Nacht, als die Abstimmung zu Ende war, begannen die Zeitungen, die Bulletins zu zeigen, während die Stimmzettel gezählt wurden und die Stimmzettel eingingen. Wir waren in der Wahlkampfzentrale und bekamen die Zahlen früh.

Die Streuerträge waren zufriedenstellend. Im größten Teil des Bezirks zeigten sie einen Gewinn für uns gegenüber früheren Begegnungen. Die Drift reichte bis zu unserem Weg, aber sie war nicht groß genug, um alle Eventualitäten auszugleichen. Vom Neunten Bezirk kam noch nichts. Das Zählen war dort langsam.

Es war elf Uhr, bevor das Votum eines Bezirks des Neunten Bezirks einging. Es lautete wie folgt:

Harlson , 71.

Sharkey, 53.

Harlson nahm das ausgefüllte Formular, warf einen Blick darauf und warf es wieder hin.

„Es ist ein Fehler", sagte er; „Dieses Revier ist eines der härtesten in der anderen Richtung. Warten Sie, bis wir mehr davon haben."

Wir warteten, aber nicht lange. Die Renditen flatterten jetzt wie Tauben herein. Der zweite lautete:

Harlson , 33.

Sharkey, 30.

Da dämmerte mir ein Licht; aber ich sagte kein Wort. Ich war daran interessiert, Harlsons Gesicht zu beobachten. Trotz seiner üblichen

Selbstbeherrschung war er ein wenig blass und notierte die Zahlen sorgfältig. Andere Bezirke wiederholten die gleiche Geschichte. Harlson nahm eine Retoure in die Hand, warf einen Blick darauf, verglich sie mit einer anderen und untersuchte dann ein Dutzend davon zusammen, denn einmal in seinem Leben wurde er unerwartet überrascht und war auf See. Schließlich verließ er den Tisch, zündete sich eine Zigarre an und kam zu mir, an die Wand gelehnt.

„Was bedeutet das, Alf? Wenn diese Zahlen nicht lügen, hat sich der Neunte Bezirk so heftig für uns eingesetzt wie jemals zuvor gegen uns. Bei einer Stimmengleichheit im Bezirk waren die Chancen ungefähr ausgeglichen. Nun, es sei denn, ich ‘ „Ich träume davon, dass uns der Bezirk gehört.“

„Das tun wir.“

„Aber wie ist es? Was bedeutet das alles?“

„Ich nehme an, das bedeutet, dass Gunderson bei dir ist.“

„Aber wie kann das sein?“

„Waren Sie auf Mrs. Gorsons Party?“

"NEIN."

„Jean war aber da.“

"Ja."

„Das war auch Mrs. Gunderson.“

Das Gesicht des Mannes war eine Betrachtung wert. Einen Moment lang sagte er kein Wort. Ihm wurde klar, wie groß das Ganze war. „Der kleine Nashornvogel!“ sagte er leise.

Im Saal herrschte Gedränge und Jubelrufe ertönten. Die Angelegenheit wurde zweifelsohne entschieden. Die Redaktionen der Zeitungen machten die Tatsache aus erleuchteten Fenstern deutlich. Auf den Straßen drängten sich schreiende Menschenmengen. Scharen von Menschen ergriffen Harlsons Hand. Er hatte wenig zu sagen, außer sich auf oberflächliche Weise bei ihnen zu bedanken. Er hatte es eilig, nach Hause zu kommen.

Als ich am nächsten Tag mit Harlson zu Abend aß , hoffte ich, einige Einzelheiten zu erfahren, wurde aber enttäuscht. Jean war vielleicht selbst ein wenig strahlend, denn sie bemerkte mir gegenüber ganz nebenbei und ganz beiläufig, dass Männer langweilig seien und Harlson wenig zu sagen habe. Nach seinem allgemeinen Verhalten und seinem Gesichtsausdruck zu urteilen, hätte ich jedoch viel dafür gegeben, zu wissen, was er am Abend zuvor zu seiner Frau gesagt hatte, als er nach Hause kam. Etwas, das kein Junggeselle, glaube ich, verstehen könnte.

Und bevor das Jahr zu Ende ging, hatte Harlson die Neunte Abteilung, sodass er unter normalen Umständen nicht davonlaufen konnte.

KAPITEL XXXI.

Ihre dummen Wege.

Es ist, wie ich schon so oft gesagt habe, nur die einfache Geschichte zweier meiner Freunde, die ich zu erzählen versuche, aber ich wünschte, ich hätte mehr Begabung in diese Richtung. Ich wünschte, ich könnte malen, so wie ein Künstler mit Pinsel und Farben etwas reproduziert, das häusliche Leben in dem Haus, in dem ich einen Großteil meiner Zeit verbracht habe. Ich kann nur eine mechanische Vorstellung davon geben, was es war, aber für mich war es sehr angenehm.

Nach dem berühmten Wettbewerb, bei dem uns der Neunte Bezirk zum Sieg verhalf, wurde Jean zu einer sehr klugen Politikerin, und wir waren es gewohnt, sie zu den sozialen Auswirkungen so manchen Kampfes zu befragen. Für den Fall, dass sie bei irgendeiner Gelegenheit zu willkürlich werden sollte, war Grant dazu verfallen, den Affen anzurufen und ihn zu bitten, sie zu entfernen, woraufhin der Junge seine kleine Mutter in seinen Armen forttrug und darauf bestand, dass sie, wie er es ausdrückte, von einem Kindheitsausdruck, mit einem langen „a", sie „habe sich selbst". Das Leben in diesem Haus hatte immer etwas Skurriles an sich. Und ich neige dazu zu glauben, dass die Welt für eine solche Geschmacksrichtung besser ist.

Die Kinder waren mittlerweile erwachsen, die Familie war rund, und Grants Schnurrbart, der mit vierzig grau war, war jetzt noch grauer, obwohl Jeans braunes Haar noch keinen silbernen Schimmer zeigte. Ich fragte eines Tages nach dem Abendessen, als wir beide in der Bibliothek herumlungerten und rauchten, und Jean herumlungerte, ob sie noch keine grauen Haare hätte, und Grant sagte ohne zu zögern nein, obwohl die Dame selbst weniger sicher schien. Dann geschah etwas Merkwürdiges, zumindest für mich. Ich fragte Grant, woher er das so gut wüsste, wenn selbst seine Frau, die als hübsche Frau von Natur aus Angst vor jeder Veränderung ihres Aussehens hätte, nicht erkennen könne, ob ein graues Haar gekommen sei, und er lachte nur darüber Mich. „Komm her, Jean", sagte er.

Sie kam und stellte sich neben ihn, dicht bei mir.

„Alf", sagte er, „ich habe eine große Meinung von dir, aber es gibt einige Dinge, von denen ich annehme, dass du sie nicht verstehst. Du hättest dein Leben mit dem einer Kreatur wie dieser verschmelzen sollen, und du hättest ein neues Leben entwickelt." Fakultät. Jetzt schließe ich meine Augen. Fragen Sie mich etwas über sie – ich meine nicht über ihr Kleid, sondern über ihren Kopf oder ihre Hände, alles, was Sie von der echten Frau sehen können.

Ich habe die Herausforderung angenommen und es gab großartigen Sport und ein ziemlich tolles Ergebnis. Ich habe die Untersuchung zu einer äußerst sorgfältigen und minutiösen Angelegenheit gemacht. Ich bat ihn, mir zu sagen, ob sich am Hals, in der Nähe eines Ohrs, ein Fleck befand, und er beschrieb die genaue Lage und den Umriss eines winzigen braunen Flecks, der nicht größer als ein Stecknadelkopf war. Er erzählte von jedem kleinen Grübchen, von jedem Wuchs des braunen Haares, von jeder kleinen Narbe aus der Kindheit. Und von ihrem Kinn und Hals erzählte er die genauen Markierungen, auf eine Art und Weise, die etwas Wunderbares war. Seine Augen waren geschlossen und sein Gesicht war von uns abgewandt, aber das machte keinen Unterschied. Er beschrieb mir sogar den Charakter des wunderbaren Netzwerks in den Handflächen ihrer kleinen Hände. Dann öffnete er die Augen und drehte sich spöttisch zu mir um:

„Sie sehen, wie unwissend ein Mann Ihrer Art ist. Er hat keine Welt, die es wert wäre, erwähnt zu werden, und er hat keine Ahnung von Geographie.“

Ich glaube nicht, dass selbst Jean zuvor wusste, wie sich sogar ihr physisches Wesen in das Herz und Gehirn dieses Mannes eingeprägt hatte. Sie hörte neugierig und verwundert zu, als er mit geschlossenen Augen redete, und als er sie öffnete und seinen Unsinn mit mir begann , stand sie da und sah ihn schweigend an, dann verließ sie plötzlich das Zimmer. Es war eine Art von Jean, für eine kurze Zeit in ihr eigenes Zimmer zu flüchten, wenn sie etwas berührte, und ich stelle mir vor, dass dies einer dieser Anlässe war. Sie hatte seit vielen Jahren gewusst, wie zwei Seelen zu einer einzigen verbunden und verwoben werden konnten, aber ich glaube nicht, dass sie vor diesem Vorfall jemals begriffen hatte, wie auch ihr physisches Selbst zu einem allgegenwärtigen Bild auf der Netzhaut ihres Geistes geworden war Liebhaber und ihr Ehemann.

Ich mache mir Sorgen und mache mir Sorgen. Ich bin ein Mann über dem mittleren Alter. Ich werde jetzt nie heiraten und nur in eine Zeit abdriften, in der ich, so hoffe ich, ein paar kleine Dinge tue, um einigen anderen Männern und einigen Frauen das Leben zu erleichtern, und dann – in ein Krematorium. Ich habe den Eindruck, dass mein Körper, diese Maschine aus Fleisch und Muskeln, in der ich lebe, nicht eingesperrt und in sickernder Erde begraben werden sollte, um zu einem üblen Ding zu werden. Das war eine Idee, die ich von meinem festen Freund gelernt habe. Ich möchte, dass alles verbrannt wird, bis auf die kleine Urne voller weißer Asche, die jemand pflegt, damit es hinausgeht und sich mit der reinen Luft vermischt, damit es etwas Gutes auf der Erde bleibt und eingeatmet wird wieder ein Teil des Lebens des Ahornblattes werden, oder des jungen Mädchens, das morgens zur Schule geht, oder der altmodischen Rosa im Vorgarten der altmodischen Leute, oder der roten Rosen in den Gewächshäusern des Blumenladens . Ich habe diese Lust.

Ich mache mir Sorgen, weil ich, ein ungeschickter, stumpfsinniger Mann, nicht sagen kann, was ich von einem Leben erzählen möchte, das ich gesehen habe. Ich mache mir Sorgen, weil ich es anderen nicht so verständlich machen kann, wie es war. Es scheint mir, dass es etwas Gutes in der Welt bewirken würde. Es scheint mir, dass viele Männer und Frauen, wenn sie etwas über Grant und Jean wissen könnten, die wirklich gelebt haben – denn das ist nur eine Tatsachengeschichte –, dadurch jetzt liebevollere und bessere Männer und Frauen wären. Aber ich weiß nicht, wie ich sagen soll, was ich sah und was ich wusste.

Grant war zu dem Zeitpunkt, über den ich schreibe, über sechzig Jahre alt, und ich nähere mich dem Ende, und Jean war über vierzig, und die beiden unterschieden sich nicht viel von dem, was sie waren, als ich sie zum ersten Mal zusammen sah. Ich nehme an, dass es zum Teil daran lag, dass ich die Veränderungen, die die Natur bei diesem Paar ihrer Kinder hervorrief, nicht bemerkte, weil ich so viel mit ihnen zusammen gewesen war , aber sicherlich waren sie viel jünger als ihre Jahre. Sie hatten gemeinsam die einzige Quelle ewiger Jugend gefunden, die es auf diesem Planeten gibt oder jemals geben wird, die einen unfruchtbaren Mond hervorbrachte, Monster und später Mastodonten und Affen hervorbrachte und schließlich Männer und Frauen zu einer Spezialität machte. Sie lachten mit der Zeit und hofften auf eine Zukunft der Seelen nach dieser Prüfung. Ich sah es mit meinen Augen, ich hörte es mit meinen Ohren, als sie miteinander sprachen. Sie waren eine Mischung, und das machte das Leben lebenswert. Was ich gelernt habe, hat mir Neues vermittelt. Es hat mich gelehrt, dass es in Romanen weder um Romantik noch um Unwahrheit geht. Es hat mich gelehrt, dass ein Mann und eine Frau unserer Spezies sich treffen können und aus den beiden eine Wesenheit entstehen kann, die etwas sehr Göttlichem ist. Ich frage mich, warum sich der richtige Mann und die richtige Frau unter Hunderten von Millionen so selten zum richtigen Zeitpunkt treffen und dass das Leben entweder so unfruchtbar oder so zerklüftet und verletzend ist, weil sich diejenigen, die sich nicht treffen, nicht treffen soll gepaart werden? Was für eine Welt könnte das sein! Natürlich gibt es aber einen höheren Gedanken, und in gewisser Weise ist das in Ordnung.

Sie waren das, was man als religiös bezeichnen würde, Grant und Jean. Sie mochten dieselbe Kirche – egal welche es war – und besuchten sie regelmäßig und beteten ohne große Rücksicht auf die engeren Legenden. Sie kümmerten sich nicht um die ewige Bestrafung von Kleinkindern oder um das Schicksal ungebildeter Heiden. Irgendwie hatten sie die einfache Vorstellung, dass der Mensch, der versuchte, seinen Ansichten entsprechend das Richtige zu tun, in Bezug auf die Zukunft in Ordnung war. Sie hatten keine große Sympathie für die sogenannte Ketzerjagd. Jeder von ihnen hatte die Geschichte des sanften Nazareners gelesen und nicht herausgefunden, dass es mehr als eine

Kirche gab – eine Kirche ohne spektakuläre Effekte oder Glaubensstreitigkeiten . Eine Kirche der Gruppe, die einst an ihm und seinen Lehren festhielt und so ihren Kurs geprägt hatte. Für sie könnte ein schmaler, grimmiger alter Presbyterianer – wäre er nur ehrlich und ernst entsprechend seinem ererbten Gehirn und seiner Intelligenz – irgendwann, in einem Jahr oder in zehn Millionen Jahren, Arm an Arm über die Bürgersteige einer herrlichen Straße von New York schreiten etwas Neues Jerusalem mit dem Jesuiten von heute, ehrlich und ernsthaft entsprechend seinem Gehirn und seiner Intelligenz. Das ist keine Argumentation. War es ein schlechtes Glaubensbekenntnis?

Sie hatten keine Angst vor dem Alter, wenn es Stunde für Stunde und Tag für Tag näher rückte, diese Freunde von mir. Sie hatten natürlich viel darüber nachgedacht, denn sie waren nachdenkliche Menschen, und sie hatten zweifellos oft darüber gesprochen, denn es gab kaum etwas, von dem sie glaubten, dass die beiden einander nicht in klaren Worten offenbarten; aber sie waren über die Aussichten nicht beunruhigt. Sie schienen zu erkennen, dass die Blume nicht größer ist als das, was folgt, dass die Frucht die Fortsetzung allen Duftes ist und dass es für diejenigen, die richtig denken, in allen Jahreszeiten des menschlichen Lebens keinen Unterschied im Einkommen des Guten gibt. Ich erinnere mich noch gut an einen Vorfall an einem Abend.

Wir hatten Billard gespielt, Grant und ich. Er hatte einen Tisch in seinem Haus und hatte Jean das Spielen beigebracht, bis sie zu einem Schrecken geworden war, obwohl der Affe sie an Geschicklichkeit fast eingeholt hatte, und das war zu diesem Zeitpunkt der Fall , ein großer vorgetäuschter Kampf zwischen ihnen, und wir waren nach einem anstrengenden Spiel nach dem Abendessen in die Bibliothek gekommen. Jean kam herein, und wir sprachen über verschiedene Dinge, schauten uns ein paar alte Bücher an und begannen irgendwie – ich habe den Zusammenhang vergessen – über das Alter zu reden. Mitten in unserer Debatte sprang Grant plötzlich nach seiner verrückten Art auf und begann, neben mir stehend, als ich saß, eine Ansprache für mich zu halten. Er sprach von der Reibung der Dinge und von der Zukunft unserer Seele oder unseres Geistes, über das Glück, über das wir so wenig wissen. Und obwohl ich seinen allgemeinen Theorien zugestimmt habe oder auch nicht, widersprach ich nicht der Theorie, dass der Herbst ebenso ein Teil dessen ist, was es gibt wie der Frühling, und dass alles auf ein gemeinsames Ziel hinstrebt, was auch der Fall sein muss Wir können es auf irgendeine Weise zum Besten tun, die wir nicht begreifen, weil wir zumindest genug sehen, um zu wissen, dass die Natur, die klüger ist als wir, keine Fehler macht. „Die Frucht ‚geht‘!“ rief Grant scherzhaft aus, und dann, mich für einen Moment vergessend, holte er Jean ein, trug sie ernst herum und wiederholte ihr diese Zeilen:

„Werde mit mir alt;
Das Beste kommt noch, Das Letzte des Lebens, für das das Erste
geschaffen wurde!"

Und sie waren zumindest Vertreter ihres Glaubens, und es war für mich eine
Bildung und ein Trost. Ich habe gelernt, wovon ich keinen Nutzen hatte, dass
ein Mann und eine Frau zusammen mehr als zweimal ein Mann oder zweimal
eine Frau sind, wenn Mann und Frau die richtigen zwei sind. Es war, als
würde ein Astronom die Sonne studieren. Und welche Wärme und welches
Licht gab es zu sehen!

Ich habe versucht, mit diesen weitschweifigen Worten zu erzählen, wie diese
beiden Menschen den Herbst erlebten und ihn als Frühling empfanden, da
sie noch zusammen waren. Ich frage mich, warum ich den Versuch gemacht
habe? Es ist nur eine einfache Relation bestimmter Dinge, die passiert sind,
aber ich verstehe irgendwie nicht, was dahinter steckt. Das muss daran liegen,
dass ich die Leute nur allzu gut kannte. Mein Herz steckt so sehr in dem, was
ich zu sagen versuche, dass ich nicht klar bin.

KAPITEL XXXII.

DAS GESETZ DER NATUR.

Was das Ergebnis war, als ich schließlich den Neunten Bezirk und den Bezirk besaß, muss ich nur sagen, dass es natürlich zum Ruf eines Mannes beitrug – und wohl auch einer Frau, für Jean in ihrem nötigen Maße Mit Grant wuchsen ihre sozialen Funktionen auf ihre Weise; aber ansonsten machte es kaum einen Unterschied. Es gab die Hegira der Familie in der Hauptstadt und viel Freude an den begrenzten Attraktionen der halb äthiopischen und schäbigen, aber halb prachtvollen Stadt in einem miasmatischen Tal, und es war zweifellos eine Art Bildung für die Kinder. Für Grant war es natürlich ein Kampf, und für Jean war es Freude über seine Erfolge und wahrscheinlich mehr Kummer, als er über seine Misserfolge empfand. Die Erfolge waren umso zahlreicher. Jean selbst hat nie versagt. Sie war eine beneidete Frau in der sozialen Welt. Sie war die Frau eines starken Mannes und verfügte über viel Taktgefühl und sanfte Weisheit, um ihm zu helfen, aber sie war keine Rivalin der bloßen Selbstwerberinnen unter den Königinnen einer sich verändernden Gesellschaft. Sie konnte es sich nicht leisten, auch wenn sie dazu geneigt war. Sie verfügte über faszinierende Reichtümer. Es waren ein Mann und ihre Kinder.

Als ich fröhlicher wurde, weil meine Freunde zu mir zurückkamen, war das für mich und sie die schönste Zeit des Jahres. Als die Familie aus der Hauptstadt zurückkehrte und das Haus wieder bezog, herrschte Freude. Und was waren wir für Randalierer! Aber jedes Mal, so hieß es von Grant und auch von mir, müsse der Kampf ausgetragen werden, und so kam es zu Wiederwahlen und den Wechseln . Und schließlich war es gut. Es lag nicht am Rost in der Hülle.

Und es kam zu einem weiteren tapferen Kampf. Der Kongressbezirk der Stadt ist nicht wie der auf dem Land, wo ein Mann, der einmal fest im Sattel sitzt, ein Vierteljahrhundert dort bleiben kann. Der Fehler der städtischen Wahlkreise liegt darin, dass ihre Kongressabgeordneten nicht als diejenigen ausgewählt werden, die das Beste für die Bezirke tun, sondern weil sie den Hebel einer Maschine in der Hand haben. Natürlich gibt es immer Ausnahmen, wie im Fall von Grant, aber die Regel gilt. Und nun war einem klugen Gegner der Fehdehandschuh hingeworfen worden, und der Kampf war heiß.

Wir hatten beide Freude an diesem Wettbewerb, denn auch wenn der Kampf wahrscheinlich erbittert sein würde, wussten wir von Anfang an, dass das Problem unser eigenes war, und das Ganze war, wie Grant sagte, wie ein Jagdausflug. Aber wie es endete!

Er war nachts viel unterwegs gewesen, denn es war ein großer Bezirk und es gab viele Versammlungen, und er war so unermüdlich gewesen, wie es bei ihm üblich war. Seine Gedanken waren nie groß auf sich selbst gerichtet, und in diesem Feldzug wirkte er mehr als gewöhnlich rücksichtslos. Jean, der immer wachsam war, machte ihm Vorwürfe und brachte ihn dazu, sein Verhalten ein wenig zu ändern. Vielleicht war es nicht allein seine Schuld, dass er sich eines Tages krank fühlte. Es war am Vorabend der Wahl.

an diesem Abend gab es eine Nachfrage nach Harlson , die nicht mit Anstand abgelehnt werden konnte. Er fühlte sich gezwungen zu sprechen, und zwar unter freiem Himmel an einem kühlen Novemberabend. Er sagte mir, dass er sich krank fühlte. Als wir spät in der Nacht sein Haus erreichten und er Jean vorfand, der ihn erwartete, drehte er sich zu mir um und sagte:

„Es ist alles in Ordnung, Alf. Bis zum Morgen werde ich wieder ich selbst sein. Ich bin da, wo alles ist, was gut für mich ist, und sollte in kürzester Zeit wieder gesund sein. Sie wird nur ihre Hände über meinen Kopf führen, und – da bist du." Sind!"

Und wir trennten uns so nachlässig wie immer, und als ich nach Hause ging , spekulierte ich darüber, wie die revidierten Steuererklärungen die Mehrheit ausmachen würden, und nicht darüber, welche Folgen Grant Harlsons Unwohlsein haben würde.

Jean ließ mich am nächsten Morgen kommen. Ich entdeckte einen Ausdruck in ihrem Gesicht, der mich beunruhigte.

„Grant geht es nicht gut", sagte sie. „Er kam spät nach Hause und sprach von einem seltsamen Gefühl. Wir haben uns um ihn gekümmert, aber heute Morgen war er lustlos und wollte sich nicht anziehen und zum Frühstück kommen. Er liegt noch im Bett. Bitte gehen Sie rauf und sehen Sie ihn, und dann kommen Sie." Gehen Sie in die Bibliothek und sagen Sie mir, worum es Ihrer Meinung nach geht.

Ich ging nach oben und fand Grant schwer atmend in seinem Bett liegen. Ich schüttelte ihn an der Schulter.

„Was ist los, alter Mann?"

Er drehte sich mühsam um, obwohl er lachte. „Ich weiß es nicht", antwortete er. „Ich weiß nur, dass es mir seit letzter Nacht nicht gut geht und dass ich ein seltsames Gefühl in meinem Hals und meiner Brust habe. Ich sollte natürlich wach sein, aber ich bin irgendwie lustlos und nachlässig. Übrigens, Wie hoch waren die Summen?"

Ich gab ihm die Zahlen, und er lächelte und drehte dann mit einem „Entschuldigung, alter Mann" sein Gesicht zur Wand. Einen Moment später, als ich ihn erschrocken beobachtete, erwachte er und drehte sich wieder zu mir um. „Willst du Jean nicht zu mir schicken?" er hat gefragt.

Ich sah Jean, und sie ging nach oben, und als sie herunterkam, war ihr Gesicht weiß. Der Affe, ein robuster junger Mann wie er war, hatte Tränen in den Augen und seine Brüder und Schwestern weinten leise. Ich verließ das Haus und eine Stunde später stand ein Arzt, einer der berühmtesten des Kontinents, an Grant Harlsons Bett. Er war ein persönlicher Freund von uns beiden. Als er herunterkam, war sein Gesicht ernst.

„Was ist los, Doktor?"

„Es ist eine Lungenentzündung und ein schlimmer Fall."

"Was können wir tun?"

„Nichts, außer sich um ihn zu kümmern und ihm mit aller Hoffnung und Kraft zu helfen. Er verfügt über eine Lebenskraft, die über einem Mann unter tausend liegt. Er kann den gesamten Inkubus davon abwerfen. Aber er kam plötzlich und wächst." Dann wurde er in all seiner Freundschaft wütend und platzte heraus: „Warum hat der große, tollpatschige Unmensch nicht nach mir geschickt, als er zum ersten Mal etwas spürte, das er weder verstehen noch verstehen konnte?" Und er hatte fast Tränen in den Augen.

Die Ärzte haben viel zu einer Lungenentzündung zu sagen. Zweifellos wissen sie, wovon sie reden, aber dennoch kommt es zu einer Lungenentzündung, die den starken Mann und die Ärzte besiegt. Der starke Mann erwürgt es. Die Ärzte, über die es lacht.

Harlsons Krankenbett gebracht . Der Arzt, sein Freund, rief die klügsten Kollegen zur Beratung hinzu, und was die Pflege anging – da war Jean! Er wurde so versorgt, wie die Engel sich um eine wandernde Seele kümmern würden. Aber der große Mann im Bett wälzte sich hin und her und murmelte, sah Jean flehend an und es wurde schlimmer. Die Kraft schien endlich von ihm zu schwinden – von ihm, dem Bollwerk von uns allen.

Alles, was die Wissenschaft tun konnte, wurde getan. Alles, was diese Fürsorge tun konnte, wurde getan, aber unser Riese wurde geschwächt. Die Ärzte sprechen von der croupösen Form der Lungenentzündung und von einer anderen Form – ich kenne den Unterschied nicht –, aber ich weiß, dass dieser Mann große Schmerzen in der Brust hatte, dass sein Kopf schmerzte und dass er eine alternative Artikulation hatte Schüttelfrost und Fieberflammen. Sein Puls war schnell und er keuchte beim Atmen. Manchmal geriet er ins Delirium, dann wurde er in den normalen Intervallen schwächer. Dann schickte er uns aus dem Zimmer und rief allein nach Jean, und wenn sie herauskam – nun ja – Gott steh mir bei! –, möchte ich nie wieder diesen schrecklichen Ausdruck der Spannung und Qual auf einem menschlichen Gesicht sehen. Es wird bei mir bleiben, bis ich der Straße folge, die zu meinen Freunden führt.

Der Arzt gab dem kranken Mann Opiate oder Aufputschmittel, je nach Bedarf, und sie zeigten eine leichte Wirkung; aber das Atmen wurde flacher, und die Steppdecken wurden unruhig unter dem Heben der breiten Brust hin und her geworfen. Es erinnerte mich auf seltsame Weise an die imitierten Meeresszenen im Theater, wo ein großes Tuch geschaukelt und angehoben wird, um die Wellen darzustellen. Am Anfang war nur eine Lunge verstopft, aber später dehnte sich das Phänomen auf alle aus, die Luftzellen füllten sich und der Mann litt immer mehr. Er kämpfte heftig dagegen.

„Grant", sagte der Arzt nach der Verabreichung eines starken Stimulans, „helfen Sie uns, so gut Sie können. Husten! Drücken Sie die Luft durch Ihre riesigen Lungen und sehen Sie, ob Sie das Gewebe, das sich bildet, nicht wegreißen können." drossle dich!"

Und Grant würde seine ganze Kraft zusammennehmen, die noch keineswegs erschöpft war, seinen Willen anstrengen und trotz des schrecklichen Schmerzes husten; Aber die menschliche Form verfügte nicht über die Maschinerie, um dieses wachsende Netz zu entfernen, das die Lungenkammern füllte und Stunde für Stunde den Sauerstoff abgeschnitten hatte, der reines Blut und das Wesen bildet.

Und der Mann, der über die Dinge lachte, wurde immer schwächer, und obwohl er immer noch lachte und der Alte war und uns für eine kurze Zeit glücklich machte, als er kein Fieber hatte und einen klaren Kopf hatte, sagte er, dass es nichts sei und dass er es abwerfen würde, wussten wir, dass tödliche Gefahr drohte. Und eines Abends, als Grant wieder im Delirium war, kam der Arzt zu mir und sagte, es gäbe sehr wenig Hoffnung.

KAPITEL XXXIII.

WEISSESTE ASCHE.

Wie ist die Stimmung des Schicksals? Müssen starke Männer unlogisch sterben? Was bedeutet das alles überhaupt? Darüber bin ich blind und unvernünftig. Ich wünschte, ich wusste! Die Welt ist für mich mehr als hohl, und doch habe ich eine Hoffnung, das sage ich. Vor dreißig Jahren gab es jemanden, der Jean sehr ähnlich war, den ich liebte und der mich liebte. Ich frage mich, ob sie und ich uns eines Tages treffen werden? Und was wird sie dann für mich sein? Ich glaube, ich habe die Philosophie und Ausdauer eines Durchschnittsmenschen; Aber dies ist mitunter zweifellos eine schwarze Welt und eine, in der es nichts Gutes gibt. Das Brechen von Herzen verunstaltet jede Musik. Ich bin allein und abgestumpft und verwundert und in einer blinden Revolte. Warum sollte sich alles so ändern, und was ist dieser Tod, der kommt? Es muss eine zukünftige Welt geben. Wenn das nicht der Fall ist, was für ein Misserfolg ist dann das ganze brutale materielle Schema.

Eines Tages war Grant klar, aber schwächer, und redete lange mit mir über seine Angelegenheiten.

„Ich fürchte, ich kann mich doch nicht dagegen wehren", sagte er, „aber das darfst du Jean und den Kindern noch nicht mitteilen."

Wir redeten weiter darüber, was ich tun sollte, wenn das Schlimmste käme, und dann schickte er nach den Kindern. Er wandte sich zuerst an den Affen. Die Augen des tapferen Jungen waren voller Tränen und sein ganzer Körper zitterte, als er zuhörte:

„Mein Junge, du bist noch kaum ein Mann, aber ich kenne deine Männlichkeit. Wenn ich nicht bei dir bleiben kann, wirst du das praktische Oberhaupt der Familie werden. Mach sie alle stolz auf dich. Und kümmere dich immer um deine Mutter, wie du es tun würdest." für dein eigenes Leben oder was auch immer das Größte ist. Dann rief er die anderen zu sich:

„Du hast gehört, was ich gerade gesagt habe. Ich habe nur mit dem Affen gesprochen, weil er der Älteste ist. Denken Sie daran, dass ich das zu Ihnen allen gesagt habe. Ich muss es nicht sagen, ich weiß – meine gesegneten Jungen und Mädchen – Sie verstehen. Aber lebe immer für deine kleine Mutter.

Ich kann nicht beschreiben, was diese jungen Leute sagten oder taten. Es war äußerst erbärmlich. Es war auch mutig und süß. Aber sie ließen ihren Vater nicht sterben. Er darf nicht! Sie konnten sich der Tatsache nicht stellen.

Dann kam Jean und wir drei blieben eine Zeit lang allein. Sie setzte sich neben das Bett, denn wenn möglich wollte er seine Hand in ihrer haben, und er sprach langsam:

„Jean, ich weiß es nicht. Es muss eine andere Welt geben, auf die wir vertraut haben. Die große Macht, die uns zueinander gebracht hat, wird uns sicherlich wieder zusammenbringen. Sehen wir es mal so. Das werden wir uns vorstellen." Ich gehe nur aufs Land und dass du dich mir anschließen sollst. Das ist alles. Ich weiß es. Gott weiß es. Er wird es irgendwie regeln."

Jean antwortete nicht. Sie ergriff nur seine Hand und sah ihm ins Gesicht. Ich fürchtete, sie würde an platzendem Herzen sterben. Von diesem Zeitpunkt an bis zum Ende verließ sie sein Bett nie.

Der mörderische Tod zeigt bei seinen Tötungen gewisse Freundlichkeiten. Kurz vor dem Ende herrscht Frieden. Die Kämpfe dieses starken Mannes wurden zu etwas Schrecklichem, als seine Lungen verstopften und die stärksten Antipyretika ihre Wirkung verloren, und dann kam der Frieden, der auf die virtuelle Kapitulation der Natur folgt, den Waffenstillstand des Augenblicks. Welchen Trick es gibt, auf den ersten Eindruck zurückzugreifen, und was ihn verursacht, hat noch niemand erklärt, aber schon lange vor der Zeit Falstaffs hatten sterbende Männer von grünen Feldern geplappert. Grant Harlson lag jetzt sicherlich im Sterben. Die Ärzte hatten uns alle gewarnt und wir waren alle an seinem Krankenbett. Was mich betrifft, Gott sei Dank konnten die Tränen fließen wie bei den Kindern. Aber auf den Wangen von Jean waren keine. Ihr süßes Gesicht war wie aus Stein; weißer als das des Mannes im Bett.

Die Krämpfe hatten aufgehört, aber seine Gedanken schweiften ab und seine Rede war weitschweifig. Es war leicht zu sagen, was er dachte. Er war wieder ein kleiner Junge im Waldhaus bei seiner Mutter und erzählte ihr entzückt von dem, was er gesehen und gefunden hatte, und von den gelben Alraunenäpfeln, die er in einem hohlen Baumstamm aufbewahrt hatte. Sie sollte ihm helfen, sie zu essen. Und dann veränderte sich die Szene, er wurde älter und wir waren zusammen auf den Feldern. Er rief mir aufgeregt zu, ich solle den Hund auf die andere Seite des Buschhaufens bringen, denn dort schlüpfte das Waldmurmeltier durch! Da war der alte fröhliche Klang in seiner Stimme, und ich wusste, wo er war und wie in der Fantasie die süßen Düfte der Felder zu ihm kamen und wie seine Augen, die weit geöffnet waren, uns aber nicht sahen, mit gesegnet waren all das Grün und die Herrlichkeit des Sommers vor langer Zeit. Dann änderte sich sein Verhalten, und das Wort „Jean" kam ihm sanft über die Lippen, und wieder wusste ich, dass sie zusammen campen würden und er seiner Frau die angenehmen Geheimnisse des Waldes und aller Holzhandwerke beibrachte. In seinen

Tönen und in seinen Gesichtszügen lag Liebe. Die Brust der Frau, die seine Hand hielt, hob sich und die Blässe in ihrem Gesicht wurde noch blasser.

Es gab einen weiteren Kampf um Atem, dann einen verzweifelten, und mit dessen Ende kam das Bewusstsein. Grant lächelte und sprach leise:

„Es muss ziemlich nahe am Ende sein. Ich bin sehr müde. Jean, Liebling, komm näher zu mir. Küss mich.“

Sie beugte sich vor und küsste ihn leidenschaftlich. Er lächelte erneut, dann ergriff er schwach eine ihrer kleinen Hände, hob sie an sein Gesicht und küsste sie; dann drückte er sie auf seine Augen. Es gab einen einzigen Stoß seiner großen Brust, und er war tot.

Und die Frau, die zu Boden fiel, war offenbar ebenso leblos wie die stumme Gestalt auf dem Bett.

Sie war nicht tot. Wir trugen sie in ihr eigenes Zimmer – ihres und seines, mit angeschlossenen Umkleidekabinen – und sie erwachte endlich zu dem Bewusstsein, dass es in ihrer Welt keinen einzigen Menschen gab, der fast alles mit ihr gehabt hatte. Sie war nicht so, wie wir es uns vorgestellt hatten, als sie genesen war. Sie war weder hysterisch, noch weinte sie. Sie war außergewöhnlich ruhig. Aber dieser gesetzte, nachdenkliche Ausdruck hatte ihr Gesicht nie verlassen. Sie schien eine andere Person zu sein. Ich habe mit ihr darüber gesprochen, was zu tun ist. Was für eine Aufgabe das war, denn ich konnte selbst kaum Worte hervorbringen. Sie wurde plötzlich strahlender, als ich vom Krematorium und Grants Wünschen sprach.

„Es muss so sein, wie er es sich gewünscht hat“, sagte sie – „so wie er es sich gewünscht hat, bis ins kleinste Detail.“ Dann sagte sie nichts mehr und der Rest blieb mir überlassen.

Bei der Beerdigung ihres Mannes und meiner Freundin verhielt sie sich ruhig und ernst. Sie vergoss keine Tränen; sie sagte kein Wort. Sie hörte ruhig zu, während ich ihr erzählte, wie ich dafür gesorgt hatte, dass alle seine Wünsche in Bezug auf sich selbst, oder besser gesagt in Bezug auf sein Mietshaus, erfüllt wurden. Sie hat mich nicht begleitet. Auf dieser Reise begleitete mich nur der Affe, der rote Augen hatte und vergeblich versuchte, alles zu verbergen. Wie sehr die Jugend litt!

Eines Tages kam ich mit einer Bronzeurne nach Hause. Es war nur Asche darin, sauber und weiß. Jean sah sie an und bat mich zu gehen. Die Urne wurde auf ihren Wunsch in ihrer eigenen Wohnung aufgestellt. Es war versiegelt und stand auf dem Kaminsims des Zimmers, in dem sie schlief. Ich glaube nicht, dass sie die Asche als Symbol für den Mann betrachtete, der sie verlassen hatte. Sie hielt sie vielleicht für wertvoll, genau wie ein Paar Handschuhe, die sie kurz vor seiner Krankheit für ihn geflickt hatte und die sie immer bei sich trug, aber ich glaube, dass die Asche ebenso wie die Handschuhe für sie wertvoll waren dachte nur an das, was ihre Liebe im Leben verbraucht und zurückgelassen hatte. Das war die Summe. Es war das Herz, die Seele, das Wissen um sie, das verschwunden war.

Wie der Affe, wie kümmerten sich jetzt alle Kinder um die kleine Mutter! Nie wurde eine Frau mehr beobachtet, bewacht und bedient. Auch sie erkannte alles, sagte aber sehr wenig. Ihre sanften Hände streichelten die Stirn ihres Erstgeborenen oder ihrer ältesten Tochter oder eines der Nachkommen der beiden, das Produkt ihrer Liebe, und sie würde ihnen sagen, dass sie froh sei, dass sie so gut waren, aber Obwohl sie sanft und nachdenklich war, fehlte ihr etwas. Sie schien in einer anderen Welt zu sein.

Ich habe mit Jean gesprochen. Ich habe versucht, Philosophin zu sein, ihr von den Kindern und von der Weite des Lebens zu erzählen und dass sie sich wieder darauf einlassen muss. Sie war wie immer freundlich und zuvorkommend zu mir, aber irgendwie war es nicht mehr dasselbe. Und sie wurde von Tag zu Tag schwächer und lag, wie mir die Kinder erzählten, stundenlang in dem Zimmer, in dem Grant und sie all die Jahre zusammen gewesen waren.

Wie kann ich davon erzählen! Jean, die meine Schwester geworden war und Teil von Grant Harlson war , verschwand vor meinen Augen! Es war fast schwieriger für uns als der erbitterte Kampf mit dem Tod dessen, der die Hauptstütze von uns allen gewesen war. Irgendwie wussten wir, dass sie uns verlassen würde, und die Trauer der Kinder war etwas Schreckliches. Sie hörte ihnen zu und war freundlich zu ihnen, manchmal überaus liebevoll, aber sie verfiel immer wieder in die gleiche seltsame Apathie. Wir hatten wieder die besten Ärzte. Ich habe mit einem von ihnen gesprochen. "Was sollen wir tun?" Ich fragte.

Er war ein großartiger Mann, ein erfolgreicher Mann, ein Mann, der sich nicht aus der Bahn geworfen hat, und er antwortete einfach:

„Ich kann keinen Rat geben. Der Geist regiert manchmal den Körper über uns hinaus – sehr oft, stelle ich mir vor. Sie will nicht leben. Das ist alles, was ich sagen kann. Medikamente kommen bei der Behandlung dieses Falles nicht in Betracht.“

Sie wurde immer dünner und lustloser, und schließlich kam der Affe eines Tages in mein Büro und sagte, seine Mutter habe ihr Zimmer ein oder zwei Tage lang nicht verlassen. Ich ging mit ihm zu dem Haus, das fast mein eigenes gewesen war.

Selbstverständlich wurde ich in Jeans Zimmer eingelassen. Ich gehörte zum Haushalt . Sie lag auf einem tollen Sofa, eines, das Grant gemocht hatte. Ich bat sie, mir zu sagen, was ich tun sollte.

Sie war ruhig und still, als sie antwortete. „Es gibt nichts", sagte sie. Dann schien sie plötzlich die Jean zu sein, die ich einmal gekannt hatte. Sie richtete sich auf: „Alf, du warst ganz nah bei uns. Kannst du nicht sehen?" Sie begann einen weiteren Satz, hörte dann plötzlich auf, lächelte mich nur an und sagte, ich sei der beste Freund, den jemals zwei Menschen auf dieser Welt hätten. Sie sprach immer noch von zwei Menschen. Als ob Grant noch bei uns wäre!

Wie erkennt man das Verblühen einer Lilie? Niemand hat jemals alles erzählt. Eines Tages schickten sie nach mir, und als ich kam, lag die süßeste Frau auf ihrer Couch! Sie hatte an diesem Tag viel mit ihren Kindern gesprochen und ihnen viele Dinge erzählt – über Pläne für ihre Zukunft. Sie hatte ihnen zum ersten Mal alles erzählt, was ihr Vater für jeden von ihnen geplant, gehofft oder vermutet hatte. Und sie waren sehr glücklich und dachten, sie würde sich erholen. Und sie hatte friedlich geschlafen und war nicht aufgewacht.

Ich schaute in ihr Gesicht und das Lächeln darauf war etwas Wunderbares. Es war eines der Dinge, die mich glauben lassen, dass es eine großartige Geschichte gibt. Als sie uns verließ, war niemand bei ihr außer ihrer jüngsten Tochter, und das Kind konnte nicht erkennen, wann sich Welten berührten. Aber auf diesem Gesicht war der Ausdruck, der von dem erzählte, was alles dahinter liegt. Ich glaube, dass die liebe Jean bereits wusste, dass sie Grant wiedergefunden hatte, noch bevor sie ihren irdischen Körper verließ.

Warum habe ich diese Geschichte zweier Menschen erzählt, die überhaupt keine Geschichte ist, sondern nur das, was ich weiß, was mit denen passiert ist, die mir am nächsten stehen? Es gibt nichts mehr davon. Es endet mit ihrem Tod, und doch weiß ich nicht, dass es traurig ist. Sie lebten und liebten und starben. Sie waren glücklicher als die Hälfte der Menschheit. Ihr Leben bestand aus dem Gold dessen, was das Innenleben der Besseren dieser großen neuen Nation eines neuen Kontinents ist. Sie lebten und liebten, und ihre Kinder leben und werden gute Männer und Frauen sein.

* * * * * *

Ich kann das Problem nicht verstehen. Kein Lernen klärt es. Ich weiß nur, dass es Grant und mich gab, dass es Bienen und Parfüme und wilde, jungenhafte Freuden und das ältere Leben und das fieberhafte Leben einer Stadt und die seltene, große Liebe gab, die ich sah.